Terrormond Titan
Desaster nahe Saturn **von S.Pomej**

Prolog

Der Mensch hat es beinahe geschafft sich auszurotten, aber zum Glück ist er unvollkommen! Und zäh! Zumindest die 122 Millionen Überlebenden des 3.Weltkriegs! Die Technik ist weiter fortgeschritten, jedoch hat sie dem Menschen noch nicht den Sprung in ein anderes Sonnensystem ermöglichen können. Nach der spärlichen Besiedelung des Mars ist nun der größte Saturnmond Titan an der Reihe, Besuch von einer menschlichen Crew aus elitären Spitzenkräften zu erwarten. Die Reise dauert mit dem neuesten Raumschiffmodell ESA T15 nur mehr acht Wochen und muss daher von zwei Astronauten abwechselnd im Wachzustand überstanden werden, obwohl sie die Geräte nur beaufsichtigen müssen. Im vorne flachen V-förmigen Raumschiff kann erdähnliche Anziehungskraft erzeugt, aber mangels Platz nicht voll ausgelebt werden. Das heißt, die beiden Raumpiloten können im Cockpit nur liegen, sitzen oder knien - kein Vergnügungstrip. Der Schlafrhythmus wird wie auf der Erde beibehalten, was zur Folge hat, dass sich kaum Gespräche ergeben, da einer immer ruht, während der andere mit technischen Daten beschäftigt ist. Die Mission ist immens wichtig, da die Ressourcen auf der Erde dem Ende zugehen, was auch die Atemluft betrifft. Ein Leben ohne technische Sauerstoff-Wiederaufbereitung ist nicht mehr möglich…

Landung auf Area 15

Titan umrundet den Saturn in einem mittleren Abstand von 1,2 Millionen km, also außerhalb der Saturnringe, die im sichtbaren Teil bei etwa 480.000 km enden, und wendet ihm dank gebundener Rotation immer dieselbe Seite zu. Er ist mit einem mittleren Durchmesser von 5.150 km der zweitgrößte Mond im Sonnensystem und mit dichter, wolkenreicher Atmosphäre aus 98,4 % Stickstoff der erdähnlichste. Das Raumschiff schoss eben über die Grenze der Troposphäre in einer Höhe von 44 km, als Kapitän Isak angesichts der sich schnell teilenden orangefarbenen Nebel zu seinem Copiloten bemerkte: „Erinnert mich an den Smog zur Rushhour vorm letzten Weltkrieg."
Penhol blinzelte, so als erwarte er gleich einen Zusammenstoß mit einem Geisterfahrer, nickte kurz und sagte: „Als würden wir in der Vergangenheit landen, irgendwie gruselig. Aber abgesehen von der Temperatur von minus170 Grad und dem höheren Oberflächen-Druck werden wir uns bald wie zu Hause fühlen."
Ein schwaches Leuchten in den tieferen Schichten der Atmosphäre verstärkte sich, als das Schiff durch die Schubumkehr-Raketen abgebremst wurde. Wie geplant landete die 77 Meter lange ESA T15 sanft im X15-Sektor. Man war von den früheren Namen wie Xanadu, Belet, Senkyo, usw. für die Oberflächenareale abgekommen.
Im dämmrigen Licht erkannten sie in kurzer Entfernung von 160 Metern ihre neue Heimat. Die Industrie-Roboter der unbemannten Mission ESA T14 hatten gute Arbeit geleistet. Alle Wohnmodule waren aufgebaut und schienen sehr

einladend auf menschliches Leben zu warten. Die Iglu-
förmigen Metallbauten waren mit Rohren verbunden und
wirkten wie das gekippte Atomium, das leider zusammen
mit der gesamten Stadt Brüssel während des Krieges 2061,
gleichzeitig mit der Rückkehr des Halley'schen Kometen,
dem Erdboden gleichgemacht worden war. Nun lag es an
den beiden wachen Männern, die einzelnen Module zu
überprüfen. Wortlos schälten sie sich aus ihren
anthrazitgrauen multifunktionellen Raum-Overalls, die
unter anderem mittels Vibrationen den durch
Bewegungsmangel bedingten Muskelabbau verhindert
hatten. Fast wie eine Häutung - bereit für ein ganz neues
Leben. Beide kleideten sich in die etwas weniger
aufgeblaseneren Raumanzüge, als man für die Marsmission
benötigte, wobei sie sich gegenseitig halfen, und machten
sich für den Ausstieg fertig. Mit einem Zischen öffnete sich
die Außenluke des Cockpits und Isak betrat als erster
Mensch den Titan, 1,43 Milliarden km von der Sonne
entfernt, blickte zu einem gelblich fahl bewölkten Himmel
hoch und deutete Penhol an ihm zu folgen. Dieser wagte
vorsichtig und von der langen Bewegungseinschränkung im
Schiff ungelenk ein paar Schritte auf dem dunklen
Permafrostboden. Der hohe Druck - ca. 50 % mehr als auf
Mutter Erde - weckte bei ihm den Eindruck, er trüge die
ganze Last der Menschheit auf den Schultern. Kein
Knirschen war zu hören, wie einst bei den elendslangen
Übungsmärschen auf dem Südpol, welcher von radioaktiver
Verseuchung weitgehend verschont geblieben war, nur das
Pfeifen eines rauen Windes, der genauso wie auf der Erde
klang. „Ein stürmischer Empfang! Das muss mindestens

Windstärke 6 sein!" rief er aus, obwohl die Helme auch
Flüstertöne störgeräuschfrei übertrugen.
Isak antwortete nicht, er war schon am Hauptmodul
angelangt und zerrte am Türgriff. „Klemmt!" stellte er
knapp fest. „Scheinbar klappt die Stromversorgung nicht."
Aus der hinteren Tasche seines Werkzeuggürtels, der zur
Standardausrüstung jedes Raumanzuges gehörte, holte er
einen Spreizer heraus - ein Schraubenzieher-großes Tool -
der mittels Knopfdruck die Tür gewaltsam zur Seite schob.
Vorwitzig trat Penhol als erster in das 20 qm große erste
Wohnmodul - gleichsam das Vorzimmer, um die
Sauerstoffanlage in Betrieb zu nehmen. Beim Eintritt
schalteten sich die am Helm befindlichen Scheinwerfer ein
und erleuchteten die hellen Flächen des bezugsfertigen
Moduls. Surrend begann ein Lüftungssystem seinen Dienst,
dabei schloss sich der von den Nuklid-Batterien gespeiste
Stromkreis endlich und die Leuchtflächen gaben Tageslicht.
Die Wohnmodule boten mit ihren verschiedenen Farben
eine Augenweide. Das 50-qm-Hauptmodul glänzte in Gelb.
Nun mussten sie noch die vorhandenen Wasservorräte in
den nächstgelegenen Versorgungseinheiten checken und die
restlichen Module inspizieren. Als eingespieltes Team
schafften sie diese Aktion in weniger als einer halben
Stunde. Drinnen wirkte ein Kraftfeld, welches den
Außendruck etwas senkte, sodass man es direkt bequem
nennen konnte. Dann mussten sie zurück zum Schiff, um
die mitgebrachte Wettermaschine vorschriftsmäßig in
Stellung zu bringen. Sie wuchteten das 2,5x2,5x3 Meter
große Gerät mit einem Hilfsroboter aus dem Laderaum und
platzierten es auf halber Strecke zwischen Raumschiff und

Wohnmodul. Penhol stellte einen erstaunlichen Vergleich an: „Das Ding erinnert mich an eine antike Waschmaschine!"

Isak, vom Typ her ein nordischer Hüne, blickte ihn ungläubig an und wollte schon entgegnen, dass Penhol wohl nur bei der Mission dabei sei, weil er mit seiner Körpergröße von 1Meter 69 wunderbar in die kleinere Steuermanneinheit passte, beließ es aber bei einem kritischen „Hm!".

Die Wettermaschine hatte auf einem soliden würfelförmigen Klotz einen Stahlkäfig mit einer massigen Kugel darin, die beim Einschalten sofort in die Schwebe geriet, um dann derart zu rotieren, als wolle sie dem Käfig entkommen, wobei ein höllisches Geräusch aufeinanderprallendem Metalls entstand. Mit dem Pfeifen des Windes konnte man eine Art Höllenmusik vernehmen. Die Kugel kalibrierte sich dann in der Mitte ein und vibrierte so stark, dass sie stillzustehen schien. So wie der Rotor eines Ventilators die Anzahl der Rotorblätter bei voller Umdrehungszahl noch erkennen ließ. Der Höllenlärm ebbte ab und es war nur mehr ein leises Bsssss zu vernehmen, ähnlich einem Bienenschwarm auf Hochzeitsflug - als noch welche existierten. Soviel sei vorweggenommen: Einstein irrte, als er meinte, wenn die Bienen sterben, haben die Menschen nur noch vier Jahre zu leben. Damit galt als erwiesen, dass unsere Spezies die am schwersten zu vernichtende ist.

Ein Situationsbild wurde fällig: Isak hob die linke Hand, wodurch das Display seines Metallarmreifens die funktionierende WM fotografierte und diese Botschaft unverzüglich - Nachrichten konnte man beamen, Menschen

nicht - an die Erde absandte. Nach einiger Zeit, es mochte
eine weitere halbe Stunde vergangen sein, lichteten sich die
Wolken und gaben den Blick zum Horizont frei. Dort
thronte am Himmel der sechste Planet, der von der Erde aus
zwar mit freiem Auge als Lichtpunkt zu sehen war, hier aber
in unbeschreiblicher Schönheit das halbe Firmament
ausfüllte. Die beiden Männer konnten nicht anders, als
stumm nach oben zu starren, um sich dann einen Blick
zuzuwerfen, der mehr ausdrückte, als es Worte vermögen.
Vom Mond und vom Mars war die Aussicht lange nicht so
atemberaubend wie hier, so fern der Heimat und doch in
einigermaßen vertrauter Atmosphäre. Wie magnetisch zog
der majestätische Planet wieder ihre Blicke auf sich, sodass
sie in Versuchung kamen, sich nicht mehr um die weiteren
Schritte der Erstbesiedlung zu kümmern.
Der Sauerstoffvorrat ihrer Anzüge bot ihnen Luft für
mindestens drei Tage. Erdentage! Titan rotiert in der
gleichen Zeit und mit dem gleichen Drehsinn seines
Saturnumlaufs - von West nach Ost - in 15 Tagen,
22 Stunden und 41 Minuten um die eigene Achse.
„Wir müssen die Lebendfracht von Bord bringen!" erinnerte
Isak schließlich seinen Kameraden, der sich nur widerwillig
von dem Anblick löste, dann sandte er das zweite Live-Bild
ihrer Mission zur Erde: Saturn, der mit seinen Monden ein
eigenes Sonnensystem im Kleinformat bildete, stand als
riesige, kalt strahlende Lichtquelle durchzogen von seinen
Ringen, die schmale Schatten auf die Oberfläche warfen, am
vanillefarbigen Himmel.
Penhol entsprach äußerlich dem typischen Kaukasier, war
drahtig und belastbar mit braunen Augen, die ihr Gegenüber

manchmal zu durchbohren schienen. Trotz des höheren
Druckes, der hier herrschte, trottete er relativ schnell zum
Schiff zurück, um die sechs Mutanten-Kisten abzuholen.
Eine Züchtung von resistenten Hühnerschweinen, welche
faustgroße Eier legten - ohne Schale, bissfest, essfertig,
Milch gaben und sich bei Bedarf sogar selber klonen
konnten. Mit den handlichen Antischwerkraft-Griffen, die
niemals an die WM angesetzt werden durften, da sie deren
empfindliche Technik außer Takt brachten, konnten die
Männer alle Kisten bequem an ihren neuen Platz bugsieren.
Jeder trug an seinem Werkzeuggürtel einen dieser 25 cm
langen AS-Griffe, deren gebogene Saugnäpfe an beiden
Enden an der Last hafteten und deren Gewicht auf null
reduzierten. Mit einem AS-Griff konnte jeder drei Kisten
leicht wie eine Feder transportieren. Die schwarz und weiß
gefiederten Vierfüßer mit einer Schulterhöhe von 50-65 cm,
quiekten scheinbar vergnügt, als sie im dunkelbraunen
Farmmodul freigelassen wurden. An - in einem Halbkreis
eingebauten - Ausgabetrögen konnten die 12 possierlichen
Tiere ihr gewohntes Algenfutter entnehmen. Nun stand noch
die Übersiedlung der beiden weiblichen Crewmitglieder an.
Sykes und Coffi schliefen den Kryoschlaf der Gerechten
und durften laut Vorschrift nicht so schnell geweckt werden.
Sanft trugen die Männer ihre weiblichen Kolleginnen in
ihren durchsichtigen Kühlsärgen mit den AS-Griffen vom
Schiff an ihren neuen Bestimmungsort. Als Isak und Penhol
die beiden an Kühlaggregate gekoppelten Särge im
mittleren, eisblau eingefärbten Wohnmodul anschlossen,
checkten sie die Vitalfunktionen der Frauen auf der schon
vorinstallierten Anzeigetafel mit dem 3D-Bildschirm über

den Särgen. Während die Männer die Vitalanzeige
beobachteten und die körperliche Unversehrtheit bemerkten,
hatte sich die neue Situation bereits so entspannt, dass sie
ins Plaudern gerieten und den Zustand ihrer schlafenden
Kolleginnen kommentierten.

„Wie Schneewittchen, die vergiftete Märchenfigur im
Glassarg." entkam es Isak spontan.

„Nur, dass Schneewittchen weder blondiert wie Coffi noch
rotbraun wie Sykes war." erinnerte Penhol. „Dass Kinder
jahrhundertelang mit so archaischen Märchen gequält
wurden. Da lob ich mir die modernen, wie zum Beispiel die
Hassebodmakers. Das fand ich lustig wie die Hölle, wenn
die den Boden mit ihrem Hass düngen und dann alle Bösen,
die ihn betreten, langsam sterben."

„Ja, gäbe es die wirklich, hätten sich unsre Vorfahren den
letzten Weltkrieg erspart." überlegte Isak wehmütig.

„Mein Vater sagte immer: Junge, du kannst dir im Leben
nichts ersparen! Also versuch es erst gar nicht!" murmelte
Penhol. „Er hatte Recht, denn ich musste oft mehr als 100 %
meiner Kraft geben, um meine Ziele zu erreichen!"

Beim Training hatten sie weder Zeit noch Lust für derlei
Betrachtungen, doch hier und jetzt schien etwas von der
üblichen Anspannung einer langen Reise und deren noch
längerer Vorbereitung abzufallen.

„Alles, was ich tat, wollte ich zuerst für ihn tun, dann erst,
nach seinem Tod, begann ich, mein eigenes Leben …"

Die beiden Schlafenden ahnten von den Gesprächen ihrer
männlichen Kollegen nichts. Ganz in weiß - in fast klinisch
wirkende Overalls gehüllt, lagen sie mit ausdruckslosen
Gesichtern da, schienen zu träumen, denn ihre Augäpfel

bewegten sich unter den geschlossenen Lidern hin und her. Die zwei Männer wirkten wie Pathologen mit ihren wehrlosen Patienten im Wartezimmer zur Ewigkeit. Den Tod hatte die Menschheit noch nicht besiegt, wohl aber das Altern deutlich verzögert. Auch alle Mitglieder der Mission befanden sich dank eines Implantates im Nacken noch immer auf der Höhe ihrer körperlichen Leistungsfähigkeit. Mit Ende vierzig sahen sie nicht nur alle aus wie Mitte zwanzig, sondern konnten auch über die Vitalkraft dieser Altersklasse verfügen und gleichzeitig die geistige Reife sowie den jahrelangen Lernprozess ihres wahren Lebensalters zum Gelingen ihrer wichtigen Aufgabe einsetzen! Denn nachdem die Menschen, oder besser gesagt einige davon, den Heimatplaneten an den Rand der Auslöschung gebracht hatten, benötigten die Nachkommen nun einen unverbrauchten neuen Lebensraum. Auch wenn man diesen der gegenwärtigen lebensfeindlichen Natur erst auf die harte Tour abringen musste.

„Welcher Wochentag ist heute eigentlich?" fragte Penhol.

„Das hat doch hier oben gar keine Bedeutung!" erwiderte Isak irritiert.

„Doch, denn sonntags arbeite ich nicht!"

Eine angenehme Computerstimme verkündete:

„Sauerstoffsättigung erreicht! Luft atembar! Raumtemperatur 20 Grad Celsius!"

Wie auf Befehl nahmen beide ihre Helme ab und der sonst so sachliche Isak erkundigte sich mit wachsendem Unmut:

„Und wo gedenken Sie, werter Kollege, Ihren freien Tag zu verbringen? Surfen am Neptun oder reicht ein Kurztrip durch die Marswüste?"

Seine sich weitenden Pupillen verdrängten die blaue Iris.
Penhol atmete hörbar die leicht nach Chlor duftende Luft
ein. „So sarkastisch kenne ich Sie gar nicht! Ich fürchte, die
Ankunft hier müssen wir erst einmal verdauen. Apropos
Verdauung, wie wäre es mit einer Proteinbombe? Die
kleinen Proviantferkelhennen haben uns sicher schon ein Ei
gelegt." Schon wollt er ins Farmmodul eilen, als ihn Isak am
Ärmel festhielt.
„Im Kryoschlaf kann man doch nichts hören?" Dabei zeigte
er auf die Kühlsärge.
„Nein!" bestätigte Penhol und blickte von Sykes zu Coffi.
„Merkwürdig, ich finde, Sykes lächelt ein wenig." meinte
Isak und überlegte, über wen sie wohl so schmunzelte. Er
fand sie ausgesprochen attraktiv, behielt das aber für sich.
„Vielleicht träumt sie schon von dem Paradies, das wir hier
errichten." sagte Penhol und eilte voraus zu den
Hühnerschweinen.
Am Weg dorthin spähte Isak kurz durch ein Bullauge nach
draußen, auf ein Areal aus braunem Gestein frei von großen
Felsen und Eis. Gefrorenes Wasser konnte man hier auch
nicht erwarten, dafür flüssiges Methan, welches sich laut
früherer Vermessung in ziemlicher Ferne in einigen Seen
befand.
Zeitgleich in der Basis, welche sich in Baikonur - ehemals
zu Kasachstan gehörig - befand, stand das in silbrige
Overalls gekleidete Bodenpersonal geschäftig herum und
hatte aufmerksam die Landung via Holo-Livestream
verfolgt. Mit dem Ausstieg der Besatzung endete dieser
Sichtkontakt. Die Basis selbst erinnerte an das ehemalige
Pentagon - auch dem letzten Krieg zum Opfer gefallen -

hatte allerdings sechs Ecken, bildete also ein Hexagon mit einer gewaltigen Kuppel inmitten, die einerseits als Sternwarte diente, andererseits den größten Saal für die Mitarbeiter bot. So groß, dass zwei Zirkuszelte leicht Platz gefunden hätten. Vulgo auch Rundes Zimmer genannt, beherbergte der Saal rund 50 Mitarbeiter, die dieses historische Ereignis mit ihrem vollen Einsatz und viel Enthusiasmus ermöglicht hatten.

Die ESA-Direktorin und technische Leiterin der Mission, Frau Plagast, wies mit ihren 109 Jahren den Körper einer früheren 50jährigen vor und stammte von akklimatisierten Zentral-Afrikanern ab. Außer einer etwas breiteren Nase und schwarzem Kraushaar deutete nichts mehr darauf hin. Zurzeit war sie ausgesprochen blass im Gesicht und blickte angespannt auf die im Raum schwebenden Flat-Bildschirme mit den laufenden technischen Daten. Nervös wie ein Teenager vor dem ersten Rendezvous erwartete sie via Skype den allerersten Sprechbericht, welcher dank der Möglichkeit des Datenbeamens ohne Verzögerung möglich war, allerdings immer noch von der menschlichen Laune abhing.

„Wiederholen Sie den Situationsbericht der WM!" ordnete sie Deklin, ihren Stellvertreter - ein 30jähriges Wunderkind mit asiatischen Wurzeln - an, während sie ein paar Schritte vor- und zurückging. Sofort erschien inmitten der Flats das 3D-Bild der rotierenden Kugel in der Wettermaschine am Titan, welches Deklin penibel dem Bild eines identen Vergleichsmodells auf der Erde ganz in der Nähe der Basis gegenüberstellte.

Seine nussbraunen Augen begannen erfreut zu leuchten und
er verkündete stolz: „Exakte Übereinstimmung trotz
unterschiedlicher Umweltbedingungen. Wie von mir
berechnet!" Leider wartete er vergeblich auf ein Lobeswort,
überspielte aber seine Enttäuschung. „Wir müssen ihnen
mehr Zeit geben. Wenn auch bei den Übungen im
Südpolarmeer immer alles reibungslos verlief, kann es zu
kleinen Ausfällen gekommen sein."
„Es steht zu viel auf dem Spiel." erinnerte ihn Plagast
unwirsch. „Wir brauchen dringend einen Erfolg!"
„Wir haben unser Möglichstes getan!" verteidigte er sich.
Der hochgewachsene 126jährige Capo, im Körper eines
fitten 60jährigen mit grauem Rückwärtsscheitel, gesellte
sich zu ihnen, für die Finanzen verantwortlich machte er wie
so oft ein saures Gesicht und bemerkte: „Die größte
Fehlerquelle bleibt der menschliche Faktor!"
Das hatte sich leider seit Jahrtausenden nicht geändert.
Deklin warf Plagast einen vielsagenden Blick zu…
Als Isak ins Farmmodul kam, wieselte Penhol wütend
zwischen den Hühnerschweinen herum, welche
schlummernd in dem 40 qm großen Raum verstreut lagen.
„Unfassbar! Jetzt haben diese blöden Biester acht Wochen
so eine Art Winterschlaf gehalten und anstatt auch nur ein
einziges Ei für uns zu legen, schnarchen die sinnlos vor sich
hin!" Zornig trat er gegen eines der Tiere, das quiekend
erwachte, kleine Zähne unter seinem fleischfarbenen Rüssel
bleckte und laut rülpste.
„Lassen Sie das!" mahnte Isak. „Das ist eben der Nachteil
von Mutanten. Anders als Hühner fressen sie ihre eigenen
Eier. Die schmecken ihnen besser als das Algenfutter. Aber

wenn Sie unbedingt Nahrung brauchen: die Algen sind ebenfalls sehr nährstoffreich.“

Verächtlich verzog Penhol das Gesicht und machte mit der rechten Hand eine wegwerfende Bewegung. Dank des Implantates brauchte ein Mensch keine täglichen Mahlzeiten, da es den Stoffwechsel verzögerte, worauf unter anderem auch die Verzögerung des Alterns beruhte.

Isak starrte wieder aus dem Fenster und erblickte einen der Industrie-Roboter, die den Aufbau bewerkstelligt hatten. Anklagend hob dieser seinen Montagearm gen Himmel, wo Saturn seine Ringe kreisen ließ…

„Was gibt es denn da draußen zu sehen?“ fragte Penhol.

„Laut Dienstauftrag müssen wir nun mit der Basis skypen.“

Ein unnötiger Hinweis, den der Käpt’n nicht brauchte. Ohne zu antworten, ging Isak voraus ins Hauptmodul, wo ein Flat an der Wand die Verbindung nach Hause aufnahm.

„Endlich!“ entfuhr es Plagast, als sie am Riesen-Bildschirm in 3D in Lebensgröße erschien, neben ihr drängten sich Deklin und Capo, die vor Neugier zu platzen schienen.

„Bericht!“

„Alles planmäßig verlaufen!“ sagte Isak emotionslos. Obwohl er sich eigentlich freuen wollte, fuhr er sachlich fort: „Die Hühnerschweine haben sich sofort eingewöhnt, falls sie Eier gelegt haben, haben sie diese gefressen und schlafen jetzt friedlich.“

Penhol fühlte sich bemüßigt, auch einen Kommentar abzugeben: „Die Tiere sind zu egoistisch. Bei der nächsten Genmanipulation schlage ich vor, ihnen ein Altruismus-Gen einzupflanzen!“

Irritiert hob Plagast die Augenbrauen. „Ich werde Ihren Verbesserungsvorschlag dem Züchter übermitteln. Nächster Bericht in zwei Tagen zur selben Zeit! Fahren Sie mit dem Dienstplan fort! Ende!" Damit verdunkelte sich der Flat. Plagast fand es wichtig, als Leiterin der ganzen Expedition das Gespräch zu bestimmen. Anfang und Ende davon durfte man nicht aus der Hand geben, fand sie.

Ausflug in den Westen

Der Dienstplan sah nun den ersten Ausflug vor, der zwei wichtige Aufgabe beinhaltete: Die Vermessung des nächstgelegenen Methansees, der westlich der Wohnmodule geortet worden war, sowie dessen Infiltration mit Bakterien. Beide Astronauten setzten wieder ihre Helme auf und gingen nach draußen, wo sich dank der WM der raue Wind gelegt hatte. Der Hilfsroboter, der zum Ausladen gedient hatte - ein vierrädriger Metallquader mit vier bei Bedarf ausfahrbaren Greifarmen - die einfachen geometrischen Formen haben sich als die widerstandsfähigsten erwiesen, ließ sich per Knopfdruck von Isak in ein Zwei-Personen-Fortbewegungsmittel - vulgo Flitzer genannt - umbauen, welches einem Golfcar ähnelte, allerdings wesentlich schneller als dies antike Gefährt war. Dessen Magnet-Motor lief lautlos und bildete ein Kraftfeld, das bei Unfällen wie ein Sicherheitsgurt wirkte. Isak steuerte den Flitzer per Joystick, denn autonom bewegten sich Mobile nur auf der Erde, und Beifahrer Penhol scannte penibel mit seinem Metallarmreif - die Perfektionierung des antiken Handys - die Gegend ab. Und dieser Scan einer 45-kmh-Fahrt auf dem Titan erschien auf Holo-Livestream in der Basis. Als Trip ohne Ton, nicht wegen der Privatsphäre der Astronauten, sondern weil der Sprechfunk der Helme nur eine geringe Reichweite hatte. „Was werden die ganzen Fachidioten sich freuen, dass sie etwas sehen, was noch nie ein Mensch zuvor gesehen hat."

„Yeah Penhol, die werden in Jubel ausbrechen, als stünden sie selber hier!" Euphorie durchströmte ihn, denn nach wochenlanger Enge, hier in die Weite zu blicken und endlich wieder aktiv sein zu dürfen, tat ihm so wohl wie schon lange nichts mehr.

Und Penhol erging es ebenso. Nach acht Wochen rasender Fahrt in einer Konservendose fühlte er sich endlich frei. Während der anstrengenden Übungen auf der Erde, wo sie zu den 144 Auserwählten gehört haben, die sich dieser Mission freiwillig unterwarfen, und während des langwöchigen Fluges hatten beide nur das Nötigste gesprochen - auch weil der Bordfunk in der Basis abgehört wurde, doch hier tauten sie auf. Nach Wochen des passiven Fluges in der ESA T15, aus deren Frontscheibe fast immer nur die Schwärze des Alls zu sehen war, schien diese aktive Fahrt wie Urlaub. Das dunkle Gestein bildete eine ebene Fahrbahn, nur hin und wieder tauchten seitlich Felsbrocken auf. In einiger Entfernung glänzte schon der Methansee wie flüssiges Metall. Ganz anders als auf all den Fotos zuvor, die schon die Sonde Cassini nach 7jährigem Flug zur Erde gefunkt hatte, wo solche Seen in Falschfarben intensiv blau erschienen.

„Haben Sie die Zeittaste gedrückt?" fragte Penhol beiläufig.

Isak überlegte kurz, was er meinte. Richtig, erkannte er, die Taste am Kühlaggregat von Sykes. Immer, wenn beide das Modul zur Erkundung verließen, musste eine Zeit für die Rückkehr vereinbart werden, ansonsten wurde der Aufweckprozess eingeleitet.

„Falls nicht, dann wird schon bald die Notfallcrew geweckt. Zuerst Sykes, unsere rotbraune Schönheit. Die muss dann mit der Basis Verbindung aufnehmen und uns vermisst melden. Das wäre zu dumm!"

Über das letzte Wort ärgerte sich Isak und verriss rasant das Mobil, sodass es bei diesem Manöver fast umgekippt wäre, vollführte eine 180-Grad-Wende und versprach: „Wir werden rechtzeitig daheim ankommen."

Mit Höchsttempo von 120 km/h fuhren sie denselben Weg zurück. Penhol scannte immer noch und grinste in sich hinein.

Im Kühlaggregat schlug Sykes ihre grünen Augen auf. Sie fühlte, wie sich ihre Steifigkeit löste und das Blut warm in ihren Adern floss. Langsam richtete sie sich auf, wobei sie eine ihrer rotbraunen Haarsträhnen aus dem Gesicht strich, und machte sich für den Ausstieg aus dem Glassarg bereit, dessen Deckel sich bereits geöffnet hatte. Erwachen aus dem Kryoschlaf bedeutete eine Tortur für den Körper und der Geist musste sich erst langsam wieder an den Wachzustand gewöhnen.

In der Basis verfolgten alle aufgeregt die Fahrt und deren abrupte Kursänderung. „Warum fährt er wieder zurück, er wird doch nichts vergessen haben?" fragte Deklin mehr sich selbst.

„Er testet zuerst was das Mobil auf Titan so drauf hat."
erklärte Plagast ohne ihn anzusehen. Wie gebannt schaute
sie auf die fremde Umgebung, die doch vertraut wirkte,
wenn man von dem Gasriesen am Horizont absah, der hin
und wieder ins Bild des Hologramms geriet. „Wir können
nun das Material für die Öffentlichkeit freigeben. Bis jetzt
ist es eine Erfolgsgeschichte und wird uns die weitere
Finanzierung sichern."
Capo rümpfte die Nase. „Ich widerspreche äußerst ungern,
doch befinde ich, dass wir bis zur Vermessung der
Methanseen warten sollten."
Im Wohnmodul hatte sich Sykes schon aus dem Sarg befreit
und wankte noch desorientiert, etwas steif und verschlafen
umher. „Oooh!" machte sie und griff sich mit beiden
Händen an den Kopf. „Hallo? Ist niemand hier?"
Als sie keine Antwort bekam schritt sie zunehmend sicher
werdend weiter. Sie musste den Flat zum Skypen finden,
um der Basis ihren Not-Aufwachprozess zu melden und
nach ihren Kollegen zu fahnden. Wirre Gedanken spukten
ihr im Kopf herum, teils aus den vergangenen Träumen
übriggeblieben, teils die Sorge um die unsichere Zukunft
auf einem fremden Himmelskörper.
Der Flitzer stoppte vor dem Haupteingang und Isak sprang
Richtung Tor, das sich auf seinen Druck hin öffnete.
Gefolgt von Penhol stürmte er Richtung der Glassärge und
fand natürlich nur Coffi im Kryoschlaf vor. „Wo ist sie
hin?"
„Sicher ins Hauptmodul!" rief Penhol und eilte schon
voraus. Wie befürchtet wollte Sykes eben mit der Skype-
Verbindung beginnen, die Hand ausgestreckt. „Stopp!"

In dem Moment sah sie aus, als stünde ein Geist vor ihr.
Isak kam im letzten Moment dazu und erwischte sie an der
Hand, sodass sie erschrocken herumfuhr und die Augen
aufriss, als hätte sie ein Monster gesehen. Normalerweise
war sie alles andre als schreckhaft, doch der Stress während
des Aufwachprozesses brauchte Zeit zum Abebben.
„Nur die Ruhe!" beschwichtigte er sie. „Sie wurden
irrtümlich geweckt. Begeben Sie sich wieder in Ihr
Kühlaggregat."
„Aber-" wollte sie schon protestieren, wurde aber links von
Penhol und rechts von Isak in die Zange genommen und so
schnell wie möglich wieder in Richtung der Glassärge
gezogen oder, besser formuliert, geschleppt. „Was ist
passiert? Ein Fehler?"
Das letzte Wort echote in ihrem noch schlaftrunkenen Hirn.
„Nein, alles in Ordnung!" beruhigte sie Penhol und legte sie
mit Hilfe von Isak wieder zur kühlen Ruhe. „Schlafen Sie
wohl, Sykes! Noch ist es nicht soweit mit Ihrem Einsatz!"
Mit sanfter Gewalt schloss Isak den Deckel und drückte auf
die Kühlskala, worauf Sykes die Augen schloss und ihre
Vitalfunktionen wieder heruntergefahren wurden.
„Zwei Stunden werden ausreichen! Wir treffen uns
draußen!" erklärte Penhol und eilte fort.
Etwas pikiert stellte Isak die vereinbarte Zeit ein, da
eigentlich er als Käpt'n derlei Befehle erteilen sollte, und
fixierte sie per Tastendruck, bei sich denkend:
wahrscheinlich holt er sich noch eine Proteinbombe von den
Hühnerschweinen.
Jedoch verfolgte Penhol eine andere Absicht. Draußen
angekommen, fand er rechts neben dem Eingangstor die

vom Hilfsroboter aufgestapelten leeren Transportkisten der Mutanten, sowie noch eine ungeöffnete Box mit diversen Tools. Dieser entnahm er eine Phiole voll mit rötlicher Gallertmasse und heftete sie sich flink an den Werkzeuggürtel seines Raumanzuges. Wieder grinste er in sich hinein. Als Isak herauskam, saß er bereits wieder am Beifahrersitz und wartete stumm auf den Start. Wortlos fuhren sie dieselbe Strecke noch einmal, diesmal schneller als zuvor, mit 60-75 km/h.

In der Basis stellte sich dieselbe Begeisterung ein. Es fühlte sich für sie an, als fuhren sie live am Titan mit.

„Phantastisch!" applaudierte Plagast. „Das Gestein erinnert mich an meinen Ausflug vor 46 Jahren in den Grand Canyon in Colorado." Obwohl es lange her war, tauchten eindrucksvolle Bilder vor ihrem geistigen Auge davon auf.

„Zu dieser Zeit war unser Deklin noch nicht einmal geboren!" erinnerte Capo spöttisch, was diesen sichtlich kränkte, fügte dann noch hinzu: „Mich erinnert die Landschaft eher an die Wüste Juda, die ich vor 55 Jahren besucht habe. Sie liegt zwischen Jerusalem und dem Toten Meer, einer vor 2.200 Jahren geschichtlich wichtigen Region."

Deklin konnte keine diesbezügliche Assoziation herstellen, da er in der weiten verseuchten Welt noch nicht allzu viel herumgekommen war.

Penhol ergriff das Wort: „Wir müssen zuerst den See in seiner jetzigen Form vermessen, und nachdem die WM die Wolkenschicht eventuell dort zum Abregnen bringen wird, nochmals. Hoffen wir, dass wir keinen Tsunami entfachen."

Vor dem Methansee brachte Isak den Flitzer abrupt zum
Stehen und stieg aus, um mit der Vermessung zu beginnen.
Wie üblich bei einem Scan oder einem Situationsbild
brauchte er nur die linke Hand zu heben und sein
Metallarmreif funkte die erhobenen Daten an die Basis.
Penhol wartete bis er im Bild war und nahm die Phiole zur
Hand, um ihren Inhalt prüfend zu inspizieren. „Die
Hyperbakterien sind einsatzbereit!" Fast theatralisch öffnete
er die Phiole und goss deren Inhalt, welcher verdünntem
Blut glich, in den See. Ein kurzer Zischlaut ertönte und eine
kleine Dunstwolke wurde sichtbar.
Diese Aktion focht alle in der Basis zu erneutem Jubel an.
„Da! Er tut die Hyperbakterien in das flüssige Methan,
damit sie es neutralisieren können." kommentierte Deklin
überflüssigerweise gebannt. „Ein voller Erfolg!"
Wie sehr wünschte er sich, persönlich dabei sein zu dürfen.
Selbst Capo machte ein zufriedenes Gesicht und befand:
„Nun können wir der Öffentlichkeit die erfreulichen
Ergebnisse zugänglich machen."
Das bedeutete, dass jeder Erdenbürger auf seinem Flat oder
seinem Armreif alle bisherigen Livestreams empfangen
konnte.
Mit einem Seufzer sprach Plagast laut an alle Anwesenden
gerichtet: „So, werte Kollegen, das Schwierigste liegt hinter
uns! Macht euch in drei Stunden für eine kleine Ansprache
meinerseits bereit!"
Am Titan standen die Männer dem Methansee gegenüber
und beobachteten, wie er sich von ihnen aus ganz langsam
rötlich einzufärben begann.

„Bin gespannt wie weit die Bakterien in den See vordringen können." murmelte Penhol.

Nachdenklich runzelte Isak die Stirn und ließ seine linke Hand sinken. „Hatten Sie die Bakterien eigentlich schon bei der ersten Anfahrt dabei?"

Grinsend erwiderte Penhol: „Erwischt! Ich hatte die Phiole vergessen und Sie die Zeittaste. Passt doch zusammen!" Um sich nicht den Groll des Kapitäns der Mission zuzuziehen, fuhr er im Plauderton fort: „Waren Sie einmal im Ozean-Park? Dort ist es wie vor 250 Jahren am Strand, lang bevor die Übervölkerung die Meere in stinkende Kloaken und überfüllte Plastikmüllbecken verwandelt hat."

„Mit der Überbevölkerung ist es ja nun ein für alle Mal vorbei." bemerkte Isak etwas wehmütig. „Der Krieg hat uns beinahe ausgelöscht."

„Eher unsere Hybris korrigiert, zehn Milliarden Menschen waren wirklich viel zu viel für Mutter Erde!" ließ Penhol zynisch verlauten. „Oh, ich glaube, die Färbung hat ihre Grenze erreicht."

Die schwach rötliche Einfärbung umfasste nun knapp zweieinhalb Quadratmeter am Rande des 320 qm großen Sees.

Isak wollte etwas entgegnen, beließ es aber dabei und stieg wieder in den Flitzer.

Schock bei der Heimkehr

Noch bevor die Männer ins Wohnmodul heimgekehrt waren, rief Penhol schon aus: „Wenn diese verflixten Mutanten noch immer kein Ei gelegt, oder es wieder selbst aufgefressen haben, stanze ich einem von denen ein Steak aus dem Fettleib!"

Doch als Isak die Tür geöffnet hatte, schrillte ihnen ein lautes durchdringendes BIEP-BIEP-BIEP entgegen. Ein Geräusch von der Lautstärke eines Presslufthammers mit 96 Dezibel. Ohrenbetäubend und unheilverkündend. Beide rannten in Richtung der Lärmquelle los.

„Das ist das Alarmsignal eines Kühlaggregats." erkannte er, dicht gefolgt vom hungrigen Penhol.

„Der Lärm weckt ja Tote wieder auf!" bemerkte dieser salopp.

Als sie das mittlere Wohnmodul mit den beiden Kühlsärgen ihrer weiblichen Crewmitglieder erreichten, bot sich ihnen ein Bild des Schreckens: Sykes lag offensichtlich tot in ihrem Glassarg: ein Auge und den Mund halb offen mit aschfahler Gesichtsfarbe. Fast noch bleicher als ihr weißer Overall, der nun zum Totengewand geworden war. Tragischerweise erfüllte der Sarg nun seinen ursprünglichen Zweck: eine Ruhestatt für die Ewigkeit. Beide nahmen wie zur Ehrerbietung ihre Helme ab und sahen sich kurz ratlos an, dann schaltete Isak den Alarm ab, worauf sich Todesstille einstellte.

Penhol fand als erster Worte für den herben Verlust: „Zerebralschock! Wie Gefrierbrand im Gehirn, passiert manchmal beim Wiedereinfrieren." Dabei zuckte er mit den Schultern, so als wäre nur kurz der Strom ausgefallen.

„Ich weiß, was ein Zerebralschock ist!" entfuhr es Isak zornig. „Und dass er nur einmal in einer Million Fällen auftritt! Sie haben doch darauf gedrängt, sie wieder einzuschläfern!" Hasserfüllt blickte er ihn an. Wut überkam ihn, weil die Menschheit den Tod noch immer nicht aushebeln konnte. Es gab immer noch irreversible Vorgänge, denen er sich einfach fügen musste, wie all die Generationen vor ihm, denen weit weniger ausgefeilte Technik zur Verfügung stand.

„Laut Dienstvorschrift § 12 war es auch richtig! Zur Schonung menschlichen Materials sollen unsere lieben weiblichen Kollegen erst in einem Jahr zum Einsatz kommen! Es ist doch nicht unsere Schuld, dass Sykes Körper-"

„Und laut § 21 hätte ich diese unnötige Regel als Käpt'n außer Kraft setzen können!" unterbrach ihn Isak barsch.

„Falsch! Es ist § 22, der Ihnen das Recht gibt-"

„Wie bitte? Durch unsere Schuld ist ein Crewmitglied gestorben und Sie werfen mir einen Irrtum bei den Paragrafen-Nummern vor???"

„Es ist doch nicht unsere Schuld, dass Sykes Körper den hiesigen Anforderungen nicht entsprach." verteidigte sich Penhol ruhig. „Die Basis mit ihrer Auswahl einer leicht rothaarigen, medizinisch oft überreagierenden Person hat sich den Fehler zuzuschreiben. Allerdings rate ich davon ab, sie zu diesem heiklen Zeitpunkt über ihren Fehler zu informieren."

„Ist das alles für Sie? Nur ein Fehler?" fragte Isak entrüstet über diese unüberlegte Wortwahl, während er Sykes Sarg öffnete und ihr mit fast zärtlicher Geste das halb offene Auge und den Mund zuschloss. Ewig schade, dachte er traurig dabei, aus uns hätte etwas werden können.

„Sie zeigen Nerven!" warnte ihn Penhol, wobei er die Wirbelsäule durchstreckte, um etwas größer zu wirken.

„Begeben Sie sich einfach zum Aggromulator, um Ihre
sinnlose Wut in nützliche Bahnen zu lenken!“
In diesem Augenblick hätte ihn Isak am liebsten mit der
Faust hart im Gesicht berührt, doch beherrschte er sich
mühsam, diese archaische Reaktion zu unterdrücken und
lief eilig ins hinterste, blutrote Modul, wo ein mannshoher
Stahl-Trichter, welcher im oberen Drittel nach vorne
gebogen seine im Durchmesser 1Meter-große Öffnung
frontal ausgerichtet, mit einem Akku verbunden war. Dieses
famose Gerät namens Aggromulator, welcher Aggressionen
in Strom umwandeln konnte, bot die ideale Gelegenheit,
verletzende Verbalattacken in elektromagnetische Energie
umzuformen, zum Nutzen des Energiebedarfs aller im
Umkreis befindlichen Lebewesen.
Aufgewühlt stellte er sich also davor und brüllte los:
„VERFLUCHTER PENHOL!!!! DER SOLLTE STATT
PENHOL ASSHOLE HEISSEN!!! DIESER
MISSLUNGENE MOLEKÜL-COCKTAIL! ICH WILL
IHM DEN SPREIZER IN DIE NASE SCHIEBEN UND
IHM DEN VERDAMMTEN SCHÄDEL SPALTEN UND
IN SEINEM BLUT BAAAAADEN!!!!“
Dank Datenschutz und abgesetzter Helme konnte der so
Verfluchte nichts davon hören. Still hatte er Sykes Sarg
wieder geschlossen und stand nun vor Coffis Sarg, die
immer noch mit rosigen Wangen im Kryoschlaf lag, und
begann an seinem Genital herumzufummeln. Ab und zu sah
er auch zur toten Sykes hinüber, deren Körper ihm immer
noch begehrenswert erschien. Etwas mehr Girly-Action, wie
es sie in manchen Modulen auf der Erde zu kaufen gab,
hätte er zwar bevorzugt, aber angesichts seiner langen

Abstinenz genügte ihm der Anblick einer Schlafenden und einer Toten. „MMMMHM!" machte er.

Isak schrie noch „RAAAHHH!" - seinen archaischen Urschrei - in den Trichter und wandte sich zum Gehen, als eine sonore Computerstimme säuselte: „Danke für Ihre Energiespende, Sir!"

Widerwillig machte er sich auf den Weg zurück zu seinem nervigen Kameraden.

Mit einem tiefen Schnaufer kam dieser zum Höhepunkt. Gerade rechtzeitig, als der ebenfalls erleichterte Isak wieder zu ihm stieß, den er mit einem weiteren Satz zu erneuter Weißglut trieb: „Übrigens, bester Isak, haben Sie schon herausbekommen, ob heute Sonntag ist?"

Kurze Pause, denn Isak wollte nicht schon wieder umkehren und seinen Unmut erneut in den Trichter brüllen! Dann antwortete er gepresst: „Jetzt aktivieren Sie mal Ihre Gehörgänge und hören Sie mir gut zu, ich habe eine wichtige Nachricht für Ihr Gehirn, dessen Synapsen es in Vergessenheit geraten ließen, dass ICH der Kapitän bin und daher bestimme, ob, wann und wo für Sie Sonntag ist!!!"

Erholt von seinem selbstverursachten Orgasmus sagte Penhol sachlich: „Na, das ist doch mal ein eindeutiger Appell! Und nun lassen Sie uns herausfinden, ob die reizenden Hühnerschweine endlich ihre Aufgabe erledigt haben!"

Zeitgleich auf Mutter Erde stand Frau Plagast auf einer Tribüne im Festsaal des Hexagons vor ihren stolzen Mitarbeitern. Sie trug zur Feier des denkwürdigen Tages eine ozeangrüne Robe. Capo im schwarzgoldenen Anzug und Deklin, welcher seine ESA-Uniform trug - blau mit

gelben Epauletten - saßen in der ersten Reihe, ja, auch sie
hatten sich festlich gekleidet und lauschten gespannt den
feierlichen Worten ihrer Chefin.
„Lange haben wir gebraucht, bis endlich ein Mensch am
bisher weit entferntesten Trabanten - von uns aus gesehen -
landen konnte. Doch unser aller Hartnäckigkeit und Fleiß
haben sich ausgezahlt. Unsere vier Pioniere des Titans
haben für die Menschheit einen weiteren Schritt Richtung
Unendlichkeit getan! Nach 14 unbemannten Missionen
innerhalb der letzten 64 Jahre, 39 davon unter meiner
Leitung, ist mit der erfolgreichen, ersten bemannten Mission
der Anfang der Kolonisation am Titan gemacht. Bald
werden weitere Pioniere nachfolgen und den größten
Saturnmond urbar machen. Nichts und niemand kann uns
mehr aufhalten!“
Am Ende ihrer Rede hob sie beide Hände zum Triumpf in
die Höhe und Applaus brandete auf. Befriedigt stieg sie von
der Tribüne und kam auf Capo und Deklin zu. Letzterer
beugte sich zu Capo und wollte eben erwähnen, dass er
einen wichtigen Satz vermisst hatte, nämlich: Die
Vereinigten Staaten von Europa können stolz auf uns sein!
Dazu kam er jedoch nicht, denn Plagast raunte ihnen zu:
„Das war's. Ich entlasse euch für heute!“
Deklin schien irritiert: „Sollten wir nicht warten, ob unsere
Pioniere noch etwas Wichtiges senden, Frau Plagast?“
„Wenn Sie unbedingt wollen, steht es ihnen natürlich frei
hierzubleiben bei der diensthabenden Bodencrew. Aber ich
habe noch ein Privatleben!“
Für Deklin eigentlich unvorstellbar. Wie alle jungen
Mitarbeiter dachte er bei ihr nur an ihren Arbeitseifer.

Und Capo meinte amüsiert zu ihm: „Jenseits der 80 werden Sie das auch zu schätzen wissen, junger Hüpfer!" Sein Blick schien ihn dabei richtig herabzuwürdigen.

Für die zwei ersten Pioniere des Titans gab es Ei plus Alge, was zusammen entfernt wie einstige Meeresfrüchte schmeckte. Es entstand so etwas wie Privatheit, obwohl beide ihre Dienstkleidung trugen, denn sie mussten laut Vorschrift allzeit bereit für einen Außeneinsatz sein. Das hieß: immer den Raumanzug tragen, außer im Schlafmodul. Auf den ausgeklappten weißen Sitzmöbeln saßen sie sich im grünen Privatmodul gegenüber, stocherten mit transparentem Plastikbesteck auf ebensolchen Tellern in dem nährstoffreichen Gericht herum und ließen es sich munden.

„Hmm!" machte Penhol. „Da ist alles drin, was der Mensch braucht und es schmeckt besser als der synthetische Fraß daheim, von dem ich als Kind ab und zu Ausschlag bekam. Der Geschmack erinnert an Fische von früher, bevor die Weltmeere in Güllegewässer verkamen und nur noch künstliches Futter erzeugt werden musste."

„Wäre vorteilhaft, wenn wir Titan so terraformen könnten, dass genetisch gesichertes Material sich hier neu ansiedeln ließe." nickte Isak und mampfte entspannt. In seiner regen Phantasie stellte er sich den Mond bereits begrünt vor, mit einem Trinkwasserreservoir und-

„Wie bedauerlich, dass Sykes das nicht mehr erleben kann, aber wir können einen Klon schaffen!" schlug Penhol vor.

„Ausgetragen in ihrer Gebärmutter!"

„Das dauert zu lange. Mindestens 18 Jahre, bis sie ihren
heutigen Intellekt entwickelt hat. Und unsere Mission ist nur
auf 15 Jahre angelegt." wehrte Isak ab.
„Ich war mit elf Jahren schon ein Genie! Und wenn ich sie
erziehe und unterrichte-"
„Ja, das fehlt mir hier gerade noch. Eine neunmalkluge
Elfjährige!" schnitt ihm Isak rüde das Wort ab.
KLOPF-KLOPF! störte ein metallisches Geräusch ihre
Mahlzeit. „Erwarten Sie Besuch?" witzelte Penhol.
Langsam schien er sich zu steigern, was Frechheit anging.
„Das ist der Service-Roboter. Laut Programm muss er das
Farmmodul ausmisten und die Mutanten melken. Öffnen Sie
und stellen ihn so ein, dass er selbsttätig die Türe bedienen
kann." befahl Isak souverän und siehe da - Penhol folgte
aufs Wort.
Gemessenen Schrittes eilte er zum Eingangstor und öffnete
dem 1Meter40 hohen Service-Roboter. Dieser war ähnlich
einem fahrenden antiken Spielautomaten, damals einarmiger
Bandit genannt, mit zwei seitlichen Greifarmen konstruiert
und ließ sich von Penhol an der Frontseite mit dreimaligem
Fingertippen auf die betreffenden Lichtfelder so
umprogrammieren, dass eine geschlossene Tür kein
Hindernis mehr für ihn bildete. Zum Glück gab es bisher
noch nie einen Roboter-Aufstand, was man von dienstbaren
Mutanten nicht behaupten konnte. Anno 2167 rebellierten
einige dienstbar gemachte Affen-Mutanten und schlachteten
Tausende Menschen ab, da sie nicht mehr dienen wollten.
Die Hühnerschweine ließen sich brav von ihrer stählernen
Servicekraft mittels vier ausfahrbaren Saugnäpfen melken
und als diese noch ihren Kot mit den auf 1Meter50

ausfahrbaren Armen in den Abfallschacht schaufelte, sprang eines der vorwitzigen Tiere quiekend einige Male an ihr hoch. Schließlich gelang es dem Tier, auf die obere Platte des Roboters zu springen. Dort balancierte es mit den vier hühnerartigen, krallenbewehrten Füßen herum, als der Roboter, nachdem er die Milch in seinem Stahlleib fertig pasteurisiert hatte, sie in den dafür vorgesehenen Behälter an der Wand kippte, den eine direkte Mini-Pipeline mit dem grünen Privat-Modul verband. Als er nach getaner Arbeit wieder hinausfuhr, saß der Mutant noch immer obenauf. Programmgemäß fuhr der Service-Roboter nun wieder zurück zum Raumschiff und nahm noch herumliegende leere Transportkisten mit. Draußen herrschte dank WM zwar Windstille, allerdings immer noch eine Temperatur von minus 120 Grad Celsius. Der Mutant grunzte laut und stellte seine Federn auf, um sich zu wärmen. Nach einigen ruckartigen Bewegungen des Roboters, verlor das Tier den Halt und fiel herunter. Neugierig, oder auch auf der Suche nach besserem Futter, begann er die neue Umgebung zu erkunden…

Isak wollte die Arbeit des Roboters überprüfen, begab sich ins Farmmodul und erkannte sogleich, dass ein Mutant fehlte. „Penhol!" schrie er aufgebracht. „Eines der Hühnerschweine ist ausgerissen. Schnell, wenn es geflüchtet ist, könnte es rasch an Sauerstoffmangel sterben."

„Dann könnten wir es uns grillen." regte Penhol an, der inzwischen aufgesprungen war und mit Isak zum Eingangstor sprintete.

Draußen angekommen sahen beide noch das Tier aufgescheucht davonlaufen, wobei es immer lauter quiekte.

Schwer feststellbar, ob aus Spaß oder Luftmangel. Die Männer jedenfalls bekamen ohne Helm schnell Atemnot und retteten sich wieder ins Modul zurück.

„Verdammt!" fluchte Isak und ballte die Fäuste.

„Nur die Ruhe!" entgegnete Penhol gleichmütig. „Die Viecher sind verdammt widerstandsfähig. Bevor sich das Eingangstor hinter ihnen schloss, hörten beide noch einen tiefen, nicht enden wollenden Ton voller Schaurigkeit. Kurzes Schweigen, wie Duellanten standen sich beide gegenüber. Einer feixend, der andre grollend.

„Ich finde, wir haben uns bisher zu viele Fehler erlaubt." brach Isak als erster die Stille. Seine Worte schienen bedeutungsschwanger nachzuhallen.

„Bedenken Sie, dass wir die vorige Situation nicht geübt haben. Es gibt auch keine Dienstvorschrift, einen Service-Roboter bei seinen Tätigkeiten zu observieren." erinnerte Penhol, der sich offenbar keiner Schuld bewusst schien.

„Schlimmer als der mögliche Tod eines der Mutanten ist noch immer das Ableben von Sykes, das wir besser geheim halten sollten, trotz § 17, der uns verpflichtet, jeden Todesfall unverzüglich zu melden."

Isak überlegte angestrengt, was ihm bei aufkeimendem Kopfschmerz schwerfiel. Der Basis schon am ersten Tag den tragischen Verlust zu melden, schien in der Tat keine gute Idee, wenn man nach 15 Jahren als Held heimkehren wollte.

Penhol schien seine Gedanken zu erraten und setzte nach: „Was ist unser Ziel?"

„Die Erschließung neuer Kolonien!"

„Falsche Antwort! Zielvorgabe war ein 100prozentiger Missionserfolg - heißt: keine menschlichen Verluste! Daher schlage ich vor, Sykes Ausscheiden weiterhin geheim zu halten, sonst verlieren wir das Vertrauen der Basis."
„Was den Verlust des Mutanten betrifft…," überlegte Isak.
„müssen wir sofort Farbe bekennen, denn wir sind verpflichtet die Erträge zu melden." Erträge und deren Verbrauch waren im Voraus knapp kalkuliert worden.
„Wir rechnen die Erträge der Tierchen um ein weiteres hoch!" schlug Penhol vor, der scheinbar nie um eine Lösung verlegen war und sich einmal mehr als wahrer Überredungskünstler entpuppte. „Die Mutis sind resistent! Vor allem ihr schweinerner Erbanteil. Wussten Sie, dass sogar Raubtiere wie Füchse Angst vor Schweinen hatten?"
Isaks Kopfschmerzen wurden ärger, wie ein Hammer, der in seine Gehirnwindungen neue Ausbuchtungen klopfte.
„Beide Arten sind doch schon über 100 Jahre ausgestorben. Damals mussten Menschen noch täglich auf die Toilette und alterten viel zu schnell."
„Seien wir dankbar, dass diese unheilvolle Zeit vorüber ist! Es sollen sogar Leute beim Fäkalien-Ausstoß gestorben sein. Aufgrund der Anstrengung ist ihnen eine Ader im Hirn geplatzt!"
„Penhol!" rügte er ihn und griff sich an den Kopf, als könne er den Schmerz so eindämmen. „Die Mutanten ertragen eventuell die Stickstoff-Atmosphäre, aber die Kälte kann für sie kritisch werden, wenn sie sich nicht modifizieren können."
„Das nenne ich positives Denken. An Modifikation habe ich noch gar nicht gedacht." gestand Penhol nachdenklich.

„Genug für heute, gehen wir zur Nachtruhe über." befahl
Isak und zog sich in sein dunkelblaues 20-qm-Schlafmodul
zurück, wo eine bequeme Koje auf ihn wartete. Mit vor
Schmerz verzogenem Gesicht, schälte er sich aus seinem
Raumanzug und stellte sich in die Luftdusche, die seinen
Körper sanft mit purem Sauerstoff umschmeichelte. Dann
legte er sich in die mit weißem Schaumstoff ausgelegte
Koje, worauf das Licht erlosch, wickelte sich in eine weiche
Baumwolldecke und gab sich dem Schlaf hin.
Ebenso ließ sich Penhol in Morpheus Arme sinken, in
seinem gegenüber liegenden orangen 15-qm-Schlafmodul,
wo er in einer mit gelbem Schaumstoff ausgelegten Koje -
die einen schönen Kontrast zu seinen schwarzen Haaren bot
- friedlich, doch von den Ereignissen ziemlich gestresst
einschlummerte und alsbald zu schnarchen anfing.
Nachts, das hieß während der Nachtruhe, denn eine
sternenklare Nacht war auf dem der Saturnseite
zugewandten Mond nicht möglich, hörten sie manchmal in
wachen Momenten deutlich wie das Metall der Module
unter dem herrschenden Außendruck knackte und
gelegentlich ächzte. Nicht gerade vertrauenerweckend,
jedoch hatte die Technik bisher noch nicht versagt, was man
von den Menschen nicht behaupten konnte…Titan schien
mit seinen Besuchern nicht glücklich zu sein…Und er
quälte seine neuen Bewohner mit Albträumen…

Die Katastrophe

BIEP-BIEP-BIEP! In immenser Lautstärke schrillte dieser
Warnton durch das gesamte Modul und weckte Penhol, der

ziemlich belämmert aufstand und, von diffuser Notbeleuchtung irritiert, im Rekordtempo in seinen Raumanzug schlüpfte. Zur Sicherheit setzte er sofort seinen Helm auf und öffnete die Tür seines Schlafmoduls, um gleich gegenüber anzuklopfen. „Isak! Isak!" schrie er und hämmerte gegen dessen Stahltür. Keine Reaktion. Also wollte er mit seinem Spreizer die Tür öffnen und stellte entsetzt fest, dass er an seinem Gürtel fehlte. AS-Griff, Drillbohrer, alle sonstigen Werkzeuge waren vorhanden, nur der Spreizer… „Sabotage?" fragte er sich, überlegte fieberhaft, was passiert sein könnte. Sein Herz pochte bis zum Hals und übertönte fast die Lautstärke des durchdringenden Alarmtones. In der Hoffnung, dass der Käpt'n ihm schon vorausgeeilt war, rannte er in das mittlere Wohnmodul, wo sich die Glassärge befanden. Sykes lag mit weit aufgerissenen Augen in ihrem, als hätte sie etwas Furchtbares gesehen. Merkwürdig, dachte er, im Tod konnte sie doch nicht mehr ihre Lider bewegt haben, es sei denn, eine postmortale Nervenreaktion hätte dies bewirkt. Aber der Kryoschlaf mochte seine eigenen Gesetze haben, besonders dann, wenn er eine Verstorbene vor dem Verfall bewahren sollte. Daneben fand er Coffis Sarg geöffnet vor, von ihr selbst keine Spur. Doch halt! Die roten dünnen Rinnsale konnten Blutspuren sein. Da das Implantat im Nacken nicht nur das Altern stark verzögerte, sondern Frauen auch von der monatlichen Pein der Menstruation befreite, konnte es sich daher nur um Blutspritzer von einem Kampf handeln. Ein Kampf gegen wen??? Die Lautstärke schwoll immer mehr an, also schaltete er den Alarm der Kryosärge aus. Doch die entstandene Stille währte nur kurz.

Nun hob ein Geheul an, als hätten sämtliche Furien der Hölle zum Sturm gegen die gesamte Menschheit geblasen. Erschrocken lief er in Richtung des Geheuls und fand noch vor dem Farmmodul einen toten Mutanten. Dem armen Hühnerschwein fehlte der Kopf und aus dem Rumpf strömte stoßweise hellrotes Blut, als schlüge das Herz des Tieres noch. Penhol ging nun langsam in Richtung der offenen Tür des Farmmoduls. Ein weiteres totes kopfloses Hühnerschwein flog über die Schwelle. Dann flüchtete eines an ihm vorbei mit einem Angstgeheul, wie er es nie zuvor gehört hatte. Entschlossen trat er in das dunkelbraune Modul ein und sah eine zwei Meter große Gestalt, die er nicht identifizieren konnte, da sie eines der pummeligen Hühnerschweine vor sich hielt, um ihm den Garaus zu machen. „Halt! Wer bist du?" fragte er laut mit dem Mut der Verzweiflung. Daraufhin ließ die Gestalt ihr Opfer sinken und sah ihn prüfend an. Es war ein den Mutanten ähnliches Tier, nur hatte es statt Gefieder glänzende Schuppen am Körper, welchen mittig eine ziemliche Wampe verunzierte, die ihn aber um nichts ungefährlicher aussehen ließ. Sein Kopf hatte statt einem Rüssel ein Raubtiermaul mit spitzen langen weißen Zähnen. Oh, dachte Penhol, nur nicht zwischen diese Zähne kommen, aber nach Coffi und einigen Mutis müsste er satt sein. Die schwarzen Augen des Tieres glitzerten und schienen sich leicht zu verengen, als plane es den Angriff. Kein Zweifel mehr, erkannte er, das ist das geflüchtete und scheinbar ins Monströse gewachsene, zurückgekehrte Hühnerschwein! Hat es aus dem bakterienverseuchten Methansee gesoffen und ist blitzartig aufgequollen? Oder wächst es mit der Zahl seiner Opfer?

Was muss diese Atmosphäre nur für schreckliche Auswirkungen haben, wenn man ihr ganz ungeschützt ausgeliefert ist. Sie macht Nutztiere zu Monstern, die zu Kannibalen werden. Und nun steh ich so einem Monster gegenüber. Unbewaffnet! Was soll ich tun? Es gibt keine Dienstvorschrift, wie man sich im Umgang gegenüber solchen Kreaturen verhalten muss. Jetzt ist Improvisation gefragt, schossen ihm die Gedanken in Sekundenschnelle durchs Gehirn. Langsam und besonnen machte er einige Schritte zurück, bis er die Schwelle des Farmmoduls hinter sich gebracht hatte und schloss mit einem Druck die Tür. Dahinter hörte er den Monster-Mutanten brüllen und wie wild dagegen hämmern. Das Metall verbog sich unter dieser Gewalteinwirkung nach außen und der Türspalt zeigte bereits eine schmale Öffnung. Zurück zum Schiff! durchzuckte ein Gedanke Penhols Gehirn und er rannte durch das Verbindungsrohr, welches ihm immer länger vorkam, bis zum Eingangstor, das weit offenstand. Die nächste schlimme Überraschung war, dass es sich nicht schließen ließ. Hinter ihm hörten die donnernden Schläge auf, was nur bedeuten konnte, dass es der 2-Meter-Mutant geschafft haben musste, die Tür zum Farmmodul endgültig aufzuknacken. Also rannte Penhol wie von einer Armee vor sich hergetrieben zum Raumschiff. Auf dem Weg dorthin kam er an der WM vorbei, die schon gute Arbeit geleistet hatte. Denn am Himmel des Titans war weit und breit kein Methanwölkchen mehr zu sehen. Die Wettermaschine war ein Perpetuum Mobile und speiste seine Energie aus dem Rotieren der schwerelosen Kugel inmitten des Stahlkäfigs und dem permanenten Durchzug der Atmosphäre. Das ist vielleicht die Lösung, dämmerte es ihm und er packte seinen Antischwerkraft-Griff, der glücklicherweise noch an seinem Gürtel hing und brachte ihn verbotenerweise an der WM an. Denn das Einsetzen dieses AS-Griffes brachte den Takt der WM durcheinander und ließ die Kugel abstürzen, was auch sogleich geschah. Dabei entstand wieder derselbe metallische Lärm, wie beim Einschalten der Maschine. Als das Geräusch von aufeinanderprallendem Metall verstummte und die Kugel nur mehr nutzlos in ihrem Käfig lag, verdüsterte sich sofort der Himmel. Wolken zogen wie im Zeitraffer auf und es bildete sich ein Strudel direkt über der WM und die Windgeschwindigkeit stieg und stieg und es begann zu stürmen und Methan zu regnen. Zeitgleich kam der Mutant in Sicht, als sich Penhol kurz zum Modul umwandte. In der Hoffnung, dass das Tier vom sauren Regen wenigstens etwas verletzt werden kann, rannte er wie ein geölter Blitz zum Cockpit der ESA T15. Doch so sehr er sich auch beeilte, er schien wegen des Sturms kaum von der Stelle zu kommen und wenn er es schaffte, wurde er wieder zurückgeschleudert. Wütendes Grunzen seines Verfolgers - das Tier schien wetterfest zu sein - stachelte ihn jedoch zu Höchstleistungen an und er erreichte endlich das Cockpit in höchster Not - leider mit versiegelter Tür. Aufgebracht schlug er dagegen. „Isak! Sind Sie da drinnen? Öffnen Sie mir!" Keine Antwort, kein Mucks, nur das sich bedrohlich nähernde, lauter werdende Grunzen des Monsters und das jämmerliche Heulen des Sturmes. Also versuchte er sich tapfer zum Laderaum durchzukämpfen, was ihm nur unter enormer Anstrengung gelang. Das Tor zum Laderaum der ESA T15 stand einladend offen und er stürmte hinein, stolperte über ein Metallteil und kam zum Stehen. Der von seiner Gestalt her menschenähnliche Roboter fiel ihm ein, Blecher, ein wahres Wunderwerk der Ingenieurskunst und praktisch unzerstörbar. Erst vor 16 Monaten erfunden und gebaut aus bei Bedarf dehnbarem Weißmetall mit Formgedächtnis, was ihm die Möglichkeit gab, von seiner 1Meter80 Standardgröße auf ganze 2Meter50 hochzuwachsen und sich dann zurückbilden und Schäden selbst zu reparieren. Laut Dienstvorschrift nur für Notfälle einzusetzen. Wenn das kein Notfall war, dachte er hoffnungsfroh, als er entsetzt zurückprallte. Blecher lag in seine Einzelteile zerlegt verstreut am Boden des Laderaumes herum. Sein Kopf war an der Frontseite eingedrückt als wäre er aus Aluminium gewesen. Der Mutant muss ihn noch zerstört haben, bevor er ins Wohnmodul eingedrungen war. Und er hatte wirklich ganze Arbeit geleistet. Das Vieh ist intelligent, dachte Penhol, und unsere Techniker sind Idioten. Dabei hat die Basis doch behauptet, dass Blecher unkaputtbar sei. Ja, so unkaputtbar wie die Titanic einst unsinkbar war, erkannte er bitter. Wenn sich der Monster-Mutant klont, haben wir auf Titan bald eine gefährliche Population. Er überlegte, wie er vom Frachtraum aus am besten ins Cockpit käme. Ein Gang führte von hinten nach vorne, verjüngte sich jedoch immer mehr, bis er so eng war, dass man nur mit großer Mühe durchschlüpfen konnte. Aber an Klaustrophobie durfte man als Raumfahrer ohnehin nicht leiden! Nichtsdestotrotz entschied er sich dafür, in den benachbarten Maschinenraum einzudringen, um dort vor dem herannahenden Ungeheuer Schutz zu suchen. Von nackter Überlebensgier gepackt versuchte er noch, vorher die Tür vom Laderaum zu schließen, doch wieder spielte ihm die Technik einen Streich. Die Tür schien verklemmt zu sein, mag sein, dass der hohe Außendruck das Metall so perforiert hatte, dass sie sich nicht mehr schließen ließ, daher rannte er schnell zurück zur Maschinenraumtür. Mit leisem Zischen glitt die schmale Tür auf seinen Handdruck hin zur Seite und er sah prüfend hinein. Zwischen den Maschinen des mannshohen Antriebsmotors gab es genug Zwischenraum für ihn. Mit seinem Raumanzug quetschte er sich also durch die Tür und schloss sie hinter sich wieder. Durch das kleine Sichtfenster konnte er schon sehen, wie der Mutant den Frachtraum betrat und die Metallteile von Blecher mit den Krallenfüßen vor sich herschob. Spielerisch, als wenn er mit Penhol auch gleich spielen wollte. Der versuchte sicherheitshalber verzweifelt, die Maschinenraumtür hinter sich so abzudichten, dass sie nicht so leicht geöffnet werden konnte. Obwohl der Mutant ihn wohl eher nicht im Maschinenraum vermuten oder gar riechen konnte, beruhigte er sich. An seinem Werkzeuggürtel fand er einen Löter - eine Weiterentwicklung des Lötkolbens - welcher alles mit Metall abdichten konnte. Schon begann er damit, die Ritzen um die Tür abzudichten, als der Mutant direkt davor zu stehen kam und ihn durchs Sichtfenster spöttisch anguckte. Stimmt, fiel es Penhol brühwarm ein, dieser Koloss hat es geschafft, Blecher zu vernichten, also wird eine zugelötete Tür auch kein Problem für ihn darstellen. So ließ er also von seinem Vorhaben ab und schlich sich so schnell er konnte, bis in den Bereich vor, wo er nur mehr in gebückter Haltung weiterkam. Jetzt bin ich schon sicher, freute er sich. Hinter

ihm hörte er Metall quietschen und knarren und wieder
ertönte das laute Gegrunze seines hartnäckigen Verfolgers.
Nein, ich habe mich geirrt, das Vieh kann mir sicher auch
kriechend den Garaus machen, da will ich lieber stehend
sterben. Wenn das Vieh hereinkommt, kann es den Antrieb
so schädigen, dass ich hier auf ewig gefangen bin, erkannte
er, ich muss es vernichten, aber wie? Da fiel ihm ein Teil
des Antriebes ein, den man zur Not auch als Waffe
verwenden und dann wieder zur Fortbewegung einbauen
konnte: Der Heizstab, der den Nuklid-Antrieb zündete. Also
nichts wie dahin, zurück nach vorn, zum Herz des
Maschinenraumes, spornte er sich an, die Anstrengung wird
-nein muss sich lohnen. Dann stand er schon vor dem
Wunderwerk des superschnellen Antriebes. Wie jeder
Astronaut musste er in der Lage sein, eventuell eine
Reparatur durchzuführen und kannte sich daher mit der bis
dato größten Erfindung der Menschheit für das
Raumzeitalter aus. So als hätte er sein Leben lang nichts
Anderes gemacht, als Antriebsmaschinen konstruiert, packte
er zielsicher den Heizstab und baute ihn aus seiner
Vorrichtung aus. Keine Sekunde zu früh, denn hinter ihm
hörte er schon den tierischen Feind durch die Tür spazieren,
welcher sich nicht abschütteln ließ. Mit steigendem Zorn
sprang er zu der nun an ihn heranpirschenden, wilden
Kreatur und reckte dem neugierigen, bereits zum Sprung
nach ihm geduckten, fauchenden Monster die per
Knopfdruck entzündete Flamme des Heizstabes in seine
Fratze. „Geh weg, du Bastard!" schrie er dabei so laut er
konnte. Schrilles Wehgeheul war die Folge, sowie ein
Gestank nach verbranntem Fleisch, der sich den Weg durch

Penhols Helm bahnte und ihn an ein saftiges Steak
erinnerte. „Aha! Also feuerfest bist du nicht!" frohlockte er.
Leider zu früh, denn der Mutant schien sich von der
Brandverletzung schnell zu erholen - das gerötete Brandmal
an seinem Maul schien sich in Sekundenschnelle zu
regenerieren - und stampfte schnaubend seinem frechen
Angreifer entgegen. Mit einem weit aufgerissenen Maul,
das wieder diese langen weißen Zähne zeigte und mehrmals
wie zur Warnung zuschnappte, wobei ein klapperndes
Geräusch entstand, mit dem er seinen Widersacher noch
mehr einschüchtern wollte. Der wich zurück, die brennende
Flamme immer noch im Anschlag, kam an dem Nuklid-
Antriebsgerät hinter ihm aber zum Stehen. Der Mutant
bleckte seine fruchteinflößenden Zähne. Seine Fratze war
von Ruß leicht geschwärzt, schien aber gänzlich unverletzt
zu sein. Schließlich versagte der Heizstab Penhol den
weiteren Dienst und erlosch. Nur eine kleine Rauchsäule
qualmte heraus. Der Mutant näherte sich rasch und riss ihm
mit seinen Krallenhänden den Helm vom Kopf. Nun schien
Penhols letztes Stündlein geschlagen zu haben, er roch den
Schwefel-Atem des vor ihm stehenden Angreifers. Schade,
dachte er, ich hatte noch sooo viel vor…

Der Berg der Rätsel

Schweißgebadet erwachte Penhol in seiner Kabine und
erkannte erleichtert, dass sein Leben noch nicht zu Ende
war. „Guten Morgen, Sir!" wiederholte eine weibliche
Computerstimme. „Ihre Nachtruhe ist beendet!"

Seine Baumwolldecke hatte klugerweise den Lotuseffekt, was bedeutete, dass sie sich selbst reinigte und er sich nicht um die Schmutz-Wäsche zu kümmern brauchte. Das altersverzögernde Implantat verhinderte Bartwuchs und ersparte auch den morgendlichen Toilettengang. Es befreite den Menschen von seinem Sklaventum durch die Natur. Mit seinem feuchten Körper stellte er sich kurz unter die Luftdusche und ließ sich trockenföhnen, ehe er in seinen Raumanzug schlüpfte. Auch der Raumanzug war selbstreinigend und geruchlos, ein wahrlich smartes Universalkleidungsstück, das im Notfall sogar wie ein Chamäleon seine Farbe der Umwelt anpassen konnte. Den Helm wollte er schon aufsetzen, besann sich aber lächelnd und hielt ihn nur unter dem Arm, als er sein Schlafmodul verließ und gegenüber schon Isak aus dem seinen kommen sah. „Guten Morgen, Käpt'n!"

„Morgen! Gut geschlafen?"

„Ehrlich gesagt nicht. Hatten Sie auch einen Albtraum?"

„Nein, ich träumte vom Ozean-Park, den Sie gestern erwähnt haben. Ja, ich war einmal dort und so begeistert über das zwar künstliche, aber doch so kristallklare Wasser, dessen weiße Gischt so ganz anders war, als der dreckige Schaum, den unsere verölten Meere daheim so vor sich herschieben. Nur eines war merkwürdig… Seltsame Meeressäuger entstiegen dem Wasser und krochen auf mich zu. Währenddessen schienen sie sich in andere Wesen zu morphen und konnten danach aufrecht gehen. Mehr weiß ich nicht mehr…"

„Hm, ich träumte von einem Monster, das uns nach dem Leben trachtete." gestand Penhol.

„Meine Großmutter, sie starb schon früh mit 95 Jahren,
erzählte mir, dass der erste Traum in einer neuen Behausung
in Erfüllung geht. Allerdings ist das nur alter Aberglaube."
„Ja sicher. Ich brauche dringend Auffüllung meines
Flüssigkeitsvorrates."
„Der Service-Roboter ist bereits beim Servieren unseres
Frühstückes." versprach Isak und ging voraus zum grünen
Privatmodul. Ein Grün, welches sehr appetitanregend
leuchtete.
Penhol setzte sich und genoss die Milch der Mutanten aus
den Plastik-Bechern, sie schmeckte nach Vanille und ganz
leicht nach Zimt im Abgang. „Das ist besser als biblischer
Nektar."
Isak wunderte sich: „Sie kennen dieses uralte Buch?"
„Nur sehr oberflächlich, meine Großmutter hat regelmäßig
darin gelesen und mir abends vorm Einschlafen immer
einige Geschichten daraus erzählt. Von David gegen
Goliath. Da ich als Kind eher kleingewachsen war, erschien
es mir tröstlich, dass der kleine David gegen den großen
Goliath gewinnen konnte."
Kleingewachsen, daran hat sich nicht viel geändert, dachte
Isak grinsend, während er dem Service-Roboter auf sein
Frontdisplay tippte. „Ich hab ihn so umprogrammiert, dass
er die Mutanten zählt, nachdem er das Farmmodul betritt
und bevor er es wieder verlässt, damit er erkennt, wenn ein
Tier entlaufen ist und es automatisch wieder einfängt oder
Alarm gibt, sollte er das nicht schaffen. Scheinbar
entwickeln unsere tierischen Freunde nach dem acht
Wochen langen beengten Transport einen Freiheitsdrang."

„Wer nicht! Ich fühlte mich auch eingesperrt und konnte es
kaum erwarten, unserem fliegendem Sarg zu entkommen!"
gab Penhol zu. „Heute steht ein weiterer Ausflug an. Laut
Dienstplan sind wir verpflichtet, einen Berg östlich von hier
in Augenschein zu nehmen."
Mit einem Blick nach oben stürzte Isak seinen Becher Milch
stehend in sich hinein. Ihn nervte gewaltig, dass Penhol
immer auf den Dienstplan hinwies. Erfreulich fand er nur,
dass seine Kopfschmerzen wie weggeblasen waren. So
stellte er den Becher ab und schlenderte mit großen
Schritten davon.
Penhol ließ sich das letzte Tröpfchen Milch in die Kehle
laufen und erhob sich langsam, um dem Käpt'n zu folgen.
Knapp vor dem Eingangstor schloss er zu ihm auf und beide
traten hinaus in die, von der WM zu noch immer kaltem
aber windstillen Schönwetter, beruhigten Atmosphäre. Eine
Ausfahrt ohne Helm kam trotzdem nicht infrage. Ungetrübte
Sicht in kilometerweite Ferne bis die Ebene in östlicher
Richtung von einer kleinen Erhebung beendet wurde.
„Also fahren wir los!" befahl Isak und setzte sich wie üblich
hinter den Joystick in den Flitzer. Kaum, dass sein Kollege
neben ihm Platz genommen hatte, beschleunigte er das
praktische Gefährt, welches im Nu wieder per Knopfdruck
zu einem Hilfsroboter umgebaut werden konnte, auf flotte
80 km/h. Penhol scannte die Fahrt wieder mit seinem
Armreif für einen Livestream an die Basis mit.
Die Fahrt verlief wie gestern zum See wenig holprig. An der
linken Seite bemerkten sie einige flache Einschlagkrater, die
schon ziemlich alt sein mussten. Auf Titan fanden sich
deutliche Anzeichen vulkanischer Aktivität. Auch wenn die

erkannten Vulkane in ihrer Form und Größe denen auf der Erde ähnelten, handelte es sich nicht um silikatischen Vulkanismus wie auf Mars oder Venus, sondern vielmehr um sogenannte Kryovulkane, also Eisvulkane.
Die zähflüssige Masse, die bei diesem Kryovulkanismus an die Titanoberfläche trat, konnte aus Wasser und Ammoniak oder aus Wasser mit anderen kohlenwasserstoffhaltigen Gemischen bestehen, deren Gefrierpunkte weit unter dem von Wasser lagen und die somit kurzzeitig an der Oberfläche fließen konnten, was die Krater nach dem Einschlag wieder aufgefüllt haben musste.
„Haben Sie diesmal die Zeittaste gedrückt?" erkundigte sich Penhol, auf Isaks gestriges Versäumnis anspielend. Manchmal konnte er wirklich nachtragend sein.
„Ja, vor dem Start, als Sie noch Ihre Milch tranken. Wieso fragen Sie, haben Sie wieder etwas vergessen?" ließ der Käpt'n ein wenig ironisch verlauten.
„Meines Wissens nicht, aber der Konstrukteur unserer Behausung. Eine Fehlkonstruktion! Hat z.B. keinen Notausgang."
„Hat Sie Ihr Monster-Traum auf diese Einsicht gebracht?"
„Hm…Wie lange dauert eine Modifikation?"
„In der Biologie? Glauben Sie, dass der entkommene Mutant für uns eine Gefahr darstellt?" konnte Isak seinen Gedankengängen folgen. „Die Modifikationsbreite ist genetisch festgelegt und resultiert unabhängig von der Größe des Ausgangsindividuums, aber abhängig von den vorherrschenden Umgebungsvariablen. Und die sind uns hierorts weitgehend unbekannt." Wenn man von den bereits

zuvor erfolgten Messungen absah, wussten sie praktisch
nichts vom Titan.

„Vor allem, weil wir die Umgebung mit unseren Bakterien
bereits verändert haben." vervollständigte Penhol die
theoretischen Ausführungen seines Vorgesetzten. „Aber
zurück zum Wohnmodul."

„Was stimmt denn Ihrer Meinung nach nicht damit?"

„Die Verbindungsrohre haben kein einziges Schleusentor,
mit dem man einzelne Module noch vor deren Zugangstoren
abriegeln kann." bemängelte er.

„Ohne Notausgang wäre so ein Abriegeln nicht optimal!"

„Völlig richtig Isak! Vielleicht hat er deshalb keine
Schleusentore eingebaut. Aber ohne mindestens einem
Notausgang sind wir im Ernstfall wie Versuchsratten im
Labor gefangen."

„Ich habe den Chef-Konstrukteur kennengelernt. Er schien
mir äußerst kompetent und hat mir erklärt, er musste auf ein
knappes Budget Rücksicht nehmen!"

„Typisch! Noch immer regiert das liebe Geld die Welt. Die
Menschheit hat ihre selbst erfundene Seuche auch im Jahr
2211 nicht überwunden." ließ Penhol verbittert verlauten.

„Vielleicht verwehrt ihr das die nötige Reife nach den
Sternen zu greifen!"

„Systemkritik?" feixte Isak. „Zuerst begnügen wir uns mal
mit einem Mond in unserer Nähe, zwei Planeten und einem
fernen Mond, den wir zum dritten Planeten umgestalten
können!"

„Mit einem knappen Budget?"

Der Livestream erweckte in der Basis erneut Begeisterung.
Vor allem Plagast, die einen neongelben Hosenanzug trug,

geriet in Verzückung. „Das ist ein Erlebnis! Wenn ich da an die ersten kläglichen Versuche mit Seifenblasen in der Raumstation ISS anno 2014 denke. Oder die Grabungsarbeiten am Mars anno 2133. Da, der Berg kommt in Sicht!"

„Der ist aber nicht besonders hoch!" entkam Deklin ein Ausruf der Enttäuschung. „Nach älteren Berechnungen musste das mal ein 1.000 Meter hoher Vulkan gewesen sein. Nun scheint er zu einem Hügel verkommen zu sein."

„Nun warten Sie erst einmal ab, was unsere Pioniere über diesen Hügel herausfinden." rüffelte ihn Capo, gehüllt in einen weißen Mantel. „Wenn sie direkt davorstehen, werden sie rasch eine Erklärung finden."

Missmutig verstummte Deklin, bei sich denkend, dass er ohne den hinderlichen Greis besser arbeiten hätte können. Isak schwang sich aus dem Flitzer und Penhol scannte nach seinem Ausstieg sofort die Höhe des ziemlich verformten Berges.

„255,5 Meter!" stellte er mit ziemlicher Enttäuschung fest. „Scheint erodiert zu sein, und zwar gleich um drei Viertel." Isak entnahm seinem Armreif einige Messdaten. „Vor 64 Jahren vermaß die Sonde X1 der allerersten Mission die gesamte Oberfläche und da erstreckte sich dieser Berg noch 1.001,4 Meter hoch. Eine normale Erosion unter den hier herrschenden Bedingungen müsste viel länger dauern. Da steckt bestimmt was Andres dahinter!"

Um den Berg herum lagen kleinere Felsen und größere Steine wie Abfall herum und er schien eine absonderliche Form angenommen zu haben. Von oben herab schien er abgeschliffen, nach unten verbreiterte er sich vor allem an

der rechten Seite vom Betrachter aus gesehen. Auch sein
Umfang schien nicht zu einem einst 1.000 Meter hohen
Berg zu passen.
Die beiden Astronauten entfernten sich in entgegengesetzter
Richtung voneinander, als wollten sie den deformierten
Berg umrunden und sich dahinter wieder treffen. Nun
scannte auch Isak mit seinem Armreif um ein Rundumbild
an die Basis abliefern zu können. Nach acht Minuten trafen
sie an der Rückwand des Berges wieder aufeinander.
„Der Berg sieht aus wie eine Schanze!“ stellte Penhol fest.
„Eine Form, wie sie so nicht in der Natur vorkommt.“
Isak warf ihm einen sehr kritischen Blick zu, als er seinen
Arm sinken ließ und seinen Teil des Holo-Livestreams
beendete. „Wollen Sie andeuten, dass Titan schon vor uns
Besuch empfangen hat?“
„Könnte doch sein, dass wir nicht allein im All sind. Auch
wenn wir mit unserer Technik längst Zeichen anderer
Existenz gefunden haben müssten. Wenn uns der Gegner
überlegen ist, weiß er seine Existenz wohl zu verschleiern.“
„Auch auf der Erde hat die Natur Formen exakter
Linienführung hervorgebracht. Unter Wasser z.B. gibt es
vulkanischen Schichten, die wie betonierte Plateaus
aussehen.“ erinnerte Isak, der sich außerirdische
Konkurrenz nicht vorstellen wollte. Jedenfalls noch nicht,
bevor die Technik zu ihrer vollen Entfaltung gelangt war,
denn da fehlte noch viel zur Perfektion. „Ich glaube, dass es
einen Meteoriteneinschlag gegeben hat. Genügend von den
steinernen Bomben umrunden den Saturn. Einer flog aus der
Bahn und hat den Berg schräg getroffen.“
Aufgeregt lief Penhol wieder zurück zum Ausgangspunkt.

„Nun sehen Sie sich doch die Rinnen links und rechts des
Berges an. Das sieht doch aus wie Schienen. So, als hätte
jemand etwas Metallisches auf den Berg aufgepfropft und
dann wieder entfernt."
„Und wie erklären Sie sich die unschöne asymmetrische
Ausbuchtung an der rechten Seite? Sieht aus wie ein
Tumor." spottete Isak und zeigte auf eine Art
Felsvorsprung, der seitlich unten einige Meter weit aus dem
Berg herausragte.
„Sind das Abdrücke von Geißeltierchen?" fragte Penhol
mehr sich selbst, als er den Boden vor dem Berg genauer in
Augenschein nahm. Mit seinem Armreif konnte er alles
deutlich vergrößern. „Scheint eher wie eine Zahl, könnte
eine Sechs sein, deren Körper nicht ganz geschlossen
worden ist!" vermutete er. „Da sind noch zwei davon, 666,
ich glaube, das habe ich schon irgendwo einmal gehört.
Diese Zahl…" er schien angestrengt zu überlegen. „Die
bedeutet nichts Gutes!"
„Das sind keine Zahlen. Sie interpretieren einen Fund
voreilig!" ärgerte sich Isak, als er persönlich nachsah und
verkniff sich noch ein ‚unprofessionell' anzufügen.
„Ich nehme einige Bodenproben zur näheren Untersuchung
mit!" kündigte Penhol unbeeindruckt von dem Widerspruch
an und löste eine Phiole von seinem Gürtel, die er mit
einigen losen Steinchen vor dem Fund anfüllte. Zusätzlich
kratzte er noch einiges Material von den drei Abdrücken,
welche er für Sechsen hielt, ab und füllte sie ebenfalls ein.
Weit weg davon ärgerte sich Frau Plagast über den Abbruch
der Hologramm-Übertragung. „Ach, gerade, wo es
interessant wird."

Deklin, welcher wieder seine ESA-Uniform trug, um seine
bisherigen Erfolge zu demonstrieren, überlegte angesichts
des kritischen Capos, ob er einfach ungefragt seine Meinung
kundtun sollte, überwand sich schließlich aber doch:
„Dieser Berg scheint bearbeitet worden zu sein. Fragt sich
nur, ob von der Atmosphäre oder etwas Anderem."
Damit lehnte er sich sprichwörtlich weit aus dem Fenster,
denn ohne Messung zählte kein persönlicher Eindruck.
Capo reagierte wie von ihm erwartet: „Kommen Sie mir
jetzt nicht mit einer früheren Mission, etwa von
außerirdischen Besuchern. So lange haben wir erfolglos
nach ihnen gesucht, dabei hätten wir Beistand dringend
gebraucht!" Bei den letzten Worten vermittelte sein
Gesichtsausdruck das Gefühl der Verärgerung darüber, dass
die Allmächtigen nicht zugunsten der VSE in den Krieg
eingegriffen haben.
Deklin wiederholte das Holo dort, wo es Fragen aufwarf.
„Hier sind Spuren von zwei Einkerbungen von je 1Meter50
Breite zu sehen. In einem Abstand von 150 Metern laufen
sie parallel von oben nach unten. Symmetrisch wie
Schienen einer Bahn."
„Es könnten auch breite Rinnsale von ehedem flüssigen
Elementen gewesen sein." erinnerte Plagast an die
Besonderheit des Mondes. „Flüssiges Methan schneidet sich
erosiv in die eisige Oberfläche ein und bildet ein Relief."
„Und die kleinen zahlenähnlichen Markierungen?" fragte
Deklin und spulte das Holo bis knapp vor dessen Ende nach
vor. „Die erscheinen mir wie drei winzige Sechsen. In
einem ebenso gleichmäßigen Abstand zueinander."

„Ich schlage vor, dass wir mit unseren Interpretationen
warten, bis unsere Pioniere mit der Auswertung einer
Bodenprobe fertig sind!" meldete sich Capo gewichtig zu
Wort. „Und nun entschuldigen Sie mich, denn ich habe
noch ein anderes Vorhaben zur Finanzierung vorgelegt
bekommen!"
Endlich ist der Alte fort, freute sich Deklin insgeheim. Ein
uraltes Sprichwort besagte schon, dass Jung und Alt nicht
zusammengehören.
Am Titan konnten sich die Pioniere nicht einigen, was es
mit ihrer Entdeckung auf sich hatte. Während des Fluges
hierher hatte kein einziger Diskurs ihre Einheit gestört.
Die Beschränkung auf nur notwendige Gespräche ersparte
Streit. Allerdings standen Sie hier nun vor einem
möglicherweise großen Problem. Sie mussten sich wohl
oder übel mit der neuen Situation anfreunden und zu einem
für beide Seiten annehmbaren Entschluss finden.

Hand in Hand

Mit Argwohn begab sich Isak zu dem Felsvorsprung, der die
Symmetrie des wie auch immer bearbeiteten Berges
erheblich störte. Penhol ergriff als erster wieder das Wort:
„Was, wenn wir versuchen, den Tumor abzutrennen?"
„Wollen Sie gar etwas dahinter finden? Eine Schaltzentrale
ihrer außerirdischen Freunde?"
„Ich beurteile erst nach längerer Bekanntschaft, wer zu
meinen Freunden gehört!" erwiderte der Verspottete pikiert.
Ohne weitere Zeit zu verlieren oder gar auf Erlaubnis zu
warten, kletterte er auf den Fuß des Berges, schnappte sich
einen automatischen Drillbohrer von seinem Gürtel, fuhr ihn

per Knopfdruck aus und begann Löcher in die schmale
Trennlinie zwischen Berg und Auswuchs zu bohren und
zwar in einem Abstand von 50 cm. Das entstehende
Geräusch des mit einer Schlagkraft von 3.000 bpm
arbeitenden Gerätes glich nur dem Hämmern mit einem
Schraubenschlüssel und verursachte seinem Benutzer kein
Zittern des ganzen Körpers wie bei antiken
Presslufthämmern üblich. Unangestrengt arbeitete sich
Penhol so weit vor, bis er dreizehn Meter geschafft hatte.
Die Arbeit unterbrechend scherzte er: „Ohne unsere Tools
wären wir hilflos!" Und schon machte er weiter.
Kopfschüttelnd sah sich Isak den wie wild bohrenden
Kameraden an. Wie ein Terrier, ein Hund, der auch bereits
längst zu den ausgestorbenen Tieren zählte, aber im
Sprachgebrauch noch immer üblich war für einen
hartnäckigen Menschen, dachte er amüsiert.
Der menschliche Terrier fuhr seinen Bohrer wieder ein, hing
ihn an seinen Werkzeuggürtel zurück und trat nun wie wild
gegen den abstehenden Felsen. Ein Knirschen war zu hören,
fast wie morsches Holzmaterial, und tatsächlich fiel der
riesige Auswuchs von dem schanzenförmigen Berg ab,
kollerte ein Stück geradewegs auf Isak zu. Dieser konnte
zwar reflexartig ausweichen, stolperte aber über einen
herumliegenden Stein, fiel der Länge nach hin und so
landete der riesige Felsen auf seiner linken Hand knapp
unterhalb des Armreifens.
„AAAHHH, oh Gott!" schrie er im vorher nie gekannten
Schmerz aus. Ein Urin-Reflex blieb wirkungslos, da die
proteinreiche Milch der Mutanten vom Organismus stets
restlos in Energie umgewandelt wurde.

„Was bringen Sie ein unsichtbares Wesen ins Spiel? Die
Religionen sind der Grund für den letzten Krieg gewesen
und wurden daraufhin endlich abgeschafft." erinnerte
Penhol, der von den Folgen seiner Aktion noch nicht die
ganze Tragweite ermessen konnte.
„Religionen ja, aber Gott lässt sich nicht abschaffen!"
beharrte Isak und überlegte fieberhaft, wie er das
tonnenschwere drückende Gewicht loswerden konnte. So
sehr den Elementen ausgeliefert war er zuvor noch nie!
Als Penhol von seinem erhöhten Standort abstieg und
näherkam, schüttelte er kurz verständnislos den behelmten
Kopf. „Dass man Menschen Anfang des 23. Jahrhundert
immer noch mit diesem schwachsinnigen Sermon die
Gehirne wäscht. Diese göttlichen Heilslehren wiesen nur
Irrwege aus dem irdischen Jammer oder der traurigen
Bedeutungslosigkeit! Das sollte längst ein Ende haben! Jetzt
wo Religion endlich ausgemerzt wurde, zum Wohle der
Menschheit."
„Nur offiziell! Inoffiziell gibt es noch Gläubige und der
Glaube gibt ihnen Kraft!" erinnerte Isak und versuchte mit
seiner ganzen Vorstellungskraft sich den Schmerz zu
verkneifen. Im Bewusstsein, dass von ihm wohl nicht so
schnell Hilfe zu erwarten sein wird, wollte er Penhol kein
schmerzverzerrtes Gesicht bieten und drückte mit der
unverletzten rechten Hand auf einen kleinen Knopf
unterhalb des Helmvisiers, um sich eine Dosis Lachgas-77
zu verabreichen. Für derartige Notfälle ein wirksames
Schmerzmittel, dessen winzige Sprüheinheit sofort Wirkung
zeigte und ihm Erleichterung verschaffte.

„Na, Sie gehören hoffentlich nicht dazu! Mit einem
Irrationalem auf solcher Gewalttour zu sein, hat etwas
Verunsicherndes an sich!" Penhol fühlte sich Isak, der nun
bäuchlings vor ihm lag, zum ersten Mal überlegen, seit er
ihn kennengelernt hatte. Und er genoss es… „Das erinnert
mich an ein Gedankenspiel, das erklärt, dass es Gott gar
nicht geben kann, wenn man ihn als allmächtiges Wesen
sieht. Kann Gott etwas so Mächtiges erschaffen, dass er es
selbst nicht mehr tragen kann? Die Antwort muss nein sein,
denn Gott kann ja alles. Aber wenn er etwas nicht kann, ist
er kein Gott!"
„Er braucht nur einen Antischwerkraft-Griff einzusetzen,
oder das Mächtige wieder klein zu machen!" rief Isak.
Wie aufs Stichwort reagierte Penhol und setzte bei dem
Felsen seinen AS-Griff an, hob ihn kurz ein Stück an und
gab so dem Käpt'n Gelegenheit, sich aus seiner misslichen
Lage zu befreien.
„Wie ich schon sagte: ohne unsere Tools wären wir hilflos!"
wiederholte er und verkniff sich ein Lächeln gegenüber
Isak. Wütend stand dieser rasch auf und erkannte, dass seine
Hand wohl total zerquetscht war, während er langsam, aber
ohne zu wanken zum Flitzer zurückging. Immerhin war der
Handschuh nicht aufgeplatzt - gutes Material. Penhol
startete mit erhobenem Arm wieder einen Scan und setzte
sich neben Isak, der trotz seiner Einschränkung mit der
rechten Hand den Flitzer zurück zum Wohnmodul lenkte.
Die linke fühlte sich nur mehr wie Gel an und hing schlaff
herunter. Schmerzfrei doch voll böser Gedanken fuhr er mit
über 100 Sachen durch die unwirtliche Gegend.

„Keine Angst, ich scanne so, dass die Basis nichts von Ihrer Verletzung mitbekommt. Wir wollen nicht den Eindruck erwecken, unseren Aufgaben nicht gewachsen zu sein!"
In Isak wuchs die Wut gegen seinen Untergebenen. „Ich habe keine Angst! Das nächste Mal tun Sie nichts ohne meine spezielle Anweisung. Das gilt für alle einschneidenden Eingriffe in die hiesige Natur! Der Ehrgeiz, der uns vorantreibt, kann auch unsern Untergang bewirken!"
„Verstanden!" stimmte Penhol zu, dem es nicht sinnvoll erschien, dem Käpt'n in seiner jetzigen Verfassung zu widersprechen.
Vor dem Modul angekommen stiegen beide aus und Penhol beendete die Übertragung des Holo-Livestreams. Stumm folgte er Isak in das mittlere Wohnmodul zu den beiden Kühlsärgen, die gleichzeitig auch für medizinische Eingriffe gebaut waren. Mit der rechten Hand fetzte sich Isak den Helm vom Kopf - kein Zweifel, er war auch einhändig voll einsatzfähig - und warf ihn neben sich, kickte noch mit dem Fuß danach. Der Tritt galt eigentlich Penhol. Dann kickte er an den Schalter unterhalb von Sykes Glassarg und steckte seine Linke in eine Öffnung des herausfahrenden Medizinlabors. „Geben Sie mir die bionische Metallhand." ordnete er an, zog seinen Handschuh bis zum Armreifen ab. Dort wo der unbeschädigte Armreif endete, umrandete er Isaks Unterarmstumpf, aus dem ein wenig Blut quoll. Kein schöner Anblick, jedoch für hart Trainierte kein Schock. Geschäftig griff Penhol unter Coffis Glassarg und holte aus einer Lade ein Metallteil hervor, hielt inne und zeigte es mit ernster Miene vor. „Bedaure, aber die bionische Hand muss erst zusammengebaut und kann erst danach angepasst

werden. Daher schlage ich vor, wir nehmen einstweilen Coffis Hand." Bei den letzten Worten ließ er das Metallteil flugs wieder in der Lade verschwinden und holte ein anderes hervor.

„Sie wollen der einzigen Überlebenden der Notfallcrew die linke Hand amputieren und mir anpassen?" fragte Isak entgeistert.

Coffi lag nichtsahnend in scheinbar traumlosem Schlaf. „Laut § 4 hat die Sicherheit und Unversehrtheit des Kapitäns Priorität! Wir mussten doch alle medizinische Einverständniserklärungen abgeben. Coffi braucht ihre Hand erst in einem Jahr und Sie brauchen ehestens Ersatz für ihre fehlende. Angeblich haben die Frauen auch mehr Leidensfähigkeit als wir. Außerdem haben Sie eine totale physiologische Kompatibilität mit ihr. Könnte fast Ihre Zwillingsschwester sein. Sie ist der skandinavische Typ, hat dieselbe Blutgruppe, ist mit 1Meter78 fast so groß wie Sie und-"

„Einverstanden!" signalisierte Isak und hielt ihm seinen Stumpf entgegen, worauf er sofort Coffis Sarg öffnete und per Knopfdruck die Transplantation startete.

Diese verlief so, dass mit dem scharfen Metallblatt, welches Penhol schon griffbereit hielt, Coffis linke Hand, nach einer vom seitlich am Kryosarg ausfahrbaren, smarten Medizinassistenten vorgenommenen Laservermessung, an der richtigen Stelle abgetrennt wurde und in noch gekühltem Zustand an Isaks Stumpf angehalten werden konnte. Ein anderer Laser des vielarmigen Assis begann nun im Eiltempo die einzelnen Nerven, Sehnen, Knochen und Blutbahnen miteinander zu verbinden, wobei das in der

Hand gekühlte Blut gleichzeitig erwärmt wurde, bis das ganze unverzichtbare genetische Material wieder nahtlos miteinander verbunden war. Die ganze Operation dauerte weniger als sieben Minuten. Danach senkte sich Coffis Sargdeckel wieder und ihr linker Armstumpf wurde von dem Metallblatt abgeschlossen. Nach der gelungenen OP bewegte Isak vorsichtig die schlanken Finger mit den schön manikürten kurzen Fingernägeln.

„Wer weiß, vielleicht haben Sie nun mehr weibliche Intuition!" verkündete Penhol mit leicht ironischem Unterton. Zum Glück konnte er Isaks Gedanken nicht lesen, denn dieser wollte ihm am liebsten mit der Faust seiner verbliebenen männlichen Hand einen Kinnhaken verpassen.

„Gleich morgen werde ich ihr die bionische Hand anpassen, falls sie durch einen Notfall von uns geweckt wird, kann sie sie also schon wie ihre eigene benutzen. So lange können Sie ihre verwenden, ohne Schuldgefühle gegen sie haben zu müssen. Alles nach Vorschrift!"

„Welches Glück, dass Sie ein wahrer Paragrafenreiter sind!" ätzte Isak und ließ ihn stehen.

Allein mit den beiden weiblichen Crewmitgliedern, denen das Schicksal auf der bisherigen Mission übel mitgespielt hatte, hob Penhol Isaks Helm auf und entnahm der Labor-Öffnung dessen Handschuh. Darin befand sich immer noch die zerquetschte Hand des Kapitäns. Für diesen menschlichen Abfall fiel ihm eine sinnvolle Verwendung ein: Schnurstracks marschierte er damit ins Farmmodul und leerte das Blut, gelartige Fleisch und die zertrümmerten Knochenstückchen über die gierig herannahenden Hühnerschweine. Die schienen sich sehr zu freuen und jedes

ergatterte ein Leckerli. „Mahlzeit!" wünschte ihnen Penhol.
„So kommt ihr auch einmal zu einem unerwarteten
Festessen!"
In Baikonur hatte Plagast ganz andere Sorgen. Der eitle
Capo hatte es gewagt, mit seinem eigenmächtigen Abgang
ihre Autorität untergraben. Noch dazu hatte er sich
unerlaubt entfernt, um sich mit einem anderen Projekt zu
beschäftigen. „Ich ordne eine sofortige Dienstbesprechung
für alle Beteiligten an der unter meiner Leitung stehenden
Mission an!" forderte sie und gab Deklin ein Zeichen mit
dem Kopf, sich darum zu kümmern, ehe sie wie eine
beleidigte antike Diva abrauschte.
Nach der Fütterung ging Penhol zu Isaks Schlafmodul, um
ihm Helm und Handschuh auszuhändigen. Als auf sein
zaghaftes Klopfen keine Reaktion kam, legte er die
Ausrüstungsgegenstände vor der Tür ab und schlich davon,
bei sich denkend: wahrscheinlich ist er beim Aggromulator
und schreit sich die Seele aus dem Leib. Bei dem Gedanken
musste er unwillkürlich grinsen.
Tatsächlich stand Isak wild schreiend vor dem Trichter:
„VERDAMMTER PENHOOOL! ICH MÖCHTE DICH
MIT MEINEN BLOSSEN HÄNDEN ERWÜRGEN UND
DICH DANN NOCH IN ALLE DEINE EINZELTEILE
ZERLEGEN WIE EINEN VERBRAUCHTEN ROBOTER!
WENN DU MIR NOCH EINMAL SCHWIERIGKEITEN
MACHST, TRETE ICH SOLANGE AUF DICH EIN, BIS
DU SO PLATT BIST WIE MEINE LINKE HAND ES
WAR! DANN SUBTRAHIERE ICH DICH AUS DER
MATRIX DES HAUPTCOMPUTERS WIE EINEN
SYSTEMFEHLER, EINEN VIRUS, DU WUUURM!"

Erleichtert trat er von dem Trichter zurück und atmete tief
ein. Die ihm wohlbekannte sonore Computerstimme
meldete sich wie schon nach seinem ersten Besuch: „Danke
für Ihre Energiespende, Sir!"
So verließ er das blutrote Modul wieder, wohl wissend, dass
er es in nächster Zeit noch öfters aufsuchen werde müssen.
In Baikonur hatten sich in der oberen Glaskuppel, welche
einen beeindruckenden Rundblick über eine künstlich
geschönte Landschaft mit genveränderten Grünpflanzen bot,
die 50 mit dem Projekt betrauten Mitarbeiter versammelt,
vor denen schon Plagast mit Deklin an ihrer Seite
bereitstand. Alle schienen sich noch fein eingekleidet zu
haben. Capo war der letzte, der zu ihnen stieß und einen
kritischen Blick von ihr erntete, ehe sie zu einer Rede
anhob: „Ich begrüße alle und erinnere ohne Zeitverzug an
den Paragrafen, der das einzelne Individuum hinter das Ziel
der Mission stellt!"
Capo konnte sich nicht helfen, als mit den Augen zu rollen,
denn er wusste genau, dass dieser Satz in seine Richtung
zielte. Deswegen wurde Plagast auch heimlich von ihren
Mitarbeitern als ‚die Plage' bezeichnet!
Nach einer kurzen Kunstpause sprach sie weiter: „Wenn wir
den bisherigen Erfolg fortsetzen wollen - und das wollen
wir zweifelsohne - dann sollten wir, ohne in Routine zu
verfallen, jede Minute unserer Zeit konzentriert und
zielorientiert Hand in Hand weiterarbeiten. Nicht umsonst
ist uns etwas gelungen, was der Menschheit bisher versagt
geblieben ist! Mit vereinten Kräften haben wir uns den
Titan erkämpft und werden bald weitere Missionen dorthin
senden, um schließlich eine Kolonie zu gründen, für die

wieder wachsende Anzahl von Menschen, die auf uns zählen!"

Wieder machte sie eine Kunstpause, als erwarte sie Applaus, doch alle starrten sie nur gespannt weiter an. Capo ahnte, dass er wohl nicht so schnell mit dem Ende der Rede rechnen konnte. Plagast, die Plage, redete wie ein Wasserfall. Und Deklin ärgerte sich, dass seine Chefin scheinbar nur administrative Personalrochaden der Bodenkontrolle plante, anstatt sich sofort mit den von den Pionieren des Titans gelieferten interessanten Daten auseinanderzusetzen.

Dort machte Isak gerade eine Drohne von einem Meter Durchmesser bereit, die er im mittleren Modul einer Drohnen-Garage entnahm, um die Ausbreitung der gestern ausgesetzten Bakterien zu überprüfen. Seine neue Hand, die er bereits wieder in seinen Handschuh gesteckt hatte, leistete ihm gute Dienste, er hatte schon vergessen, dass es nicht seine eigene war. Penhol kam dazu. Es herrschte eisiges Schweigen, passenderweise im eisblauen Modul. Um es zu brechen, lobte er die Form der Drohne: „Die sieht aus wie ein Käfer!"

„Ja, da hat ein Designer seiner Kreativität freien Lauf gelassen, form follows function! Der Käfer wird uns das Ausmaß der Bakterien-Infiltration zeigen. Haben Sie schon Ihre Bodenproben analysiert?"

„Äh-nein, noch nicht." gab er kleinlaut zu und ging gleich in die Gegenoffensive. „Haben Sie schon die gestern erhobenen Messdaten mit jenen verglichen, die wir von der ersten Mission erhalten haben?"

Wie schon öfters atmete Isak wegen Penhol etwas tiefer durch. „Bin gerade dabei."

Sie standen beide vor den Glassärgen, über denen der Bildschirm auf der Anzeigetafel nun in üblicher 3D-Qualität die entsprechenden Bilder und Daten lieferte, was Isak stutzig machte.

„Das ist merkwürdig. Der Methansee müsste laut erster Messung von X1 eine Größe von 750 qm haben. Wir haben gestern allerdings nur 320 qm gemessen."

„Das heißt, er hat sich in knapp 64 Jahren um die Hälfte verringert! Verdunstet? Abgepumpt?" überlegte Penhol.

Isak verkniff sich die Frage: Abgepumpt von wem und warum?

Unter der Glaskuppel in Baikonur langweilten sich alle Mitarbeiter bei Plagasts Rede und ersehnten deren Ende.

„…So, hat jemand noch eine Frage?" kam sie nach einer gefühlten Stunde tatsächlich zu einem Ende.

Einige, die eingenickt waren, öffneten rasch die Augen. Deklin wollte eben seine Hand heben, doch einer der anderen asiatisch-stämmigen Mitarbeiter - Mumtaz in einer royal-blauen Gala-Uniform, der bereits lange glutäugig auf eine Beförderung spitzte, obwohl er kaum älter als Deklin war und sich eigentlich dafür hinter vielen anderen anstellen hätte müssen, erhob sich und stellte selbstbewusst eine gute Frage: „Sie erwähnten weitere Missionen - wann ist mit der nächsten zu rechnen?"

Gebannte Stille, alle schauten von ihm zu Plagast.

„Nun, die Mission der ESA T15 ist auf 15 Jahre ausgelegt. Unser allseits beliebter Capo hat also ganze 15 Jahre Zeit, die nächste Mission zu finanzieren, und wie ich ihn kenne, wird ihm das aufgrund des großen Erfolges und seines Könnens viel früher gelingen!"

Daraufhin verfiel Capo sichtlich, doch nichtsdestotrotz setzte langanhaltender Applaus ein.

Die Pioniere am Titan schlugen sich indessen immer noch mit den Differenzen der Messergebnisse herum, konnten jedoch zu keiner Lösung über das verschwundene Methan kommen.

„Ich schlage vor, Sie bringen die Drohne auf den Weg, damit wir sehen, wie weit sich die Bakterien ausbreiten konnten."

Wortlos gehorchte Penhol und ging mit dem Käfer zum Eingangstor, öffnete es und ließ ihn aufsteigen. Kaum, dass er ihn losgelassen hatte, flog das metallische Tier Richtung des programmierten Zieles ab.

Als er zu Isak zum Bildschirm zurückgekehrt war, sah er die von der Drohne gelieferten Aufnahmen, die genau den Weg zeigten, den beide gestern mit dem Flitzer zurückgelegt hatten. Während er so dastand, grübelte er über seinen obskuren Fund beziehungsweise dessen Bedeutung nach, und ob er darüber mit dem scheinbar eingeschnappten Kapitän spekulieren sollte, tat es jedoch nicht.

Nach einiger Zeit erschien der Methansee auf der Anzeige und dazu die Messdaten. Die zweieinhalb Quadratmeter leicht rötlicher Einfärbung von gestern hatten sich sichtlich ausgedehnt, auf genau 13, 2 qm. Die Größe des Sees war exakt gleichgeblieben.

„Verdunstet ist nicht das kleinste Tröpfchen!" stellte Isak sachlich fest. „Und die Bakterien arbeiten wie vorgesehen."

„Na wenigstens die Bakterien arbeiten problemlos zusammen." entschlüpfte Penhol ein Satz, der eigentlich witzig gemeint war.

„Merken Sie auf, Kollege!" begann Isak und wandte sich ihm frontal zu. „Ich schätze Eigenverantwortung, allerdings nicht dort, wo sie für den andern gefährlich wird! Sie erkennen die problematische Zusammenarbeit von uns, also sollten Sie sich fragen, wie man sie verbessern kann. Ich werde inzwischen mit Blecher nochmals einen Ausflug zu dem Berg unternehmen und Sie untersuchen einstweilen die von Ihnen genommenen Bodenproben!"

„Gern. Ich erinnere nur daran, dass Blecher doch nur im Notfall einzusetzen ist! Den kann ich zurzeit beim besten Willen nicht erkennen!" konnte Penhol sich Widerworte nicht verkneifen.

„Muss ich Ihnen - als den Belesenen darin - den Paragrafen der Dienstvorschrift nennen, der mich als Kapitän berechtigt, die Anordnung der Dienstvorschrift außer Kraft zu setzen, wenn-"

„§ 22!" entgegnete Penhol wie aus der Pistole geschossen, wobei ein solch altertümliches Relikt schon lange nicht mehr verwendet wurde. Mit Sturmgewehren, Panzerfäusten und Handgranaten schon längst in Kriegsmuseen verwahrt, wo diese Weiterentwicklungen der Steinschleuder die zerstörerische Geschichte der Menschheit dokumentierten.

„Bravo!" lobte ihn Isak mit einem Anflug von dienstlicher Überlegenheit, setzte seinen Helm auf und verließ ihn forschen Schrittes.

Das ärgerte ihn und er begann fasst widerwillig mit den Untersuchungen seiner Bodenproben aus der Phiole an seinem Gürtel.

Blechers eigenwilliger Einsatz

Isak erreichte das Raumschiff, öffnete den Laderaum der ESA T15 und trat ein. In Dubio pro Roboter! Diesen abgewandelten Leitspruch hatte er schon bei der Ausbildung stets auf den Lippen gehabt, wenn es darum ging, einen gefährlichen Einsatz zu wagen. Auf Maschinen war für gewöhnlich mehr Verlass als auf Menschen, wenn man davon absah, dass es auch Fehlkonstruktionen gab. Jedoch war er bisher von einer solchen verschont geblieben. Nun stand er dem Wunderwerk der Technik frontal gegenüber. Trotz der fehlenden Physiognomie war ihm der stählerne 1Meter80-Mann um ein Vielfaches sympathischer als sein kleiner menschlicher Kollege. Obwohl…sein massiger Körper strahlte etwas latent Bedrohliches aus.
„Auf geht's, Blecher! Wir machen einen Ausflug!"
Mit großen Schritten folgte ihm der Roboter behäbig auf diesen Befehl hin nach draußen bis zum Flitzer, den er wegen seines großen Gewichtes nicht besteigen durfte, denn das würde das nützliche Gefährt zu sehr bremsen.
Dafür konnte Blecher unter seinen Sohlen Räder ausfahren und selber fahren, und zwar mit hoher Geschwindigkeit.
Isak fuhr los und Blecher in kurzem Abstand hinterher.
Keine dummen Bemerkungen, keine Fragen oder entbehrliche Witze, kurz: Isak genoss die Fahrt!

Am Berg der Rätsel angekommen, stieg Isak aus dem
Flitzer, um den abgebrochenen Felsen genauer unter die
Lupe zu nehmen. Doch zu seinem Erstaunen fuhr der
Roboter einfach weiter und er bemerkte, dass die
Wettermaschine noch bis einen Kilometer hinter dem Berg
die Atmosphäre beeinflussen kann. In dieser Entfernung
baute sich eine gewaltige Wolkenwand auf, die eine weitere
Sicht verhinderte. Ab und zu leuchtete dort ein Blitz auf, so
als herrschte dort gerade Gewitterstimmung. Leicht
möglich, dass inmitten der unsichtbaren Wand gerade ein
heftiger Methanregen niederging. Blecher konnte er nur
mehr als großen Punkt vor der Wolkenwand ausnehmen und
er rief via Helmfunk: „Blecher! Komm zurück!"
Der kehrte tatsächlich um und kam vorm Käpt'n zu stehen,
baute sich auf volle 2Meter50 vor ihm auf. Das hätte
eigentlich nicht passieren dürfen. Einem Menschen hätte er
bei demselben Verhalten wohl Übermotivation unterstellt.
„Was soll das? Machst du Sport? Zurück auf deine
Normalgröße!" befahl er und dachte schon an eine
Fehlfunktion, die gefährlich werden könnte.
Doch anstandslos schrumpfte der Blechkamerad wieder,
fuhr seine Räder ein und schien auf neue Befehle zu warten
oder auch einfach ausgefallen zu sein.
Mit Skepsis bewegte sich Isak von ihm weg und hörte, wie
der Roboter ihm schrittweise folgte. Der von Penhol
abgetrennte Felsbrocken lag vor ihnen und er wies Blecher
an, diesen umzudrehen: „Wenden!"
Wieder wuchs der Roboter auf 2Meter50 hoch, ehe er dem
Befehl folgte. Mit großer Wucht rollte der herumgewirbelte
Felsen etwas weg und Isak erspähte deutliche Spuren von

Werkzeuggebrauch an der nun vor ihm liegenden Felsseite. Nicht die Bohrspuren von Penhol, sondern knapp danach: Wie ein Reisverschluss zeichnete sich ein Muster in V-Form ab, so als wäre dort etwas verankert gewesen. Zog man noch die am Berg befindlichen Rinnen in Betracht, könnte wohl ein mechanisches Gerät auf dem Berg aufgepfropft gewesen sein, welches einen Teil in die Reisverschlussöffnung ragen ließ, reimte er sich zusammen. Doch welchen Zweck mag dieses Gerät erfüllt haben? Und von wem war es dort angebracht und wieder entfernt worden? Waren die Amerikaner doch schon so weit und hatten sie ihre Eroberung aus welchen Gründen auch immer geheim gehalten? Oder hatte Penhol doch recht mit seiner Annahme, dass es außer ihnen noch weiter humanoide Wesen im All gab, die ebenfalls auf Raumfahrt gingen und sich die Planeten und Monde für eigene Zwecke urbar machen wollten? Könnte es sein, dass sie so eine Art Depot angelegt hatten? Forscher taten das auch auf der Erde schon seit Jahrhunderten. Sobald sie in einem Gebiet Quartier bezogen, gruben sie ein Depot aus und verstauten dort Utensilien, die sie nicht immer bei sich tragen wollten. Daher gab er Blecher den Befehl, den Boden mit seinem eingebauten Sonar auf Hohlräume abzutasten: „Bodenscan!" In enormer Geschwindigkeit setzte sich der Roboter auf seinen ausfahrbaren Rädern unter den stiefelartigen Füßen in Bewegung und gab einige Töne von sich, die wie ein dumpfes Rauschen erklangen. Kaum hatte er auf diese Weise 359 Meter zurückgelegt, blieb er stehen und der Ton änderte sich in ein kurzes helles PONG! - Das Zeichen, dass er fündig geworden war. Isak war ihm in einigem Abstand

laufend gefolgt und blieb erwartungsfroh vor ihm stehen.
Auf dem Boden sah er einen viereckigen Grundriss, der wie
mit einem Lineal gezogen worden zu sein schien, im
Ausmaß von vier mal vier Metern. Wieder eine eindeutige
Spur von Werkzeuggebrauch. Die Natur hatte für derlei
exakte Linienführung wenig Sinn, zumindest auf der Erde.
Auf seinen Befehl hin begann Blecher nun, nachdem er sich
im rechten Winkel zum Boden geneigt hatte, aus seinen
Händen Schneidwerkzeuge auszufahren, um die Linien zu
vertiefen und einen Mechanismus zu finden, der den Deckel
aufschnappen ließ. Isak scannte mit seinem Armreif, um die
Tätigkeit für die Basis zu dokumentieren. Funken sprühten
bei der Bearbeitung und plötzlich wurde eine Explosion
hörbar, die Blechers Arbeit unterbrach. Aus den Ritzen des
Vierecks trat schwarzer Rauch aus. In dem Augenblick
wusste Isak: was immer darin gewesen ist, musste nun
zerstört worden sein. Verärgert blickte er zum Himmel
empor. Dieses uferlose Gefühl fehlte ihm hier, wenn er in
den Himmel blickte und die Sterne sehen konnte. Hier am
Titan konnte er immer nur den Gasriesen Saturn am immer
gleich hellen Himmel wahrnehmen, als gäbe es das Weltall
drum herum gar nicht mehr. Ideal wäre eine Stadt auf
Schienen, dachte er in diesem Augenblick, die immer in
Bewegung rund um den Mond war, tagsüber auf der dem
Saturn zugewandten Seite entlangfährt und nachts an der
abgewandten Seite. Die Einkerbungen im Berg fielen ihm
ein. Hatte hier schon jemand vor ihm dieselbe Idee und
bereits mit dem Bau begonnen? Nein, dachte er, dazu sind
die Vorbereitungen zu gering, außer es handelt sich um
einen abgebrochenen Probelauf…

„Komm Blecher, wir fahren zurück!"
Daraufhin raste der Roboter mit Höllentempo los und ließ
ihn allein beim Berg zurück…
Wenig später hatte Isak mit dem Flitzer das Wohnmodul
erreicht. Von Blecher keine Spur, offenbar hatte er es
vorgezogen, sich wieder in den Frachtraum des Schiffs
zurückzuziehen.
Die Käfer-Drohne lag vorm Eingang, was nur heißen
konnte, dass sie Penhol total vergessen hatte und sie daher
ohne seine weitere Fernbedienung heimgekehrt war. Das
zeigte wieder den Vorteil eines Roboters, von dem kein
Veto bezüglich eines Befehls zu erwarten war, der keinen
Sonntag forderte, und ließ in Isak wieder die Wut
hochsteigen, wenn er sich vorstellte, wie Penhol faul in
seinem Schlafmodul lag, anstatt den Untersuchungs-Auftrag
auszuführen. Wahrscheinlich hat er meine Abwesenheit
genutzt, um seinen heißbegehrten Sonntag abzufeiern, und
überhaupt, dachte er voll Ingrimm, da gibt es die viel zitierte
Dienstvorschrift, die über 100 Paragrafen regelt, aber kein
einziger befasst sich mit den Ruhezeiten oder einer
Sonntagsruhe. - Das stimmte wohl: Jeder hatte jederzeit zur
Verfügung zu stehen, wenn es der Dienstplan, die Situation
oder eine Notlage erforderte. Sie alle waren Sklaven der
Gesellschaftsordnung des herrschenden Systems! Fast
eineinhalb Milliarden Kilometer von der Erde entfernt,
zwang sie einem noch ihren strengen Zeitplan auf - und
zwar ohne das dezidierte Recht auf einen freien Tag.
Doch - oh Wunder - er fand ihn bei der Arbeit im eisblauen
Modul, so beschäftigt, dass der ihn gar nicht kommen hörte.
„Ich bin wieder da!" riss er ihn aus seiner Konzentration.

„Nach allen Messungen kommen andere Ergebnisse als
erwartet heraus. Ich muss gestehen, dass ich mir den ganzen
Trip hierher völlig anders vorgestellt habe!“ gab Penhol
unverhohlen zu und schien ziemlich aufgeregt dabei.
„Man soll nie mit vorgefassten Meinungen ins Weltall
fliegen.“ kommentierte Isak. „Je genauer man die Natur
untersucht, umso faszinierendere Phänomene tauchen auf.
Wenn man schon wüsste, auf was man stoßen wird,
brauchte man ja keine Wissenschaft betreiben.“
„Die drei Sechser, Sie wissen schon, die Einkerbungen, die
ich zuerst für Geiseltierchen hielt, haben ein so hohes Alter,
das in die Zeit zurückgeht, in welcher bei uns noch die
Dinosaurier lebten. Etwa bis zur Kreide-Tertiär-Grenze vor
65 Millionen Jahren. Was, wenn jemand hier gelandet ist,
sich die Erde untertan machen wollte, und zu diesem Zweck
die Dinos auslöschen musste? Was liegt näher, als eine
Kometen-Schleuder zu bauen, die Gesteinsmaterial in
Richtung der Erde schleudert und die lästigen Reptilien
ausradiert?“
„Falls Sie auf den Berg anspielen: der war vor 64 Jahren
noch nicht schanzenförmig umgebaut!“ wandte Isak ein.
„Und konnte daher nicht zum Urzeit-Zeitpunkt schleudern!
Aber die Hypothese ist wirklich originell!“
„Naja, er könnte eine Apparatur aufgesetzt bekommen
haben, die nach der Sonden-Messung zur Wartung entfernt
worden ist.“ theorisierte er weiter.
„Das kommt mir ziemlich weit hergeholt vor. Ist jemand
einmal in der Lage Raumfahrt zu betreiben, erschließen sich
ihm doch weit effizientere Möglichkeiten, als eine
Ausrottung einer störenden Spezies durch einen von einem

weit davon entfernten Mond abgesandten Kometen."
überlegte Isak ungläubig, angesichts dieser kühnen These.
„Wenn es eine ganz andere Art von Wesen ist, sollten wir
nicht versuchen, uns als Maßstab zu nehmen." meinte
Penhol. „Man sollte sowieso nie von sich selbst auf andere
schließen. Das gilt sogar für uns Menschen untereinander."
Ja, da magst du sogar recht haben, dachte Isak bei sich, denn
du bist ein ganz anderer Typ als ich und solltest nicht mit
mir zusammenarbeiten! „Sie denken wirklich, dass jemand
die Erde von hier aus vorher reinigen wollte, ehe er
persönlich dort landet?"
„Ich ziehe diese Möglichkeit nur in Betracht!"
Hm, überlegte Isak, ist eigentlich auch nicht weniger
glaubwürdig als meine Idee mit der Stadt auf Schienen. „65
Millionen Jahre sind reichlich lang für ein Projekt!"
„Nicht, wenn man unsterblich ist."
„Da unterliegen Sie jetzt einem Denkfehler. Wer unsterblich
ist, braucht keine Kometen-Schleuder, sondern kann
gemütlich auf die natürliche Auslese warten."
Das schien angesichts der Länge der Ewigkeit logisch.
„Vielleicht haben die auch einen Dienstplan, was sage ich,
einen Schöpfungsplan? Und was, wenn darauf schon unsere
Auslöschung steht?"
Penhols Worte standen wie ein sichtbar gewordenes
Menetekel zwischen ihnen.

Philosophisches Duett

Auf dem Bildschirm der Anzeigetafel über den Kühlsärgen
sahen seine neuen Entdeckungen von der Rückseite des

verhängnisvollen Felsens auf einmal viel weniger
spektakulär aus, stellte Isak verwundert fest. Fast wie eine
Dokumentation, die jemand anderer gefilmt hatte.
Doch Penhol triumphiert hellauf begeistert: „Ich habe ja
gleich gesagt, wir sind nicht allein im All!"
„Ich weiß! Außer Europa gibt es noch die USA!"
„Was Sie immer mit den Amis haben! Die sind vollauf
damit beschäftigt, den Mond weiter zu okkupieren und sich
mit den Chinesen um den Mars zu streiten!" wetterte
Penhol, so als müsste er seine Meinung vor Gericht
verteidigen.
„Nehmen wir an, es gibt Aliens, Außerirdische…"
„Warum nicht, das Weltall ist immens groß, es wäre die
reinste Platzverschwendung, wenn auf Planeten in
habitablen Zonen keiner wohnt!" erklärte Penhol und
gestikulierte dabei, sodass man merkte, wie nahe ihm das
Thema ging. „Oder auf solchen Monden wie Titan. Warum
sollte hier noch keiner vor uns gelandet sein und sich hier
niederlassen wollen? Hmmm?"
Es folgte eine kurze Denkpause.
„Na schön, wir können uns ja vorstellen, dass, wenn sie vor
uns hier gewesen sind, sie uns technisch weit voraus sind
und daher in den Weiten des Alls noch andere bewohnbare
Planeten oder Satelliten entdeckt haben."
„Genau das erklärt, warum sie nicht hiergeblieben sind,
sondern eventuell nur sporadisch vorbeikommen, warum
auch immer."
„Und Sie meinen, die kommen wieder und pochen auf ihre
älteren Rechte?" forschte Isak weiter.

„Ja, ist doch nachvollziehbar. Wie diese Kreaturen wohl aussehen?" fragte Penhol mit Blick ins Leere, als stellte er sie sich gerade vor.

„Bestimmt nicht so wie in diesen uralten Horrorfilmen, mit denen frühere Generationen im 21. Jahrhundert versucht haben, sich die Langeweile zu vertreiben."

„Warum nicht? Die haben sogar Geld dafür ausgegeben, um sich das anschauen zu dürfen!"

Isak machte eine abwehrende Handbewegung. „Weil etwas selten so phantastisch aussieht, wie es sich der Mensch vorgestellt hat. Eher banal, wenn die menschenähnlich sind."

„Wichtiger ist vielmehr, mit welchen Absichten sie uns begegnen werden. Wenn die Besucher mehr technisches Wissen haben, werden sie es sicher gegen uns einsetzen. Nur Unterlegene verbünden sich…"

Erneut folgte eine kurze Stille.

„Ich hab überlegt, was Sie direkt bei dem Berg von den drei Sechsern gesagt haben…" begann Isak versonnen.

„Dass die nichts Gutes bedeuten?"

„Genau. Der Mensch hat sich zu Gott den Gegenpol namens Lucifer - der Lichtbringer - vorgestellt und dieser hatte eines Menschen Zahl. Es war angeblich die 666! Man nannte ihn auch Anti-Christ und erwartete seine Rückkehr!"

Kurz spiegelten ihre Gesichter Verlegenheit wider.

„Da wir ja keine Christen sind und an keinen Gott glauben, außer einige von uns in nostalgischer Gemütslage…" grinste ihm Penhol augenzwinkernd zu.

„Gott darf nicht beweisbar sein, sonst gibt es nur noch opportunes Verhalten. Hat er wirklich die Allmacht, wäre es

ihm ein Leichtes, seine Existenz vor uns zu verbergen."
sinnierte Isak ernst.
„Und er gibt uns mit der Zahl einen Hinweis auf seine
Existenz? Das scheint mir sehr übertrieben! Ich und viele
noch klügere Menschen haben Religionen als ein
Machtinstrument der Mächtigen enttarnt. Damit sie die
große Masse von Ungelehrten leichter für ihre Zwecke
missbrauchen können." explizierte Penhol. „Und das hat
unzählige Kriege entfacht und unzähligen Menschen das
Leben gekostet. Und ich glaube kaum, dass die jetzt alle im
Paradies sind und uns von dort aus zusehen!"
„Jedenfalls können Sie auch nicht das Gegenteil beweisen!
Mit unseren wissenschaftlichen Erkenntnissen können wir
nicht alles um uns herum erklären. Also-"
„-ist für alles, was wir nicht erklären können, Gott
zuständig?" vervollständigte Penhol mit erhobenen Händen.
„Diese Möglichkeit in Betracht zu ziehen, scheint mir nicht
weniger angenehm, als mit gar keiner Antwort
weiterzumachen."
Kopfschüttelnd ließ Penhol die Hände sinken. „Warum hat
uns dann Ihr Gott Sykes genommen?"
„Na, Sie wollten doch verhindern, dass sie aufwacht!"
erinnerte ihn der Käpt'n an den unseligen Vorfall. „Wegen
der Dienstvorschrift!"
Beim Gedanken daran überkam ihn wieder die kalte Wut.
„Wegen Ruhm und Ehre! Uns gebührt es allein für unsere
Pionierarbeit im ersten Jahr auf Titan! Wir müssen uns die
Vorherrschaft sichern, sonst sterben wir den unnützen
Heldentod oder verblassen in der Geriatrie für ausgediente

Astronauten. Raumrentner ohne Neuland!!! Es tut mir wirklich leid um unsere Kollegin. Auch für Sie, Käpt'n, denn jetzt müssen Sie umsonst auf ein Date mit dem Subjekt Ihrer Begierde warten!"

„Haben Sie Ihr Gehirn im 3D-Drucker printen lassen? Sie Blutdruckheber unterstellen mir unehrenhafte Absichten? Sykes war mir nicht sympathischer als Sie, bevor wir hier gelandet sind!" Seine Pupillen weiteten sich wieder einmal im Angesicht der Frechheit seines Untergebenen.

„Beruhigen Sie sich, Käpt'n! Wenn es Gott gibt, dann treffen wir einander im Jenseits wieder und wenn nicht…" Mit nach oben gerollten Augen kratzte er sich am Hinterkopf, ehe er fortfuhr: „Da Energie bekanntlich nicht verloren gehen kann, taucht sie später in anderer Form wieder auf. Ihre vielleicht in einem Hühnerschwein und meine…" Er überlegte kurz, offenbar um eine Pointe zu finden. „Ich komme gern als nächster Präsident der Vereinigten Staaten von Europa zur Welt!"

„Was bringt es uns, zu philosophieren? Wir müssen das Rätsel der drei Zahlen lösen und dahinter verbirgt sich eine für alle plausible Erklärung. Vielleicht kommt sogar heraus, dass die Einkerbungen, die wir als drei Sechser definieren, mit dem Berg nichts zu tun haben." beendete Isak die Diskussion, wobei er sich zu großer Selbstbeherrschung zwingen musste.

Doch es wäre nicht Penhol gewesen, wenn er nicht versucht hätte, das letzte Wort dabei zu liefern. „Wenn die Erklärung lautet, dass uns Gott durch immer neue Rätsel bei Laune hält, soll es mir auch recht sein!"

Die Futterfrage

Der Service-Roboter war unverrichteter Dinge ins
Privatmodul gekommen. Weder Eier noch Milch standen für
den Kapitän und seinen treuen, manchmal auch obstinaten
Kollegen bereit. Still stand das Gerät vor ihnen, als wolle es
etwas sagen, konnte allerdings nur einige Lichtfelder mit
Fragezeichen an seiner Frontseite aufleuchten lassen.
„Jetzt wäre eine Fehlermeldung angebracht!" beschwerte
sich Penhol. „Nichtmal sprechen kann der Blechkamerad."
„Wir müssen daher selbst Nachschau halten!" stellte Isak
sachlich fest und ging schon voraus ins Farmmodul. „Dann
sehen wir, ob ein technisches oder biologisches Problem
vorliegt."
Hinter sich hörte er Penhol weiter meckern: „Die Techniker
haben in den letzten Jahrzehnten nichts Neues mehr
erfunden. Alles nur Weiterentwicklungen bestehender
Apparate und selbst die lassen viel zu wünschen übrig."
Merkwürdig, dachte Isak, bei den ganzen Übungen in der
Antarktis ist mir der Kerl nicht so negativ aufgefallen wie
hier und jetzt. Wenn ich wählen könnte, dann- hier brach
sein Gedankengang ab, denn er stand vor den
Hühnerschweinen im Farmmodul, die ihn irgendwie
anklagend anstarrten. Es stank nach ihrem Dung.
Das sich selbst vermehrende Algenfutter quoll aus den
Ausgabetrögen, was nur bedeuten konnte, dass die
Mutanten es nicht angerührt hatten.
„Scheinen an Appetitlosigkeit zu leiden!" mutmaßte Penhol.
„Naja, bei dem trostlosen Dasein, das sie führen müssen…"

Isak kostete das Algenfutter. Die Hühnerschweine machten quiekende Geräusche, nicht Geräusche des Protests, sondern eher der Verwunderung. „Ist in Ordnung!"

„Somit haben wir ein Problem!" verkündete Penhol unnötigerweise und stemmte beide Hände in die Hüften.

„Ich habe das Gefühl, seit der Landung löst ein Problem das andere ab. Was kann der Grund für die spontane Nahrungsverweigerung sein?" fragte Isak mehr sich selber. Nicht, dass er sich von den Tieren Antwort erhofft hätte, von seinem Co in der Angelegenheit sowieso nicht.

Sein Kollege beugte sich also zu den Tieren hinunter und erkundigte sich mit gespielter Anteilnahme: „Was ist denn los mit euch? Hmmm?"

Sie quittierten den Satz und sein ‚Hmmm' mit einem kurzen Quieken und als Isak ihnen einen Buschen der Algen unter die Rüssel hielt, wendeten sie sich alle angeödet ab.

Ratlosigkeit griff immer mehr um sich. Vor allem bei Penhol, der zu Tieren keinen guten Draht zu haben schien.

„Schade, dass die Viecher nicht sprechen können. Stattdessen machen sie einen ausgesprochen stumpfsinnigen Eindruck!" kritisierte er, während er sich wieder aufrichtete.

„Falls Sie es noch nicht bemerkt haben: die, von Ihnen als stumpfsinnig bezeichneten, Kreaturen sichern uns außer den Algen hier unsere Nahrung und sind überlebenswichtig!"

„Nun erregen Sie sich doch nicht so wegen meiner kleinen witzigen Bemerkung. Man wird doch noch seine Meinung äußern dürfen!" Jetzt machte er einen auf beleidigt.

„Seid ihr krank?" Prüfend betrachtete Isak die Anzeige über den Trögen. „Temperatur stimmt, Druck ebenso…" Dabei bemerkte er, wie die Mutanten neugierig von ihm zu Penhol und wieder zurück guckten - erwartungsfroh und aufgeweckt wiederholten sie diesen Vorgang mehrmals immer rascher.

„Was guckt ihr mich so blöd an?" fragte dieser verständnislos und abwehrend. „Ich hab heute nichts für euch!"

Schon dämmerte Isak ein schwerer Verdacht: „Oh nein! Haben Sie denen etwa meine Hand verfüttert?"

„Äh…ja! Die war total unbrauchbar. Sogar die Knochen waren zertrümmert." Dabei zuckte er mit den Schultern.

„Das ist der Grund. Jetzt, wo sie Blut geleckt haben, etwas Besseres kosten durften, verweigern sie schnödes vegetarisches Futter." erkannte Isak mit sich verfinsternder Miene, für die nicht zum ersten Mal sein Co verantwortlich zeichnete.

„Wenn sie nichts Andres kriegen, werden sie es aber sehr wohl futtern!" stellte Penhol trotzig fest und gestikulierte übertrieben mit beiden Armen.

„Falsche Annahme! Sie kennen diese Kreaturen nicht. Eher fressen sie einander oder greifen uns an, wenn ihr Hunger übermächtig wird!" erklärte Isak genervt.

„Da Sie die Tierchen so genau kennen, wissen Sie sicher, was nun zu tun ist!" ließ Penhol mit apodiktischer Sicherheit verlauten und verschränkte seine Arme.

Noch immer enerviert atmete Isak tief durch, ehe er gepresst antwortete: „Wir müssen alle für mindestens eine halbe Stunde betäuben. Dann vergessen sie den Geschmack, auf den Sie sie gebracht haben. Lassen Sie sich vom Medizinassistenten elfmal die Dosis für…" unterbrach er und scannte die Tiere kurz. „…45 Kilo Lebendgewicht geben."

„Wird gemacht!" versprach Penhol und entschwand erstaunlich schnell. Es schien ihm doch etwas unangenehm zu sein, dass er durch seine wohlgemeinte Tat Unbill verursacht hatte. Wie so oft bewahrheitete sich der alte Spruch: Das Gegenteil von gut ist gut gemeint!
Leider musste man sich in Baikonur mit ähnlichen Problemen herumärgern. Aufgeregt kam Deklin zu Frau Plagast gelaufen, die im größten Saal gerade vor einem Flat mit der Datenauswertung beschäftigt war, und ratterte seinen Bericht herunter: „Entschuldigen Sie die Störung, Frau Missionsleiterin, aber es ist ein tragischer Todesfall geschehen! Es tut mir außerordentlich leid, Sie davon in Kenntnis zu setzen-"

„Kommen Sie ohne Umschweife zur Sache!" befahl sie, die eine lange Vorbereitung zur eigentlichen Nachricht für Zeitverschwendung hielt.

„Jellfro, ein Mitglied des Bodenpersonals, ist soeben beim Verspeisen des Mittagmahles in der Kantine verstorben! Mit nur 72 Jahren! Schwermetall im Steinpilz-Schnitzel!"

„Woher beziehen wir die Pilze?"

„Aus einem Treibhaus im ehemaligen Holland! Liefert auch Karotten und Obst. Es scheint ein Leck zu haben."

„Stornieren Sie sofort alle Lebensmittellieferungen von dort und bereiten Sie eine Klage auf Schadenersatz beim Internationalen Gerichtshof vor."

„In welcher Höhe?"

„Hm, als wichtiger Mitarbeiter war er zehn- nein 15 Millionen Ecu wert! Und bereiten Sie mir eine Trauerrede für Jellfro vor, der in der Mitte seines schaffensreichen Lebens durch nekrotische Nahrung aus unserem produktiven Team gerissen wurde, was einen kaum wieder gut zu machenden Verlust bedeutet!" ordnete sie mit befehlsgewohnter Stimme an, wobei sie sich schon wieder den Messdaten zugewandt hatte.

„Sehr wohl!" bestätigte Deklin, der sich freute, von ihr bereits die Einleitung zur Rede bekommen zu haben.

Nach der halbstündigen Betäubung kontrollierte Penhol die Mutanten im Farmmodul und entdeckte, dass eines der Tiere noch bewusstlos dalag. Zuerst versuchte er es mit einem leichten Fußtritt aufzuwecken, was nicht gelang, daher gab er ihm einen Elektroimpuls aus seinem Armreif, was zu einem Schock bei dem Hühnerschwein führte.

„QUIIIEEEKK!" kreischte es empört auf und rodelte desorientiert mit seinem Hinterleib durch das halbe Modul, wobei es mit dem Kopf an die Wand schrammte. Es schüttelte sich kurz und meckerte wie eine Ziege: „MÄHÄHÄCK!"

„Halt den Rand und friss wieder Algen!"

Vom Lärm angelockt kam Isak herbei und fragte mit eisiger Miene: „Was ist nun wieder passiert?"

„Keine Ahnung! Das Vieh wollte nicht aufwachen, da habe ich ihm nur einen kurzen Elektroimpuls verabreicht und jetzt meckert es plötzlich!"

„Der Impuls hat offenkundig zu einer Verhaltensstörung des Tieres geführt."

„Na so was! Ich dachte, die sind super-resistent!"

„Leider sind Sie nicht resistent gegen Irrtümer!" erkannte der Käpt'n und verfluchte insgeheim die Auswahl der Basis.

Als hätten die seine finsteren Gedanken aufgefangen, meldeten sich Plagast und Capo aus dem Hauptmodul.

Sofort eilten Isak und sein Charakterantipode dahin, um zur Skye-Übertragung zu gelangen.

Plagast verlangte energisch die neuesten Erkenntnisse aus den bisherigen Außeneinsätzen.

Isak zögerte kurz, erklärte dann schließlich ungern, dass der Berg östlich vom Wohnmodul deutliche Bearbeitungsspuren von Werkzeugen aufweist.

„Das sind nicht die Fakten, die uns interessieren!" erwiderte Plagast unbeeindruckt. „Wir wollen vor allem wissen, wie viele Wettermaschinen nötig sind, um den ganzen Mond für die Kolonisation freizumachen."

„Wir müssen doch auch in Betracht ziehen, dass schon vor uns jemand auf diesem Mond gelandet ist!" gab Penhol zu bedenken. „Und hier ältere Rechte hat."

„Eventuell die Amerikaner." meinte Isak.

Plagasts Gesichtszüge verhärteten sich, als sie kundtat: „Die Amerikaner kämpfen gegen China um den Mars. Selbst wenn sie schon Anstrengungen in Richtung Titan gemacht haben sollten, würden sie es sofort in alle Welt ausposaunen."

„Nicht wenn es ein Reinfall war!" beharrte Isak. „Stellen Sie sich vor, die hätten einen groben Fehlschlag erlitten, was hier leicht vorstellbar ist, dann wären sie damit sicher nicht an die Öffentlichkeit gegangen."

„Wo die Amis sowieso aus allem ein Geheimnis machen!" fügte Penhol hinzu und machte eine ausladende Geste.

Nun schaltete sich Capo in den Disput ein: „Kapitän Isak! Wir reden aneinander vorbei! Uns interessiert nicht, was Sie

und Ihr Kollege sich so zusammenreimen. Tun Sie einfach
nur Ihre Arbeit. Das reicht uns schon! Alles andere
überlassen Sie uns!"
„Wie Sie wünschen!" stimmte Isak gepresst zu. „An
Wettermaschinen wären 150 vonnöten!"
„Oh!" entkam es Plagast, denn diese Anzahl war eindeutig
unfinanzierbar.
„Aber sonst ist alles wie geplant abgelaufen." log Isak sehr
überzeugend.
„Wirklich?" entkam es Plagast.
„Bravo!" lobte Capo, ganz gegen seine Gewohnheit.
Der Kapitän wunderte sich über Lob von dieser Seite.
Es kostete seinem Co allerdings einige Überwindung, sich
nicht einzuschalten und seinerseits Bericht zu erstatten,
wobei er sich natürlich keine Blöße geben wollte.
Schon dachte er, sie hätten das peinliche Verhör
überstanden.

Planänderung

„Da alles planmäßig und zur vollsten Zufriedenheit
verlaufen ist, gibt es eine Planänderung. Sie können Sykes
und Coffi wecken und mit Aufgaben betrauen." gab Plagast
feierlich bekannt und lächelte dabei huldvoll. So, als hätte
sie den beiden eben ein Geschenk gemacht.
Penhols Augen wanderten unauffällig zur Seite und sahen
Isak an, dieser schluckte ebenso unauffällig und versuchte,
sich nichts anmerken zu lassen, musste aber diese Änderung
verhindern: „Ich finde es nicht notwendig, die weiblichen
Mitglieder schon so früh einzusetzen!"

„Ich schließe mich der Meinung des Kapitäns an!" beeilte
sich Penhol ebenfalls, eine bevorstehende unangenehme
Situation abzublocken.

Auf diese unerwartete Replik fiel Frau Plagast fast die
Kinnlade herunter und sie sah drein, als trüge sie einen
Gebärmutterimmigranten in sich, der gerade gegen ihre
Bauchdecke trat. So nannte man Föten, die auf
herkömmliche Weise gezeugt und ausgetragen wurden. Es
war nämlich schon lange aus der Mode gekommen, dass
Frauen ihre Babys selbst austragen. Das erledigten externe
Gebärmütter in Fertilitätsanlagen unter Aufsicht von Gen-
Spezialisten, welche das durch Strahlungsschäden ruinierte
Erbgut reparierten. Eine teure Angelegenheit.

Doch sie erholte sich rasch von dem Schock und insistierte:
„Über einen Befehl gibt es keine Diskussionen, Käpt'n! Sie
wecken Sykes und Coffi sofort nach Ende der Skype-
Übertragung und integrieren sie in den Dienstplan!" Die
letzten Worte klangen sehr nachdrücklich, als wären sie an
ein widerwilliges, aufmüpfiges Kind gerichtet. Wenn sie
eines hasste, dann war es jede Art von Widerspruch.

Capo nickte nur beifällig und Deklin befürwortete die Idee
sofort: „Ich schließe mich der Meinung der technischen
Leiterin der Mission an." Dabei machte er ein Gesicht, als
hätte er gerade eine Gehaltserhöhung verdient.

„Verstanden!" gab Isak nach und Penhol machte eine
Leichenbittermiene wie bei einer Beerdigung.

„Viel Erfolg! Wir melden uns wieder!" beendete Plagast
gewohnt souverän das Gespräch. Bevor ihr Hologramm
erlosch, zeichnete sich noch ein siegessicheres Lächeln
darauf ab. Obwohl sie normalerweise auf solche Zeichen

ihrer dienstlichen Überlegenheit verzichten konnte, fand sie es in diesem Moment sogar angebracht.

Kaum, dass ihr 3D-Abbild verschwunden war, ätzte Penhol: „Haben Sie bemerkt wie Deklin, dieser übereifrige Jungspund, der herrischen Alten sofort recht gegeben hat?" Als Isak nicht zustimmte, äffte er Deklin nach: „Ich schließe mich der Meinung der technischen Leiterin der Mission an! - So ein Arschinator! Sechs Millionen Jahre menschlicher Erfahrung im aufrechten Gang haben nicht ausgereicht, bei der Betreiberin der Basis - dieser Bevormundungsorganisation - Intellekt zu entwickeln. Der blasierte Schnösel sägt schon an ihrem Thron und die merkt es nicht einmal!"

„Da muss er noch mindestens 100 Jahre dran sägen! Aber wir haben jetzt andere Sorgen und die können wir nicht lösen, indem wir versuchen, das skurrile Triumvirat in der Basis gegeneinander auszuspielen!"

„Stimmt!" sah Penhol erstaunlich schnell ein. „Wir waren schließlich die Besten von allen, die Elite von 144! Und darum wurden WIR ausgewählt für diesen Roadtrip to outher space! Und nicht der kleine schleimige Deklin!"

In Baikonur ahnte Capo bereits die aufziehende Gehorsamsverweigerung. „Unsere Pioniere scheinen auf weiblichen Bestand verzichten zu wollen."

„Das kommt mir auch so vor!" schloss sich Deklin seiner Überlegung an. „Wenn man bedenkt, dass sie über acht Wochen nur zu zweit agieren mussten, kann man ihnen allerdings nachsehen, dass sie sich an die Damen erst gewöhnen müssen."

„Diese unflexible Art stört mich!“ gab Plagast bekannt. „Es
kann doch die Zusammenarbeit nicht vom Geschlecht
abhängen. Eher schon vom Charakter, und der ist bei den
beiden doch einwandfrei…“ Nun schienen ihr Zweifel zu
schaffen zu machen. „Oder hat die Enge im Schiff die
beiden zu sehr gestresst?“
„Das könnte der Fehler sein!“ erkannte Capo. „In all den
Simulationen mussten sie nie so lange gemeinsam
ausharren.“
„Ich bin sicher, nach einigen Anfangsschwierigkeiten
werden sie wie ein eingespieltes Team ohne Probleme
zusammenarbeiten.“ meinte Deklin optimistisch.
„Abwarten!“ hatte Capo das letzte Wort.
Die beiden Männer hatten sich anordnungsgemäß vom
Haupt- ins mittlere Modul begeben, wo Coffi noch schlief.
„Nur ein Privatmodul für zwei Frauen, das hätte sowieso
sicher nur Streit gebracht, schon wegen der rosa Farbe. Ich
schätzte Sykes nicht so ein, dass sie Rosa mochte. Und
Coffi eigentlich auch nicht.“ sinnierte Penhol und sah dabei
gedankenverloren am Käpt’n vorbei. „Die Frage ist, weihen
wir sie in Sykes Todesumstände ein oder lassen uns für sie
eine plausible Erklärung einfallen?“
Grimmig schien sich Isak gerade dieselbe Frage zu stellen.
„Vor allem müssen wir ihr erklären, warum sie nun eine
bionische Hand ihr eigen nennt!“
„Am besten, wir stellen die Vorteile davon in den Raum!“
machte Penhol einen Vorschlag. „Huch! Da fällt mir ein, ich
muss das Händchen für sie ja erst zusammenbauen!“

„Tun Sie das! Ich habe auch etwas vor!" kündigte Isak an und begab sich wieder einmal auf den Weg zum Aggromulator.

Im eisblauen Modul stand Penhol also vor ihrem Sarg, zog sich seine Handschuhe aus und starrte Coffi kurz an, bevor er in die Lade unter ihrem Glassarg griff, um die Teile für die bionische Hand herauszuholen. Sorgsam ordnete er auf dem noch geschlossenen Sargdeckel die aus Edelstahl gefertigten Knochen, Knöchelchen und den Handteller in der medizinisch korrekten Reihenfolge an. Danach kamen die schmalen Kabelstränge, welche die Sehnen plus Blutbahnen ersetzten, dran. Mit Wissen und Gefühl fädelte er sie durch die Stahlteile wie in einem 3D-Puzzle hindurch. Dann holte er aus der nächsten Lade eine hautfarbene gallertartige Masse, welche die Muskeln, die Faszien und das umfassende Fleisch darstellte. Mit der Künstlermiene eines Bildhauers, der sein Geschöpf formt, ummantelte er die Stahlhand mit dem Gelee, wobei er zufrieden nickte. Endlich hatte er den Rohling fertig und mit dem, nun zum Einsatz kommenden, smarten Medizinassistenten konnte er alles in Windeseile zusammenschweißen. Prüfend hielt er die linke bionische Hand wie zum Handschlag mit der seinen, natürlichen fest. Erfreut über sein Werk öffnete er Coffis Sargdeckel.

„Die Hand wird dich nicht weniger hübsch aussehen lassen." flüsterte er der Schlafenden zu und konnte sich ein Schmunzeln dabei nicht verkneifen.

Wie ein Beichtvater kam der Trichter des Aggromulators seinem Stammbesucher vor, als er sich zum wiederholten Mal davor erleichtern wollte. Ihm gingen schon die

Schimpfnamen für seinen ungeliebten Kollegen aus:
„VERDAAAMMMT! DIESER RIESENARSCH!! ICH
WEISS MIR KEINEN RAAAT! PENHOL, DIESER
MIESE WICHSER, DIESE PESTBEULE WIRD MIR
IMMER UNSYMPAAATHISCHER! ICH BRAUCH IHN
NUR ANZUSEHEN, DA STEIGT MEIN BLUTDRUCK
UND ICH MÖCHTE IHN ERSCHLAAAGEN! WENN
JETZT NOCH EINE FRAU ZWISCHEN UNS STEHT,
WIRD ALLES NUR NOCH SCHLIMMER!!! ICH KANN
FÜR NICHTS MEHR GARANTIIIEREN! WENN DER
HIRNPARALYTISCHE FATZKE NOCH EIN EINZIGES
MAAAL-"
„Danke für Ihre Energiespende, Sir! Die Batterien sind
voll!" unterbrach ihn die sonore Computerstimme und er
verließ das blutrote Modul, obwohl er sich noch nicht
vollständig erleichtert fühlte, suchte sein Schlafmodul auf,
um sich einer erfrischenden Luftdusche zu unterziehen,
bevor er widerwillig zu Penhol zurückkehren musste.
Dieser hatte Coffi inzwischen die Hand angepasst, den
Aufweckprozess eingeleitet und strich ihr eine der
halblangen, blonden Haarsträhnen aus dem Gesicht, wobei
er ausgiebig die zarte Haut ihrer Wangen berührte. Schon
lange hatte er den Hautkontakt mit einem Vertreter des
anderen Geschlechts vermisst. Am liebsten hätte er sie
wachgeküsst, doch genau in dem Augenblick kam der
Käpt'n dazu und Penhol zog sich seine Handschuhe rasch
wieder an. Seine Wangen zeigten eine leichte Röte.
„Alles klar?" erkundigte sich Isak verwundert.
„Ja sicher doch! Entfrostung kann losgehen!"

Das Erwachen der Dame

Beide beobachteten ihre Kollegin, wie nach und nach Leben
in sie strömte. Zuerst zuckte sie ein wenig mit den
Mundwinkeln, dann rekelte sie sich und öffnete schließlich
die Augen, sodass ihre dunkelblaue Iris zur Geltung kam.
„Willkommen auf dem Titan!" begrüßte sie Isak.
„Ja, wir freuen uns außerordentlich, endlich weibliche
Gesellschaft bekommen zu dürfen!" schloss sich Penhol mit
überfreundlichem Gesicht der Willkommens-Botschaft an.
„Ahhh!" machte sie und gähnte kurz, als sie sich aufsetzte
und an sich hinabsah. Mit der rechten Hand strich sie sich
einige Falten am weißen Overall glatt und guckte dann
erwartungsfroh von einem zum andern. „War das
vergangene Jahr erfolgreich?"
„Überraschung!" entkam es Penhol, worauf ihn Isak kurz
seitlich anstupste.
„Die Basis hat beschlossen, dass wir Sie schon früher
wecken. Es sind erst-" nun musste Isak überlegen. „-ein
paar Tage vergangen."
„Die sich allerdings wie Monate anfühlten!" fügte Penhol
hinzu, der sich vom Käpt'n etwas entfernte. „Ohne
weibliche Gesellschaft."
„Oh!" machte sie erstaunt und setzte ein Lächeln auf, bis ihr
Blick auf ihre bionische Hand fiel und es auf ihrem Gesicht
gefror. Anklagend blickte sie von einem zum anderen.
Dieser Blick sagte wahrlich mehr als tausend Worte.
„Leider mussten wir aufgrund einer technischen
Fehlfunktion des Kryosarges Ihre Hand durch eine
bionische ersetzen." kam Penhol ihrer Frage danach zuvor.

„Ja, es bildete sich eine Gefäßverstopfung, was von der Vitalfunktionsanzeige leider nicht rechtzeitig gemeldet worden ist." vervollständigte Isak die Notlüge. Unwillkürlich griff er sich dabei mit seiner rechten behandschuhten Hand auf die linke, die früher ihr gehört hatte. Trotz des vorschriftsmäßigen Vorgehens konnte er sich seiner Schuldgefühle kaum erwehren.

„Sykes hat es noch viel schlimmer erwischt!" gestand sein vorwitziger Co, der sogleich reinen Tisch machen wollte.

„Ach, was fehlt ihr denn? Beide Hände?"

„Nein, ihr Leben!"

„Penhol!" warnte ihn Isak scharf. „Wir wollen doch unsere Kollegin nicht gleich mit allen Schreckensbotschaften so kurz nach dem Aufwachen konfrontieren!"

„Richtig!" stimmte dieser mit ernster Miene zu. „Zuerst will sie sich bestimmt ankleiden." Schon holte er aus einer der Laden ihres Sarges ihren Raumanzug samt Zubehör hervor und überreichte ihr alles feierlich.

„Danke!" sagte sie artig und stand auf. „Ich möchte das aber in meinem Schlafmodul tun!"

„Gute Idee!" lobte Penhol. „Kommen Sie, meine Liebe, ich geleite Sie dorthin!" Schon wollte er ihr vorangehen bis in das rosa Schlafmodul-

„Nicht nötig!" lehnte sie etwas schroff ab. „Ich kenne den Modulplan. Meine Erinnerung daran ist jedenfalls noch frisch. Oder haben Sie Umbauten vorgenommen?"

„Äh-nein!"

Ein kurzer Augenblick peinlichen Schweigens entstand. Ohne weitere Worte verließ sie die beiden und entschwand.

„Korrigieren Sie mich, wenn ich einen falschen Eindruck
von ihr gewann, aber irgendwie kommt sie mir beleidigt
vor!“
„Penhol, Sie sollten Ihren Sarkasmus zügeln. Der kommt
weder bei mir noch bei unserer aufgeweckten Kollegin gut
an!“
„Käpt’n! Alles was ich zum Ausdruck bringen wollte, ist die
etwas unterkühlte Art unserer Kollegin, unumstößliche
Tatsachen aufzunehmen!“
„Wir sollten uns absprechen, was wir ihr mitteilen, wenn sie
nach den genauen Todesumständen von Sykes fragen
sollte.“
„Sie als Käpt’n haben ihr als Crewmitglied gegenüber
überhaupt nicht die Pflicht, Rede und Antwort zu stehen.
Nur der Basis.“
Darauf wollte er etwas entgegnen, doch in diesem Moment
kehrte Coffi in ihrem Raumanzug zurück, den Helm mit der
behandschuhten bionischen Hand schwingend, als ginge sie
mit einer neuen Handtasche spazieren. „Wenn auch nur
wenige Tage vergangen sind, so wäre es wichtig für mich zu
wissen, wie weit Sie mit den Forschungsergebnissen sind.“
„Ihre schnelle Dienstbereitschaft freut mich.“ lobte Isak und
klärte Coffi mit Penhols Scan, den er auf der Anzeigetafel
über den Särgen abspielte, über die bisherigen, teils
rätselhaften Erkenntnisse auf.
„Namen hat der rätselhafte Berg keinen. Ha, der Horror
braucht einen Namen! Wir können ihn ja Schrumpf-Berg
nennen!“ schlug Penhol gewohnt locker vor.
„Es ist nicht unsere Aufgabe, Berge oder Seen zu
benennen.“ rügte ihn Isak. „Diese Ehre kommt unseren

Vorgesetzten zu, die unsere Sponsoren und Politiker mit der Namensgebung ehren."

„Bäh, unsere Politiker…" murmelte Penhol abschätzig.

„Ihr wart bisher nur einmal dort?" erkundigte sie sich interessiert. Ihre Art war, immer 100 % zu geben.

„Nein, ich war zusammen mit Blecher nochmals vor Ort und-"

„Sie haben Blecher schon zum Einsatz gebracht?" unterbrach sie ihn verwundert. „Er sollte doch nur im Notfall-"

„Es schien mir vernünftig. Warum sollte ich ihn schonen?"

„Er ist, soviel ich weiß, nur ein Prototyp. Noch gar nicht lang genug erprobt. Keiner der Kriegsroboter für Extremeinsätze."

„Nun, wir sind ja nicht im Krieg!"

„Blecher besitzt eine kleine Nuklid-Batterie, die nicht überhitzt werden darf!"

„Na, bei den Temperaturen hier ist das wohl keine Option!" kam Penhol dem Käpt'n in Erklärungsnot zu Hilfe.

Dieser ergriff wieder resolut das Wort: „Sie werden bald merken, Coffi, hier zu arbeiten, erfordert eine saloppere Auslegung der Vorschriften und Pläne, die in der Sicherheit des Heimatplaneten ausgearbeitet wurden."

Stumm nickte sie nur.

„Jedenfalls hat der Käpt'n eine Art Depot gefunden, dessen Inhalt von Blecher, beim Versuch es zu öffnen, leider zerstört worden ist. Die Zusammensetzung der daraus entweichenden Dämpfe blieb unbekannt, sonst wären wir schon einen großen Schritt weiter."

„Es kann auch eine Gasblase gewesen sein." versuchte Isak
eine natürliche Erklärung, da er an die Existenz von Aliens
trotz der Hinweise nicht so recht glauben wollte. Die
Menschen hatten es schon schwer genug mit ihresgleichen.
„Wie oft existiert eine Gasblase innerhalb einer viereckigen
Grube?" fragte Penhol provokant.
„Wir kennen die Natur hier noch zu wenig. Selbst die Natur
auf unserm Heimatplaneten ist noch nicht restlos erforscht
worden, ehe wir sie mit unserem Krieg fast ganz zerstört
haben. Erinnern Sie sich an die Aussage, es gibt keine zwei
identischen Schneeflocken? Wer hat denn all die Trilliarden
Exemplare untersucht und verglichen? Da muss es
mindestens zwei identische gegeben haben, die noch nie
gefunden worden sind. So wie es unter den einst zehn
Milliarden Menschen immer wieder Doppelgänger gegeben
hat, ehe wir uns gegenseitig auszurotten versuchten."
„Nein, was immer darin gewesen sein mag, es war weder
Gas, noch natürlichen Ursprungs!" beharrte Penhol, dem es
sichtlich Vergnügen bereitete, dem Kapitän zu
widersprechen.
Um die Situation nicht weiter anzuheizen, fragte sie Isak
sachlich: „Und was soll meine erste Aufgabe hier sein?"
Penhol stand hinter ihr, deutete ihm mit der linken Hand
Winke-Winke und zeigte mit der rechten kurz auf Coffi, so
als wolle er ihm raten: besser du gehst, als dass die
Ahnungslose noch draufkommt, wer ihre Hand nun besitzt.
„Einen Außeneinsatz gibt es für Sie erst später, Coffi!"
„Ich möchte aber nicht etwa geschont werden, Käpt'n, weil
ich eine Dame bin!" stellte sie selbstbewusst klar.

„Können Sie mir den Unterschied zwischen einer Dame und
einer Frau erklären?" wollte Penhol wissen.
Ungerührt fuhr Isak fort: „Ich muss einen Check der ESA
T15 durchführen. Im Notfall muss sie jederzeit startklar
sein. Und Sie können mit Penhol die letzten Ergebnisse
auswerten."
Enttäuscht legte sie ihren Helm beiseite und blickte ihm
beim Abgang nach. Selbstbeherrscht setzte er sich seinen
Helm auf, froh darüber, sich damit sein vor Wut rot
anlaufendes Gesicht verdecken zu können.
Als Penhol mit Coffi allein war, bemühte er sich um ein
privates Gespräch, was bei all den Übungen daheim auf der
Erde kaum stattgefunden hatte. „Glauben Sie eigentlich an
Gott, Coffi?"
Daraufhin sah sie ihn an, als hätte er sie gefragt, ob sie für
ihn sterben wolle.
„Ich weiß schon, dass Religion längst abgeschafft ist, aber
es steht doch jedem von uns frei, an einen Gott zu glauben?"
Aufmerksam beobachtete er ihre Reaktion.
Nach kurzer Überlegung antwortete sie ihm: „Meine
Urgroßmutter glaubte noch an ihn. Sie hat den letzten
Weltkrieg miterlebt und sagte mir einmal: Gott ist gierig
nach unserer Liebe und Aufmerksamkeit! Und die bekommt
er nur, wenn es uns schlecht geht!" Dabei blickte sie kurz
auf ihre bionische Hand und sah ihm dann direkt in die
Augen, so als wüsste sie schon, wer die Schuld dran hat.
Sogleich verging ihm die Lust auf weitere Konversation.
Durch Coffis Hinweis auf Blechers Nuklid-Batterie etwas
besorgt, inspizierte Isak zuerst den Laderaum, wo der
Roboter stand. Nichts deutete darauf hin, dass der

womöglich eine Gefahr darstellte, also suchte er nach
dessen Betriebsanleitung. Der Frachtraum war der größte
Raum im Schiff und hatte einige Klappen, in welchen
nützliche Tools zu finden waren. Alles fand sich, außer der
gesuchten Anleitung zum sicheren Gebrauch des Roboters.
Konnte es sein, dass sie einfach vergessen worden war? Die
Übungseinheit mit ihm verlief auf der Erde jedenfalls
problemlos, was allerdings hier oben anders aussehen
konnte, wie er ja aus dem ersten Einsatz am Berg der Rätsel
schon wusste. Da er keinen Sinn in weiterer Suche sah,
prüfte er im Maschinenraum die Antriebsraketen.
Im eisblauen Modul stellte sich nach und nach eisige
Stimmung ein, obwohl Penhol bereits zum Dienstton
zurückgefunden hatte. „Es war ausgesprochen schwierig,
hier normale Arbeitsbedingungen zu schaffen. Und nun die
Differenz zwischen den früheren und jetzigen
Messergebnissen. Was halten Sie davon?“ prüfte er sie.
„Nach menschlichem Ermessen sind die offensichtlichen
Bearbeitungsspuren des Berges, dieses Depot und das
Verschwinden des Methans aus dem See nur schwer einem
rein natürlichen Phänomen zuzuordnen.“ rang sie sich zu
einer Feststellung durch, wobei sie sich mit der rechten
Hand über die Stirne strich und ihren Mund verzog.
„Genau das meine ich auch… Kopfschmerzen? Hatte der
Käpt’n auch am ersten Tag. Ich nicht!“ ließ er stolz
verlauten. Dabei schwellte er seine Brust etwas. „Wissen
Sie was? Legen Sie sich schlafen!“
„Ich habe über acht Wochen geschlafen!“ protestierte sie.

„Glauben Sie mir, morgen sieht die Welt ganz anders aus
und wenn Sie schmerzfrei sind, erhöht sich Ihre
Produktivität!"
Mit einem Schmollmund nickte sie ihm beifällig zu und
verließ ihre neue Wirkungsstätte.

Verheizt

Irgendwie freute sie sich auf ihren ersten Arbeitstag, wenn
auch mit einer bionischen Hand, die sich aber wie ihre
eigene anfühlte, andererseits stieg Nervosität in ihr hoch.
Als sie das grasgrüne Privatmodul betrat, saßen Isak und
Penhol schon gemütlich beim Frühstück zusammen. Beide
prosteten sich mit einem Becher Milch zu und offenbar
stand für sie auch schon einer auf dem ausgeklappten Tisch
parat.
„Guten Morgen!" sagte sie brav wie eine Musterschülerin.
„Morgen Coffi!" erwiderte der Käpt'n ihren Gruß und
deutete auf den Becher. „Beste Proteine unserer tierischen
Leidensgenossen. Trinken Sie, Sie werden heute viel Kraft
brauchen."
Das klang schon verdächtig nach einer Gewalttour.
Erfreut trank sie die Milch, empfand sie allerdings im
Abgang etwas schal. Ohne sich etwas anmerken zu lassen,
sah sie von Isak zu Penhol, der sie irgendwie höhnisch
angrinste. „Was steht heute an?"
„Ein Ausflug für sie!" eröffnete er ihr, immer noch breit
grinsend.

„Ja!" Isak erhob sich. „Sie werden heute zu einem Berg nördlich von hier fahren und feststellen, ob er genauso bearbeitet wurde, wie unser rätselhafter Berg."

„Allein?" Ihr fiel fast der Becher aus der Hand, was ihr natürlich unangenehm war. Nur keine Schwäche zeigen, ermahnte sie sich streng. Vor allem als Frau wurde einem das immer doppelt und dreifach angekreidet. Frausein hatte etwas von einer Erbsünde an sich, fand sie.

„Nein! Sie können den Flitzer ja in Sekundenschnelle in einen Hilfsroboter transformieren." erklärte er, nun ebenso grinsend wie sein Geschlechtsgenosse.

„Das weiß ich! Reden Sie mit mir nicht wie mit einer Anfängerin!"

„Sie stellten eine Frage und ich antwortete sachlich. Fürchten Sie sich allein?"

„Wovor denn?"

„Typisch Frau!" höhnte Penhol. „Als Antwort eine Gegenfrage!" Der lachende, weit aufgerissene Mund mit den markanten Eckzähnen erinnerte sie an einen Pavian. Viele Tiere waren kriegsbedingt ausgestorben, aber viele Insektenarten - vor allem jene von den Menschen als Ungeziefer klassifizierten - und Affen hatten ihn überlebt. Und einer davon saß vor ihr und lachte sie, boshaft, wie man es ihnen nachsagt, immer noch aus.

Daraufhin knallte sie ihm den Becher auf den Tisch.

„Unterlassen Sie solche unpassenden Bemerkungen."

„Aber, aber!" versuchte Isak zu beschwichtigen. „Nehmen Sie den Scherz eines Kollegen doch nicht gleich so tragisch. Wenn Sie darauf bestehen, werde ich Sie begleiten und-"

„Nein!" lehnte sie schroff ab. „Äh-danke, ich schaffe das
schon!" Beleidigt schritt sie davon, setzte sich ihren Helm
auf und stieg auf den draußen bereitstehenden Flitzer. Die
Handhabung mit dem Joystick hatte sie unzählige Male auf
schwierigstem Terrain daheim auf der Erde geübt. Die
Koordinaten waren gespeichert und der Flitzer fuhr mit
Tempo 100 in Richtung des Berges, der von weitem schon
ziemlich mächtig aussah. Dank der Wettermaschine
herrschte Windstille, nur der Fahrtwind pfiff ein wenig.
Während der Fahrt dachte sie an die archaische
Paktfähigkeit der Männer, die so lange in die
Unterdrückung der Frauen geführt hatte. Haben sich die
beiden gegen mich verschworen, dachte sie, oder wollen sie
mich nur meine körperliche Unterlegenheit fühlen lassen?
Werde ich gemobbt oder soll ich gar verheizt werden? Sie
verdrängte all die aufkommenden negativen Gedanken,
wusste jedoch genau, dass laut § 38 der Dienstvorschrift
Außeneinsätze vor allem in der Anfangsphase immer zu
zweit zu absolvieren sind. Um nicht schon zu Beginn ihrer
Tätigkeit als pingelig oder gar als Feigling dazustehen, hatte
sie nolens volens geschwiegen, ohne lang zu reklamieren.
Verärgert über sich selber erhöhte sie wütend das Tempo.
Das Gelände zeigte sich sehr holprig, der Flitzer schlingerte
gelegentlich und von Zeit zu Zeit wurde sie durch eine
Unebenheit fast aus ihrem Sitz geworfen, konnte sich aber
immer wieder festklammern. Das Kraftfeld, welches
eigentlich als Sicherheitsgurt wirken sollte, schien zu
schwach eingestellt. Ob das Absicht ist, fragte sie sich,
wollen die mich prüfen oder loswerden? Nein, redete sie
sich ein, ich bekomme schon Paranoia. Schließlich bremste

sie und sah ehrfürchtig den 1.000 Meter hohen Berg vor sich. Ziemlich beeindruckend in dem sonst flachen Gelände. Ein Blick zum Himmel eröffnete ihr ein weiteres gigantisches Schauspiel: Der Gasplanet Saturn, umkränzt von seinen Ringen. Der Transit des Mondes Rhea, der als kleine Kugel und deren Schatten über seine Oberfläche kroch…

Sie konnte kaum den Blick abwenden, so schön gestaltete sich das Schauspiel. Dann erinnerte sie sich des Auftrages und suchte den Berg nach ähnlichen schienenartigen Vertiefungen ab, die ihr gestern gezeigt wurden. Auf ihrem Armreif konnte sie feststellen, dass der Berg seit der letzten Vermessung um keinen Zentimeter geschrumpft war. Langsam ging sie um ihn herum, es schien Äonen zu dauern, doch wollte sie nicht fahren, um nicht eine Kleinigkeit zu übersehen. Die Felsformationen schienen alle natürlichen Ursprungs zu sein. Doch als sie vor sich auf den Boden sah, bemerkte sie eine viereckige Vertiefung. So wie das, was man ihr ebenfalls gestern gezeigt hatte, und von dem nicht klar war, ob es eine Gasblase oder ein Depot von wem auch immer sein sollte, der vor ihnen hier gelandet war. Als hätte jemand einen Grabstein heraus meißeln wollen, aber die Lust verloren, seine Arbeit zu vollenden. Oder jemand hatte etwas im Untergrund versteckt und es mit einer Platte versiegelt. Sogleich versuchte sie mit ihrer bionischen Hand, die wesentlich stärker als ihre gewachsene sein konnte, die Vertiefung auf einen möglichen Öffnungsmechanismus abzutasten. Die Maße schienen mit zwei Meter mal 1Meter90 einem Grab ähnlich zu sein. Da hörte sie ein leises ‚Klick‘, gefolgt vom steilen Absinken

der ganzen Platte. Darunter kam ein Stufenabgang zum Vorschein. Da blitzte eine Ahnung, nein ein Wissen auf: ja, sie waren da! Das ist der Beweis, dass es sich hierbei keinesfalls um ein natürliches Phänomen handelt, erkannte sie, denn die Stufen wiesen alle die gleiche Abmessung auf. Euphorisch, aber gleichzeitig mit dem dienstlichen Auftrag zur Fassung, fühlte sie sich bemüßigt, der Sache auf den Grund zu gehen. Bequem konnte sie mit der ganzen Sohle ihrer Stiefel darauf hinuntersteigen. Die Scheinwerfer an ihrem Helm schalteten sich ein und nach dem Ende der Treppe in einer Tiefe von 25 Metern, stand sie am Knotenpunkt eines Labyrinths. Acht Gänge führten von hier aus in alle Richtungen. Sollte sie weitergehen oder den Kapitän verständigen? Wenn sie ihn erreichte, was würde er anordnen? Etwa ihr das Weitervordringen in das Unbekannte verbieten? Obwohl sie bezweifelte, dass die Funkweite reichte, sprach sie einige Worte: „Coffi an Käpt'n Isak! Ich bin in ein unterirdisches Gangsystem am Rande des Berges abgestiegen. Es liegt 25 Meter tief und ich werde - Ihr Einverständnis vorausgesetzt - dem breitesten Gang folgen."
Sie erhielt keine Antwort, was an der Entfernung liegen mochte. Oder an der Unwilligkeit der Männer mit ihr per Funk zu kommunizieren.
Angespannt ging sie also den mit 1Meter30 breitesten Gang entlang, und scannte mit ihrem Armreif. Da entdeckte sie an der rechten Seite des Ganges in ihrer Augenhöhe eine liegende Acht - das Zeichen für Unendlichkeit. Als sie weiterging, tauchten fremdartige Schriftzeichen auf. Sie folgte erstaunt dem Gang, der sich nach wenigen Metern

wieder in eine Abzweigung unterteilte. Diesmal in zwei gleich große Gänge von 1Meter10 Breite, so wie die anderen sieben Gänge zuvor. Irgendwie kam sie sich vor wie eine Laborratte. Auf einmal konnte sie ein deutliches Rauschen vernehmen. Es kam von der Richtung, aus der sie gekommen war, daher machte sie sich auf den Rückweg. Das Rauschen verstärkte sich und erinnerte sie an einen Wasserfall. Doch hier konnte es doch kein flüssiges Wasser geben, rief sie sich in Erinnerung. In Panik lief sie los und kam rasch wieder an die Kreuzung der anderen Gänge, nun konnte sie nicht mehr feststellen, woher genau dieses bedrohliche, laute Rauschen stammte. Unsicher blickte sie herum, als sie in einem der Gänge etwas Weißes, Fluoreszierendes auf sich zukommen sah. Das Rauschen schwoll zu einem tosenden Brausen an und es stand außer Zweifel, dass es sich um eine Flüssigkeit handelte, die bald das gesamte System fluten würde. In höchster Not erreichte sie den Stufenaufgang, nahm zwei Stufen auf einmal, doch als sie endlich oben ankam, schloss sich mit einem lauten Knall die Platte über ihr und sie war gefangen. „NEIN!“ schrie sie entsetzt. „Isak, Penhol! Holt mich hier raus!!!“ Keine Antwort, nur das Tosen der undefinierbaren Flüssigkeit, welches abrupt aufhörte, als sie von deren weißem Schwall mit einem Mal total umschlossen war. Wann werden die nach mir suchen, fragte sie sich, werden die es überhaupt tun? Doch, beruhigte sie sich, wenn ich nicht bald zurück bin, dann kommen sie mich holen. Der Sauerstoff in ihrem Anzug reichte für drei Tage. Trotzdem versuchte sie, sich mit aller Kraft gegen die Platte zu stemmen, doch scheiterte. Also nahm sie den Spreizer von

ihrem Gürtel und versuchte verzweifelt, die Platte über ihr
an deren Rand aufzubrechen, was ebenso misslang. Das
sonst so verlässliche Werkzeug brach einfach ab. Als
nächstes versuchte sie es mit dem AS-Griff, doch die Platte
bewegte sich keinen Millimeter hoch, mehr noch, die
Saugnäpfe am AS-Griff schienen gar nicht zu haften.
Menschliche Technologie versagte hier unten offensichtlich
kläglich. Da begann sie zu weinen, das hatte sie seit Jahren
nicht mehr getan! Zuletzt beim Tod ihres Bruders, der bei
einer früheren Mission tödlich verunglückte. Haben die mir
als Trost für seinen Tod die Möglichkeit gegeben, als
Pionier auf den Titan zu fliegen, fragte sie sich. Mit
geschlossenen Augen versuchte sie, sich auf eine Lösung
ihres Problems zu konzentrieren. Wie ein Taucher nach
einem anderen Ausgang zu suchen, erschien ihr
vollkommen sinnlos, hier zu warten, bis endlich einer der
beiden Männer zu ihrer Rettung kam, ebenso. Als sie die
Augen öffnete, bemerkte sie, dass plötzlich Bewegung in
der Flüssigkeit begann. Bei genauerem Hinsehen entdeckte
sie kleine Lebewesen, die wie Quallen, nein vielmehr wie
Kaulquappen wirkten. Sie bestanden aus einem kurzen
tropfenförmigen Kopf von fünf Zentimeter Durchmesser
und einem Schwanz, der wie verrückt zu vibrieren schien.
Augen konnte sie bei den Tierchen nicht entdecken, eher so
etwas wie eine Nase. Allerdings hätte eine Nase hier unten
wenig Sinn gehabt - sie entpuppte sich als eine Art dicker
Stachel, als die Kaulquappen sie immer mehr bedrängten
und vor allem vor ihrem Gesichtsvisier herumtanzten. Zu
ihrem Schreck schien sich eine davon richtig an das Glas

anzuheften, nein anzubohren. Ja, das Tier begann sich leise
summend in das Glas ihres Helmes zu bohren. SSSS!
„Oh nein! Geh weg! Geh weg!" schrie sie aufgebracht und
wedelte mit ihren Händen herum, versuchte sich das
winzige Tier vom Helm zu reißen, bekam es allerdings gar
nicht fassen. Es schien extrem glitschig zu sein, denn sie
rutschte immer wieder mit dem Zeigefinger und Daumen
ab. Also verlegte sie sich aufs Schlagen. Wie von Sinnen
schlug sie sich selbst mit beiden Händen an den Helm, was
die Kaulquappen aber ganz unbeeindruckt ließ. Immer mehr
von ihnen bohrten sich ins Glas und zu ihrem großen
Entsetzen drang bereits der erste Tropfen der Flüssigkeit ins
Helminnere. In höchster Not schaltete sie ihre
Helmscheinwerfer ab, hoffend, dass die aufdringlichen
Organismen, ähnlich Motten vom Licht angezogen wurden
und nun von ihr abließen. Angst vor der Dunkelheit kannte
sie nicht. Allerdings leuchtete die fluoreszierende
Flüssigkeit von alleine hell genug, um ihr das schreckliche
Ausmaß der durch die komischen Amphibien - oder welcher
Art diese Stachelträger auch angehörten - angerichteten
Schäden anzuzeigen. Und es kamen immer mehr von denen
auf sie zu. Und alle begannen wie wild sich in ihren Helm
zu bohren! Es half ihr auch nichts, einige Schritte die Stufen
runter und wieder rauf zu steigen, jeder Schritt führte sie nur
tiefer in die Resignation, der sie sich jedoch keinesfalls
ergeben wollte. Selbst als ihr das langsame Aufsteigen
einiger Luftbläschen blubbernd den bereits entweichenden
Sauerstoff aus ihrem Helm anzeigte.
„Nein, hört auf, hört auf!" jammerte sie und begann am Glas
zu kratzen, um die zudringlichen Quälgeister irgendwie

abstreifen zu können, was ein quietschendes Geräusch verursachte. Alles vergebens. Dem ersten Tropfen folgten weitere und schließlich drang die faszinierende Flüssigkeit in Strömen an ihr ungeschütztes Gesicht. „HILFE!!!! Ich ertrinke! Hört ihr mich? Helft mir!“ Bald musste sie den Mund schließen, denn der Pegel stieg bis in ihre Nase und sie schnupfte die Flüssigkeit, was ihr einen unendlich schalen Geschmack im Rachen verursachte. Ihre letzten Gedanken waren: welch unrühmliches Ende!

Drei sind keiner zu viel

Isak und Penhol saßen beim Frühstück und schlürften die köstliche Milch der Mutanten, während sie sich über den nächsten Schritt auf dem Dienstplan unterhielten.
„Jetzt, wo wir Coffi aufwecken mussten, ist der Dienstplan neu aufzuteilen.“ stellte Penhol fest. „Wir müssen sie bei allem miteinbeziehen.“
„Ja, und durch die neugewonnenen Erkenntnisse hier, müssen wir außerdem die Prioritäten ändern.“
„Denken Sie an das Depot, das Ihrer Meinung nach nur eine Gasblase gewesen ist?“
„Ich sagte nicht, dass es eine Gasblase gewesen ist, sondern, dass es eine gewesen sein könnte!“ ärgerte sich Isak. „Da ich immer alle Möglichkeiten in Betracht ziehe.“
„Wenn ich an Ihren Gottesglauben denke, könnte es auch ein Tempel gewesen sein.“ grinste Penhol und erhob sich.
„Ein alter Weisheiten-Spruch besagt: Die nah am Tempel wohnen, verlachen die Götter.“
„So lange ich keinen von denen sehe…“

Streit lag in der Luft, als Coffi zu ihnen stieß. Sie machte einen müden Eindruck, als wäre sie die halbe Nacht wachgelegen.

„Hatten Sie auch einen Albtraum?" erkundigte sich der Käpt'n freundlich und stand auf.

„Ja äh- aber ich kann mich nicht erinnern, wovon er handelte!"

„Penhol hat von einem Monster geträumt."

„Yeah! War der reinste Horror!" Es klang wenig furchtsam.

„Jetzt, wo Sie es ansprechen, fällt es mir wieder ein." gab sie zu. „Bei mir waren es viele kleine Monstren, die sich in einer Flüssigkeit tummelten. Sie bohrten mir kleine Löcher mit einer Art Bohrstachel ins Visier und ich ertrank in meinem Traum."

„Freuen Sie sich! Ich starb auch im Traum und Totgesagte leben bekanntlich länger!" munterte sie Penhol auf und klopfte ihr wohlwollend auf den Rücken.

Es fiel ihr schwer, ihm nicht ihre Abneigung zu zeigen, er gehörte zu den Leuten, die ihr nicht auf Anhieb gefielen.

„Heute fahren wir zu einem Berg nördlich von hier." kündigte Isak an und sah sie dabei prüfend an, so als erwarte er Widerspruch. Das war er von Penhol ja schon gewohnt.

„Ja, ich weiß schon!" sagte sie. „Ich sollte im Traum auf Ihren Befehl hin vergleichen, ob er wie der rätselhafte Berg bearbeitet worden ist."

„Sie erstaunen mich! Haben Sie öfters prophetische Träume?"

„Ja! Das könnte uns helfen!" hoffte Penhol, wobei er sie abschätzend von oben bis unten maß.

Kopfschüttelnd nahm sie sich einen leeren Becher vom Tisch und füllte ihn mit der Hühnerschweine-Milch aus der Pipeline. „Nur einmal… Knapp vorm Tod meines Bruders.“ „Sie hatten auch einen Bruder?“ freute sich Isak über diese Gemeinsamkeit.

„Ja…Wir wissen eigentlich gar nichts übereinander…“ kam ihr in den Sinn. Eine derartige Reise mit Fremden zu unternehmen, mit denen man zwar viel trainiert hatte, doch die man nicht gerade zu seinen Freunden zählen konnte, erschien ihr auf einmal wie ein unkontrollierbares Wagnis. „Möglicherweise ist das Absicht von der Basis, damit uns hier nicht langweilig wird.“ schätzte Isak.

„Was träumten Sie da?“ wollte Penhol neugierig wissen. Mit einem traurigen Blick antwortete sie: „Da träumte ich, wie er mich umarmt und mir sagt: Mach dir keine Sorgen, auch wenn ich bald nicht mehr bei dir bin…“ Die Erinnerung daran verursachte ihr eine Gänsehaut. Mit großen Schlucken trank sie den Becher leer und stellte ihn wieder ab. „Von mir aus kann es losgehen!“

„Sie fahren mit mir und Penhol kümmert sich um die Auswertung der bisherigen Ergebnisse!“ bestimmte Isak. Schweigend fuhren sie zu ihrem Ziel und sie konnte nicht anders, als dabei immer in Richtung Himmel zu Saturn zu blicken, der in einnehmender Weise das Firmament zu regieren schien. Nahe dem Berg wurde das Gelände unwegsam. Große Steine lagen wild verstreut umher und verhinderten eine sichere Weiterfahrt. Also stiegen sie noch immer schweigend aus und gingen den Rest der Strecke zu Fuß weiter durch die imposante Landschaft. Der Berg, hinter dem sich die von der Wettermaschine verdrängten

Wolken auftürmten, schien sie zu erwarten, wie ein Patient seinen Chirurgen oder auch umgekehrt...
Große Enttäuschung machte sich bei Isak breit, als er nahe vor dem Berg stand, denn er zeigte sich wie in Coffis Traum total unbearbeitet. Für sie stellte das keine Überraschung dar und sie suchte geschäftig nach der viereckigen Grabplatte aus ihrem Traum, fand dabei einen auffälligen Stein und inspizierte ihn näher. Handtellergroß zeigte er sich außen schwarz gezackt und wies rötliche Einschlüsse auf. Mit ihrem Armreif scannte sie seinen Aufbau.
„Was Verdächtiges gefunden?" erkundigte sich Isak und besah sich den Stein in ihrer Hand.
„Der Stein beinhaltet Manganoxid. Dieses Mineral formt sich unter Sauerstoff und wasserreichen Bedingungen."
„Das hieße, dass es beides hier einmal gab oder der Stein von einem anderen Himmelskörper stammt." erkannte er folgerichtig.
Zurzeit beschäftigte sich Penhol eifrig mit der Auswertung der bisherigen Forschungsergebnisse, wobei er seine bisherigen Resultate erneut überprüfte und dabei in ein Selbstgespräch geriet. „Uralt! Was gäbe ich dafür, wenn ich eine Zeitmaschine hätte und mir den Mond ansehen könnte, wie er damals war. Aber ohne non-kooperative Kollegen. Lieber mit Klonen, da weiß man, was man hat! - Ah! Das ist ja interessant. Muss ich beim ersten Mal übersehen haben. - Die Natur tut sich mit ihrer Vorliebe zur Abwechslung selber keinen Gefallen. Sie hätte nur das Bewährte behalten und vervielfältigen sollen."
Als er den Käpt'n und Coffi zurückkommen hörte, verstummte er und erwartete sie mit seiner Neuigkeit: „Ihr

werdet es mir nicht glauben, aber ich fand in meinen
Bodenproben Manganoxid."
„Doch-doch, wir glauben Ihnen, denn wir haben gerade
auch einen Stein mit diesem Mineral gefunden." eröffnete
ihm Coffi und präsentierte ihm ihren Fund.
„Naja, da ist das Zeug ja außen sichtbar. Bei meinen
kleineren Steinen ist es tief im Inneren verborgen. Egal, es
wirft nur neue Fragen auf."
„Sie sagen es, werter Kollege! Diese Fragen zu
beantworten, wird unsere dringlichste Aufgabe sein."
„So? Meinen Sie?" Angriffslust flackerte ihm aus den
Augen.
„Da bin ich anderer Ansicht, Coffi!" schaltete sich der
Käpt'n ein. „Wir sind hier, um Titan zur Besiedlung
vorzubereiten, nicht um Archäologie zu betreiben!"
„Exakt!" pflichtete ihm Penhol bei. „Aber als Frau will man
Probleme eben solange durchkauen, bis sie sich vermehrt
haben. Hähä!"
In dem Augenblick überkam sie eine Welle des Hasses und
sie musste den Impuls unterdrücken, ihn mit dem Stein in
ihrer Hand zu erschlagen. Erschrocken über sich selbst,
legte sie den Stein zu seinen Bodenproben dazu und kehrte
ihm den Rücken. „Ich muss etwas essen!"
„Da schließ ich mich an, mein Magen verlangt nach meiner
bravourösen Leistung auch eine deftige Belohnung!" sagte
er amüsiert und folgte ihr tänzelnd ins Privatmodul.
Unwillkürlich zog sie ihre Schultern hoch, als fürchte sie, er
werde gleich einen seiner Arme um sie legen.
Die negative Spannung zwischen den beiden war fast
greifbar und blieb Isak nicht verborgen. Auf der Erde war

ihr Zeitplan exakt durchstrukturiert, doch weit weg von ihr
ergaben sich gewisse Leerläufe, in denen sie an nichts
denken mussten. Sie kannten sich eigentlich gar nicht so
genau, weil man sie bisher wenig miteinander ohne Aufsicht
unternehmen ließ. Angst vor zu viel Gefühl und emotionaler
Nähe keimte daher zwischen den Geschlechtern auf. Sie
aßen miteinander, ohne sich anzusehen und Isak überlegte
krampfhaft, wie er die Situation entspannen konnte.
Den Rest des Tages bemühte er sich, die beiden so sinnvoll
wie möglich zu beschäftigen, damit sich keinerlei private
Konversation zwischen ihnen ergeben konnte…

Zeichen der Zeit

Als Isak aufstand, griff er sich ans Kinn und staunte, denn er
konnte Bartstoppeln fühlen. Nach der erfrischenden
Luftdusche, kleidete er sich an und ging zum Flat im
Hauptmodul, allerdings nicht, um mit der Basis zu skypen.
Man konnte den Flat so einstellen, dass er ein 3D-Holo von
einem selbst projizierte. Das war wichtig bei Notfall-
Operationen, wenn kein medizinischer Assistent zur Stelle
sein sollte. Da stand er sich nun selbst gegenüber und
erschrak. In diesem unpassenden Augenblick der
Selbstbetrachtung erschien auch Penhol auf der Bildfläche
und so standen sie praktisch zu viert im Raum.
„Was ist denn?" fragte er. „Sind Sie verletzt?"
„Nein! Aber älter! Sehen Sie sich an! Sie haben auch einen
Bart bekommen!"
Erschrocken überprüfte das Penhol sogleich an seinem
Holo. „Stimmt! Wir altern!"

„Das bedeutet, dass das Implantat hier seine Wirkung
verliert."

„Dass wir einen kurzlebigen, verwelkenden Trash-Körper
haben, wie Generationen vor uns, die noch ohne Implantat
auskommen mussten!" erkannte Penhol verstimmt, dann
griff er zu seinem Löter und hielt ihn hoch wie das Ei des
Columbus vor dessen Aufschlag. „Ich hab's, wir brauchen
ihn nur auf die geringste Leistungsstufe zu stellen,
Betäubungscreme auftragen und den Bart wegbrennen."
Sogleich griff er sich an den Gürtel und entnahm einer Tube
einen Klecks der Creme, schmierte ihn sich übers behaarte
Gesicht und erzählte: „Ich habe mal einen Literaturkurs
besucht, dort wurde ein uraltes Buch besprochen."

„Sie in einem Literaturkurs? Das passt so wie ein
Hühnerschwein in einen Benimmkurs. Mit welchem Ziel
gingen Sie denn dorthin?" wunderte sich Isak.

„Die Gedanken unserer Urahnen zu verstehen!"

„Und? Worüber handelte dies Buch?"

„Über das Altern! Das Bildnis des Dorian Gray, der seinen
Verfall in einem Bild beobachten kann, während sein
Körper wunderbarerweise unversehrt bleibt. Es endet letal!
Und auch wir können mit einem Trash-Körper nicht das All
erobern!" Schon begann er mit dem Löter in seinem Gesicht
herumzufuhrwerken. Der Bart verschwand, an seine Stelle
trat ein gerötetes Gesicht, wie nach einem Sonnenbrand.

„Das ist keine patente Lösung, sich damit zu rasieren,
Penhol! Das führt nur zu denaturiertem Eiweiß im Gesicht!"

„Sollen wir wie Neandertaler herumlaufen?"

„Die nannte man im 21. Jahrhundert Hipster!" erinnerte sich
Isak, der sich auch für Geschichte interessierte.

„Da mache ich lieber Symptombekämpfung! So wie damals, als Leute ohne Implantat noch zu Ärzten pilgerten, um sich von denen für viel Geld den Hautüberschuss in der Visage abschneiden zu lassen, während ihre inneren Organe weiterhin immer älter wurden." Nun kam er mit dem Löter an eine Stelle um den Mund herum, sodass er ihn verziehen musste und nicht mehr gut sprechen konnte.

„Sieht komisch aus!" kommentierte Isak. „Das ist absurd, wir-"

Da platzte Coffi herein und blieb mit aufgerissenen Augen stehen, denn so etwas hatte sie noch nie gesehen: zwei Männer vor ihren Hologrammen, von denen sich einer mit dem Löter das Gesicht bearbeitete.

„Was glotzen Sie so?" herrschte sie Penhol an.

„Eines der Hühnerschweine ist abnormal. Es hat sich, soweit es mit dem Rüssel dazukam, die Federn ausgerissen und sitzt teilnahmslos zwischen den andern herum. Nur eine groteske Feder-Halskrause umrahmt den traurig dreinschauenden Kopf. Hin und wieder gibt es ein meckerndes Geräusch von sich." erstattete sie Bericht. „Ist doch gänzlich untypisch für diese Art?"

„Wir haben andere Sorgen!" wehrte er ab und lötete weiter.

„Das sehe ich!"

„Finden Sie nicht auch, dass wir älter aussehen als zuletzt?" erkundigte sich Isak bei ihr, die nicht näherkam und sich über das Ritual, welches die Männer hier zu vollführen schienen, wunderte.

Penhol machte unbeirrt weiter und beachtete sie nicht.

„Etwas verhärmt würde ich sagen!" Sie wollte nicht unhöflich sein und log daher, was aber der häufigste Grund

für eine Lüge ohne Vorteilsabsicht war. Bei Männern
ebenso wie bei Frauen.

Da drehte sich Penhol zu ihr und fuhr sich über seine
geröteten Wangen. „Sie sehen so frisch aus wie immer, aber
Sie sind auch nicht so lange wach wie wir."

„Und ich habe auch keinen Bartwuchs!"

„Nicht im Gesicht!"

„Unterlassen Sie solche sexistischen Bemerkungen,
Penhol!" beanstandete sie streng und machte ein sehr böses
Gesicht. „Ich mag solche Anspielungen männlicher
Kollegen überhaupt nicht!" Wär ich ein Mann, würde ich dir
eine betonieren, aber dann hättest du erst gar nicht so dreist
geredet, dachte sie.

„Es geht ja überhaupt nicht um Bartwuchs, Augenringe,
Tränensäcke oder Hängebacken, sondern dass wir bald ans
Limit unserer Leistungsfähigkeit gelangen, meine Beste!"

„Richtig!" stimmte ihm der Kapitän widerwillig zu. „Auf
uns ruhen die Hoffnungen von über 100 Millionen
Menschen und wenn wir nicht topp in Form sind, können
wir die unmöglich erfüllen, Coffi!"

Ihre Züge entspannten sich wieder und wichen einer
berechtigten Besorgnis. „Dann müssen wir rasch
herausfinden, was der Grund der plötzlich einsetzenden
Alterung sein könnte."

„Es können nur die herrschenden Umweltbedingungen
sein!" vermutete Isak.

„Ha!" entfuhr es Penhol. „Darum wollte die Basis, dass die
Frauen länger schlafen! Weil die mit dem Alter noch
schwerer fertig werden als wir!"

„Wie bitte?" erkundigte sie sich, da sie glaubte, sich verhört zu haben.

„Jaja, dem schönen Geschlecht gefiel das damals nicht!" Der Kapitän hob beschwörend eine behandschuhte Hand, es war die, welche ursprünglich ihr gehörte. „Keine voreiligen Theorien, Penhol. Plagast hat das so angeordnet und ich bezweifle, dass sie die Gabe hat, in die Zukunft zu schauen!"

„Genau!" stimmte Coffi zu. „Wir fragen am besten die Basis um Rat!"

Schon wollte sie losmarschieren, um mit ihnen zu skypen.

„Davon würde ich abraten!" meldete Penhol seinen Einspruch an. „Die sind nur daran interessiert, wie schnell wir hier vorankommen, um bald Kolonisten hier ansiedeln zu können!"

„Wenn die Siedler allerdings erfahren, dass sie hier altern, dann werden sie nicht kommen wollen!" sagte sie nachdrücklich und warf Isak einen fragenden Blick zu.

Der pflichtete ihr bei: „Wir dürfen nicht den Anschein erwecken, dass es uns in tiefe Verzweiflung stürzt, aber die Basis um Rat zu fragen, kann nicht schaden und lässt uns auch nicht wie Versager wirken, Penhol."

„Von mir aus!" gab er nach, doch merkte man, dass er das Problem lieber allein gelöst hätte, während er deprimiert seinen Löter zurück an seinen Gürtel hängte. Seine Haut erinnerte ein wenig an Lackmuspapier. „Was wollten Sie vorhin sagen, Käpt'n? Was fanden Sie absurd?"

„Ich finde es absurd, wenn wir uns plötzlich über etwas Sorgen machen müssen, das die Menschheit längst hinter sich gelassen hat. Aber all die mit dem Alter einhergehenden körperlichen Verschleißerscheinungen machen uns bald mehr Probleme als technische Materialermüdung!“

„Verdammt richtig!“ bemerkte Penhol verbittert. „Darum dauerte auch die Entwicklung der Weltraumtechnik so lange: die Zeit zwischen Adoleszenz und Senilität reichte nicht aus für ein schnelleres Vorankommen der alternden Menschen!“

Schon ließ Isak die Holos verschwinden und versuchte mit der Basis Kontakt aufzunehmen, doch es folgte die nächste Enttäuschung an diesem Tag: es klappte mit der Verbindung nicht. Das konnte mehrere Gründe haben. Einer davon war, dass der Dienstplan eine Verbindung zu dieser Zeit nicht vorsah und daher keiner in der Basis empfangsbereit war. Ein weiterer konnte technischer Natur sein, oder atmosphärischer, wenn z. B. Titan in einem schlechten Winkel zur Erde stand, konnte das durchaus auch Verbindungskomplikationen nach sich ziehen.

Da standen sie nun alle drei und starrten auf einen dunklen Bildschirm. Bei Isak setzten wieder die Kopfschmerzen ein, die er schon vom ersten Tag hier kannte. Mit den Zeigefingern beider Hände begann er, seine Schläfen zu massieren.

„Haben Sie Schmerzen, Käpt'n?“ fragte Coffi besorgt. Widerwillig nickte er nur. Ihm fiel es immer schwer, eine Schwäche einzugestehen.

„Legen Sie sich ein paar Minuten flach!“ schlug Penhol vor und schenkte ihm ein kurzes aufmunterndes Nicken.

„Wird wohl das Beste sein!“ stimmte er zu und ging in sein Schlafmodul.

„Und wir versuchen, so gut es geht, den Dienstplan zu
erfüllen!" verkündete Penhol gewichtig und setzte sich den
Helm auf.
Oje, dachte Coffi und tat es ihm gleich, jetzt spielt der
Pavian das Alphatier.

Die Unglücksmission

Ohne weiteren Wortwechsel machten sie sich auf den Weg
zum nächsten planmäßigen Außeneinsatz. Es stand ein
erneuter Besuch bei dem bereits infiltrierten Methansee an.
Beide stiegen in den Flitzer und Penhol bediente den
Joystick. Als er losfuhr bedachte er Coffi mit einem kurzen
zuzwinkernden Seitenblick und beschleunigte auf 180
Sachen. Ohne seinen Tempowahn einer Erwähnung zu
würdigen, scannte sie die Fahrt für die Basis mit ihrem
Armreif auf der bionischen Hand. Die funktionierte
einwandfrei und verursachte ihr keinerlei Beschwerden.
Nach kurzer Zeit hielten sie am Bestimmungsort an und
erblickten den rötlich eingefärbten See.
Mit einem Satz sprang Coffi vom Flitzer ab und staunte:
„Das ist phantastisch! Fast der ganze See ist von den roten
Hyperbakterien besetzt worden. Genau 298,5 qm sind voll
davon."
„Ja, die haben gute Vorarbeit geleistet. Und nun kommt
Verstärkung durch die grüne Fraktion von Hilfsbakterien!"
kündigte Penhol an und stieg aus. Mit einer großen, fast
theatralischen Geste entnahm er seinem Gürtel die Phiole
mit einer grünen Gallertmasse, hob sie hoch, als wolle er sie
von einem höheren Wesen segnen lassen, öffnete sie und

ließ deren lebenden Mikroben-Inhalt langsam in den See sickern.

„Wohlan denn, meine kleinen Gehilfen, tut eure Pflicht!" wies er sie dabei unnötigerweise an.

Sofort begann sich der See dort am Rand, wo seine neuen Bewohner eingelassen wurden, violett zu verfärben. Ein Klecks ähnlich einem vierblättrigen Kleeblatt bildete sich und vergrößerte sich langsam.

„Das wird die perfekte Ursuppe! 0,2 qm, jetzt kommen sie zum Stillstand." bemerkte Coffi, die immer noch scannte.

„Das ist ganz normal. Die müssen sich erst mal anfreunden, dann kommen sie ins Gespräch und dann beginnen sie Nachkommen zu zeugen. Wie bei uns Menschen!" sagte er fast sanft und sah sie dabei an. „Finden Sie das nicht auch fast romant-"

„Einen Moment mal, Penhol!" unterbrach sie ihn und stoppte ihren Scan, um beide Hände in die Hüften zu stemmen. „Sie flirten doch nicht etwa mit mir?"

„Aber keine Spur! Ich weiß gar nicht wie das überhaupt geht. Ich bemühe mich nur um ein freundliches Arbeitsklima!" wehrte er ab.

„Das bitte ich mir auch aus!" Eigentlich wollte sie noch etwas hinzufügen, beließ es aber dabei und wandte sich von ihm ab.

„Die nächste Tour geht in die Area 13!" verkündete er beiläufig und stieg wieder in den Flitzer. „Wir sollen versuchen, die wichtigsten Teile der abgestürzten Mission ESA T13 zu bergen. Sie erinnern sich doch sicher an die Unglücksmission, stand von Anfang an unter keinem guten Stern. Zuerst starben zwei Techniker beim Start, dann-"

„Ich weiß sehr gut, was damals alles schiefgegangen ist!"
unterbrach sie ihn. „Sie brauchen nicht alles zu
wiederholen!"
„Wie Sie wünschen, holde Dame!"
Nach einem letzten Blick zurück in den See stieg sie zu ihm
und überlegte kurz. „Der X13-Sektor ist außerhalb des
Bereichs der Wettermaschine."
„Ja!" bestätigte er mit ernster Miene. „Kann ein wenig
ungemütlich werden. Aber ich bin mir sicher, SIE werden
Ihren Mann stehen."
Mit einem tiefen Atemzug begann sie wieder zu scannen.
In einiger Entfernung türmten sich bereits die dunklen
Wolkenberge auf, was bedeutete, dass es sehr, sehr windig
werden konnte, plus Gewitterblitzen und im schlimmsten
Fall Methanregen. Nun bereute sie, vorhin so schroff zu ihm
gewesen zu sein. Vielleicht hätte ich ihn mehr auf die süße
Tour ansprechen sollen, damit er mehr Rücksicht auf mich
nimmt, schalt sie sich. Allerdings hätte ich dann mit mehr
Zudringlichkeit rechnen müssen, dachte sie, nein, es ist
besser, ihm sofort zu zeigen, dass er bei mir nicht landen
kann.
„Achtung! Es geht los!" warnte er sie und fuhr in die dunkle
Wand aus Wolken und aufgewirbeltem Bodenmaterial.
Sogleich prasselten kleine Steinchen auf ihre Helme und ein
Sturm pfiff mit Windstärke 9. Ohne mit der Wimper zu
zucken fuhr er Tempo 120. Das Leuchten im oberen
Atmosphärenbereich, 1.000 km über der Oberfläche, verriet
starke Gewitter, beziehungsweise stammte wahrscheinlich
aus der Kollision der Atmosphärenmoleküle mit dem
Sonnenwind oder mit Teilchen aus Saturns Magnetosphäre.

Es krachte noch lauter als auf der Erde, wenn Blitze den Himmel erhellten. Der Boden unter ihnen schien wie glattpoliert zu sein und kurz darauf sahen sie schon einige Metallteile der verlorengegangenen ESA T13. Früher hielt man die 13 für eine Unglückszahl. Das hat sich aber mit dem Abfall vom Gottesglauben gelegt.

„Was genau sollen wir eigentlich bergen?" fragte sie und bemühte sich, so wenig ängstlich wie möglich zu klingen. Doch die Gewalt der hiesigen Natur konnte einem schon Respekt einflößen.

„Alles, was irgendwie noch brauchbar ist." antwortete er, stoppte den Flitzer und stieg aus.

„Für mich ist das nur Schrott!" stellte sie fest und blieb sitzen.

„Ihre Meinung ist aber nicht maßgeblich!" widersprach er sichtlich gelassen, während er sich zu einem Stück Weltraumschrott hinabbeugte, um es ausgiebig zu inspizieren. „Oder haben Sie Angst?"

Sogleich sprang sie vom Flitzer ab, um ihm zu demonstrieren, dass er vollkommen falsch mit seiner Einschätzung lag. Der Sturm warf sie fast um, doch sie konnte sich mit Muskel- und Willenskraft gerade halten.

„Ich habe zuletzt mit acht Jahren Angst verspürt, als mich ein Schulkollege über eine Rolltreppe warf und mir laut schimpfend nachlief. Doch als ich mein selbst gebautes Stromgewehr auf ihn richtete und abdrückte, zitterte er drei Minuten lang und somit war meine Angst Geschichte!"

„Soll ich Ihnen jetzt zu Ihrer frühkindlichen Leistung gratulieren oder machen wir hier weiter?" fragte er unbeeindruckt und testete einen Hebelarm, welcher früher

mal zu einem der an Bord befindlichen Roboter gehört
hatte. Der Arm hatte eine Länge von 1Meter90 und konnte
an der Stelle, wo eine Art Ellenbogen angebracht war, leicht
gebogen werden. Am Ende befand sich eine Metallhand, aus
deren Faust der Mittelfinger hoch zeigte. Das verleitete ihn
zu einem dreckigen Grinsen und er konnte sich nicht
verbeißen zu erwähnen: „Der scheint zu wissen, was ich
grade fühle!"
Der Affe ist ziemlich eingeschnappt, erkannte sie, wie soll
ich ihn am besten wieder auf Normalbetrieb bringen,
überlegte sie fieberhaft. „Wieviel können wir überhaupt an
Nutzlast transportieren?"
„Frau Kollegin, haben Sie die Betriebsanleitung unseres
Fahrzeuges nicht studiert?" erkundigte er sich kritisch mit
hochgezogenen Brauen. „Der zu einem Flitzer
transformierte Hilfsroboter ist in der Lage, mit seinen
ausfahrbaren Armen das Zehnfache seines Eigengewichtes
zu befördern!"
Nun kam sie sich ziemlich dumm vor.
Triumphierend kam Penhol mit dem Metallarm näher…

Fluchtimpuls

Nach erholsamem Nickerchen wachte Isak auf und freute
sich, dass ihn seine Kopfschmerzen nicht mehr plagten.
Sofort machte er sich wieder auf den Weg ins Hauptmodul,
wo er Penhol breit grinsend vorfand. „Warum lachen Sie?"
„Weil ich froh bin, Sie zu sehen, Käpt'n!" zischte er
zwischen den breitgezogenen Lippen hervor.
„Wo ist Coffi?"

„Ach, pfff- die ist abgereist." Das klang lapidar dahingesagt.
„Was soll das heißen? Reden Sie nicht in Rätseln, sondern erstatten Sie gefälligst exakt Bericht, Mann!" verlor Isak die Geduld mit ihm.
„Als erstes haben wir noch gut zusammengearbeitet und als Duo klaglos funktioniert. Doch dann wurde Kollegin Coffi aus mir unerfindlichen Gründen hysterisch und fuhr alleine mit dem Flitzer davon. Ich musste per Pedes wieder hierher zurück. Ende der Episode!"
„Das heißt, Sie haben sie belästigt!"
„Aber nein! Wieso sollte ich? Mein Testosteronspiegel ist im Normalbereich! Hier, Sie können gern meine Vitalfunktionen kontrollieren, Käpt'n!" Dabei hielt er ihm einladend seinen Armreif entgegen.
Aufsteigende Wut trieb Isak fluchtartig zum Aggromulator, wo er in den Trichter brüllte, so laut er konnte: „RAAAH! PENHOL MACHT MICH VERRÜCKT UND HAT COFFI IN DIE FLUCHT GESCHLAGEN ODER IN DEN WAHNSINN GETRIEBEN! VERDAAAMMT! DEN HAT EINE BESTIE GEBOREN! WENN ICH DEN NUR SEHE, DIESEN ANTAGONISTEN! DA KOCHT BEI MIR ZWANGSLÄUFIG DAS ADRENALIN HOCH UND ICH MÖCHTE IHN MIT BLOSSEN HÄNDEN ZERMAAAALMEN!!!"
Da unterbrach ihn die sonore Computerstimme: „Overload! Achtung! Es baut sich eine Überladung auf! Es wird dringend empfohlen, das Modul zu verlassen! Overload!"
Erschrocken eilte Isak hinaus in den Gang und verschloss die Tür hinter sich. Keine Sekunde zu früh, denn er konnte eine Explosion hören und die Tür wölbte sich ihm leicht

entgegen. Als er vom grünen Privatmodul aus durch das Bullauge spähte, konnte er erkennen, dass das hinterste blutrote Modul sich selbst gesprengt hatte und nun samt Aggromulator vollständig zerstört war! Die Explosion erfolgte mit solcher Wucht, dass einer der Industrie-Roboter, die in der Nähe standen und einst beim Aufbau des Wohnmoduls gute Dienste geleistet hatten, weggeschleudert in der unwirtlichen Gegend herumlag.
„Daran ist nur Penhol schuld!" schrie er und rannte zu ihm. „Ich bring ihn um!"
Der hielt sich immer noch verdächtig desinteressiert mit Unschuldsmiene im Hauptmodul auf.
„PENHOL!" brüllte ihn Isak an.
„Gaaanz ruhig, Käpt'n!"
Seitdem die Weltbevölkerung von 12 Milliarden auf 122 Millionen geschrumpft ist, hat das Gewaltpotential zwischen den Bürgern stark abgenommen, denn es gab keine Inflation an Menschenleben mehr. Doch hier und jetzt zeigte der alte Mix aus Cortisol, Dopamin, Noradrenalin und Testosteron seine Wirkung: es ballte sich Isaks Rechte zu einer Faust und schien so etwas wie ein Eigenleben zu entwickeln, denn sie schien zu zucken, als wolle sie mit rasanter Geschwindigkeit in Penhols Visage.
Der ließ wirklich keine Gelegenheit aus, den Kampf mit seiner Aufsässigkeit zu verlieren. „Was schauen Sie mich so angriffslustig an? Ja, ein Fehler ist mir unterlaufen, doch das ist doch überhaupt kein Grund-"
ZACK! Schon hatte Isaks Faust ihr anvisiertes Ziel getroffen: das Kinn des Gegners, der nach hinten schwang, sich aber auf den Beinen halten konnte.

„So, mein Lieber, jetzt ist Zahltag! Ihre Frechheiten bringen Ihnen nun Schmerzen ein!" drohte Isak und holte erneut aus. Allerdings ging sein nächster Schlag ins Leere. „Stellen Sie sich zum Kampf, Mann!"

„Ah-ah-ah!" Penhol wich ängstlich etwas zurück und hob beschwichtigend beide Arme hoch. „Nicht! Das ist Energieverschwendung!"

„Bleiben Sie stehen und kämpfen Sie wie ein Mann!"

„Wir sollten eine Symbiose eingehen und uns nicht gegenseitig zerfleischen, weil wir nämlich voneinander abhängig sind!" erinnerte ihn Penhol mit siegessicherem Gesicht. „Also vergessen wir meinen kleinen Fehler und verschweigen ihn der Basis, vor allem, weil die uns ebenfalls nicht alles sagen! Oder glauben Sie unser rascher Alterungsprozess ist ein Zufall? So viele mussten sinnlos zu früh sterben, weil unfähige Politiker gierigen Wirtschaftsgeiern hörig waren. Die wollten bloße Gewinnmaximierung anstelle von Erkenntnisgewinn! Deshalb hat es so lange gedauert, bis endlich genügend Geld für die Forschung lockergemacht wurde und ein Mittel gegen die baldige Gebrechlichkeit des Menschen gefunden! Damit sind wir auf einer Stufe mit Schwerverbrechern, denen das Implantat zur Strafe entfernt wird!"

Das stimmte wohl. Strafgefangenen wird das Implantat entfernt, fiel Isak ein, der nichts erwiderte. Das war die schlimmste Strafe überhaupt und wurde oft angewandt.

„Einer sagte mal ‚Schnelles Altern ist schlimmer als ein langsamer Tod', das ist nicht gerade aufbauend."

„Stimmt! Aber wenn ich an die unschuldigen Menschen denke, die nichts verbrochen haben, und trotzdem so rasch

altern mussten. Wie müssen sich die damals gefühlt haben?
Hilflos dem Verfall der Zellen ausgeliefert."
„Beschissen!" fand Penhol ein etwas verpöntes Wort. Man
sollte als Astronaut immer sachlich bleiben, doch er zog es
vor so zu reden, als hätte er niemals eine renommierte
Universität besucht. So, als wäre er nur kurz von der Schule
weg und regte sich gestenreich über den Direktor auf. „Die
Schranze hat sich das fein ausgedacht: mehr als doppelt so
alt wie wir, sitzt sie in Sicherheit und wir zwei jungen
Männer müssen ihr den Weg ebnen, dürfen aber die
geernteten Früchte nicht lang genießen."
Er redete unaufhörlich weiter und Isak überlegte dabei
angestrengt, welche Art von Früchten er mit den geernteten
meinte, kam aber auf keine Lösung. Weltschmerz packte ihn
ganz unverhofft, so als wäre er wieder blutjung und noch
ohne Richtung, wohin sein Leben gehen soll… Wie ein
abgestorbenes Blatt im Wind, das auf den Komposthaufen
zutreibt… Dort landen wir einmal alle, dachte er
desillusioniert, am Misthaufen der Geschichte…
„In der Hinterhand haben wir zwei Frauen, die uns nicht
gerade lieben und von denen eine bereits den Geist aufgab."
sprach Penhol beschwörend weiter auf ihn ein.
„So, Sie meinen, wir sollen unsere weiblichen Verbündeten
heraufholen, um mit ihnen eine Dynastie zu gründen? Aber
das werden die merken und daher nicht drauf eingehen."
„Ich meine: wir brauchen die Basis auch gar nicht, denn ich
habe bereits eine Idee, wie wir meinen Fehler ungeschehen
machen können." frohlockte er weiter.
Der und seine bescheuerten Ideen, dachte Isak, wunderte
sich, dass er das Wort bescheuert gedacht hatte, das kam

ihm zuletzt als Teenager über die Lippen. Hat das was mit dem Nachlassen des Implantates zu tun, überlegte er angestrengt, komme ich wieder in die Pubertät? Diese Kalamität hat mir damals schon übel mitgespielt, eine Pubertät 2.0 verkrafte ich besonders hier nur schwer…
„Käpt'n?"
„Ich fürchte, das Nachlassen des Implantates hat weitreichendere Folgen. Unsere Gedanken können sich nicht mehr auf das Wesentliche fokussieren." erkannte er.
„Meinen Sie, wir sollen diesen verfluchten Mond sofort verlassen, Käpt'n?"
„Ja, kommen Sie, bevor hier alles hopsgeht. Der Aggromulator hat das rote Modul gesprengt. Wer weiß, wie lange die restliche Technik noch hält!" In einem Anfall von Lagerkoller setzte er sich den Helm auf und lief schon zum Ausgang.
„Wir sollten noch wichtige Ausrüstung retten!" rief ihm Penhol nach, setzte sich ebenfalls seinen Helm auf und folgte ihm wie in Zeitraffer.
Der Kapitän sprintete wie ein Weltmeister auf Rekordjagd. Draußen angekommen, stand der Flitzer vor der Tür, von Coffi keine Spur. Beide taten überrascht und sahen sich an.
„Wo kann sie nur sein?" fragte Isak, sah Penhol an und erntete von ihm nur ein kurzes Schulterzucken.
In der Ferne sahen sie Nebenschwaden aufziehen.
Sie stiegen ein und fuhren zum Raumschiff, doch da erlebten sie erst die größte Überraschung: es war fort!
Oszillierend zwischen dem Blitzen der Erkenntnis und der Wut über ihre nun vollzogene Isolation, standen sie im Aufwallen ihrer Gefühle vor vollendeten Tatsachen. Coffi

war ohne sie abgeflogen und sie standen mit einem teils defekten Wohnmodul in einer feindlichen Umgebung, die nur durch das Funktionieren der Wettermaschine halbwegs erträglich schien.

Isak versuchte via Helmfunk mit Coffi Kontakt aufzunehmen: „Coffi! Hören Sie mich?"

„Ja, ich fliege zurück zur Erde! Penhol hat mich…und außerdem…Ich kann nicht…. Aber eines will… Ihnen noch raten…" Der Funk lieferte nur eine verstümmelte Version ihrer Antwort und endete in einem Krächzen.

Mit einer rasanten Drehung hatte sich Isak zu Penhol umgewandt und ihn mit beiden Händen unter dem Helm am Hals gepackt. „Sie Schwein, was haben Sie ihr angetan, dass sie nicht weiterwusste und von hier geflohen ist??!"

„Ihr Verhalten trägt nicht viel zur Gemeinschaft bei!" kritisierte Penhol und entwand sich seinem Griff. „Sie konnte nicht genau Bericht erstatten, aufgrund eines technischen Versagens. Wahrscheinlich wollte sie sagen: Penhol hat mich nicht zurückhalten können, und außerdem stinkt mir das Altern hier. Ich kann nicht länger bleiben, aber eines will ich Ihnen noch raten: nämlich, dass Sie ihn gut behandeln sollten!"

Durch exzessives Reden trug er zur Verwirrung Isaks bei. „Welcher Fehler ist Ihnen unterlaufen, Penhol? Welcher Fehler???" wiederholte er immer und immer wieder.

„Isak?!" rief Penhol, rüttelte heftig an seinem Oberkörper und weckte ihn auf.

Erschrocken richtete er sich auf, doch als er sich umsah, war er vollkommen allein in seinem Schlafmodul.

Krach unter Kollegen

Im Privatmodul zankten sich Penhol und Coffi. Natürlich ging die Initiative dazu von Penhol aus, der sich so richtig in Rage redete: „Der Käpt'n hat ein Problem. Der verträgt keine Männer mit Potential in seiner Nähe! Er ist weder allwissend, noch kann er uns-"
„Wollen Sie Stimmung gegen ihn machen?" fragte Coffi rein rhetorisch, da seine Absicht offen lag.
„Ich will Ihnen nur mitteilen, dass uns § 74 ermächtigt, ihn bei Bedarf abzusetzen."
„Damit Sie seine Stelle einnehmen können? Sie wollen aus seinem Schatten treten!"
„Ich sehe ihn nicht als meinen Schattenspender. Der nächste in der Rangordnung wäre ich und ich würde Sie keiner Gefahr aussetzen."
„Wie edel! Verzichte dankend! Ich lasse mich sicher nicht manipulieren!" stellte sie klar.
„Manipulation nützt nur dem Manipulator. Ich will Sie schützen! Denn Sie lagen immerhin lange im Schlaf und konnten nix mitverfolgen, von dem, was hier alles schiefgelaufen ist und was er verbockt hat!"
„Wir brauchen nur zu reklamieren und in spätestens zwei Monaten ist Hilfe hier!" stellte sie zuversichtlich fest.
„Ich fürchte, da ist Ihnen etwas entgangen: die Reisezeit beträgt zwar nur acht Wochen, aber der Bau eines Schiffes… ja die erforderlichen Genehmigungen dafür erstmal!" gab er süffisant zu bedenken.
Ihre vormals optimistische Miene verfinsterte sich rapide.

Obwohl Männer Gesichtsausdrücke weniger gut deuten können, entging Penhol nicht, dass seine Saat aufging und setzte nach: „Falls Sie sich schwach erinnern, teilte uns Capo doch mit, der Antrag auf ein weiteres, besseres Schiff hängt vom Erfolg unserer Mission ab. Und besonders erfolgreich kann man sie bisher wohl nicht nennen!"

„Nein!" gab sie kleinlaut zu und fühlte sich ziemlich hilflos.

„Na, sehen Sie!" triumphierte er.

„Aber ich will es wenigstens versuchen!" verkündete sie trotzig und ging entschlossen Richtung Hauptmodul.

Noch von seinem Traum verunsichert, aber frei von Kopfschmerz kam Isak in das grüne Modul und fand Penhol beim Mutanten-Eier-Schmaus vor. Da saß er, aß schmatzend und verstand den Eindruck zu erwecken, dass es ihm Spaß bereitet, hier sein zu dürfen.

„Wie war der Ausflug mit Coffi?"

Angewidert schluckte er. „Eine Pleite! Nicht von Erfolg gekrönt meine ich. Obzwar die grünen Bakterien sich mit den Hyperbakterien in aller Freundschaft vereinigten, scheiterte unser Versuch Rückstände der Mission ESA T13 zu bergen."

„Und warum genau?"

„Erstens schlug das ohnehin schlechte Wetter um und die Windstärke stieg auf 12, zweitens fand ich nur nutzlosen Schrott wie zerpflücktes Metall und drittens glaubte unsere verehrte Kollegin, ich wäre hinter ihr her. Pah!"

„Und? Waren Sie das?" fragte er mehr rhetorisch, da er die Antwort schon zu kennen glaubte.

„Natürlich nicht! Ich bin professionell. Don't fuck the Company! Daran halte ich mich. Ich wollte nur freundlich

zu ihr sein. Hat sie falsch verstanden. Und ich bezweifle, dass sie aus dem Metall gegossen ist, aus dem man Helden macht! Die ist unserer Sache nicht gewachsen!"
„Sie hat alle Tests bestanden!" erinnerte sich Isak.
„Zwischen Theorie und Praxis besteht ein Unterschied wie zwischen Sonne und Mond! Hier gelten ganz andere Regeln, mit denen WIR schon nicht zurechtgekommen sind, wie soll es dann eine schwächere Frau schaffen? Übrigens verpetzt sie uns gerade bei der Basis!"
Mittlerweile handelte Coffi eigenmächtig und versuchte mit der Basis eine Verbindung herzustellen, um sie über die neuesten Vorkommnisse zu informieren. Doch noch immer schien die Verbindung gestört zu sein. Das musste an dem momentan ungünstigen Winkel liegen, in dem Titan zur Erde stand.
„Coffi an Basis, meldet euch bitte! Ich habe wichtige Nachrichten!"
„Ich bin der Käpt'n und ICH entscheide, was und wieviel die Basis erfährt!" fuhr Isak sie an, als er plötzlich hinter ihr stand und sie dabei erwischte. Sein Ton wurde rauer, seine Gesten aggressiver. „Nehmen Sie zur Kenntnis, dass Sie in diesem Fall einem Mann gehorchen müssen!"
Da keimte er wieder auf, der übliche Antagonismus zwischen Mann und Frau, dem subalternen Wesen.
Penhol kam ebenfalls dazu und fing gleich wieder zu stänkern an: „Die Basis ist keine Hilfe, Coffi. Die haben das alles geplant, ohne uns einzuweihen! Stimmt's Isak?" Dabei zeigte er einen Bart bei sich an, wo noch immer leicht gerötete Wangen seine Brachialrasur zeigten. Durch das plötzliche Freiheitsgefühl fernab der Heimat angestachelt,

schien er sich nicht mehr an seine Pflicht gebunden zu
fühlen. Die neue Situation hier und der Unterschied
zwischen Übung und Realität nagten offenbar an seiner der
Basis geschworener Loyalität! Und scheinbar versuchte er
zudem noch heftig, die Loyalität seiner Kollegen zu
erschüttern.

„Was meinen Sie? Die Basis lässt uns absichtlich rasch
altern?“ Habe ich das nicht schon mal von ihm gehört,
wunderte er sich.

„Sicher! Um uns nicht hier häuslich für immer einrichten zu
können, haben die unser Erbgut so manipuliert, dass wir in
15 Jahren unbrauchbar sind und abdanken müssen! Bevor
wir auf die glorreiche Idee kämen, uns von ihnen
loszusagen, um hier eine Dynastie zu gründen! Völlig frei
von deren Befehlen und nur zu unsrem Nutzen! Aber mit
einem Trash-Körper, wie ihn die Menschen früher ertragen
mussten, können wir das natürlich nicht!“

„Haltung!“ mahnte Coffi. „Glauben Sie ihm nicht, Käpt’n!“
Unbändiger Hass brandete in ihm auf. Das dumpfe Gefühl
des Verraten-worden-seins reifte in Isak.

„In 15 Jahren sind wir 60! Die Biologie beharrt wieder auf
ihrem angestammten Recht! Bei normaler Alterung gehören
wir dann schon in Rente! Für Leute von damals ohne
Implantat war das früher der Schock ihres Lebens!“

„Wir müssen ein Mittel dagegen finden.“ unterbrach ihn
Coffi, die Penhol zusehends unsympathisch empfand.

„Schon mal was von Crew-Dumping gehört? Wir sind gar
nicht darauf programmiert, hier bis zu unserm Lebensende
verweilen zu dürfen!“ fuhr er unerschütterlich fort.

Von diesen düsteren Aussagen aufgestachelt, fragte Isak:
„Welches Mittel könnte das sein?"
Und wieder nörgelte Penhol los: „Ein Wirrkopf kam einst
auf die Idee, der Sonne Masse zu entziehen, um die
Planetenumläufe zu bremsen und so das Alter zu
bekämpfen! Was für ein Idiot!"
„BERICHT!" forderte die Basis in Person Capos energisch.
„Unwichtig! Sie befehligen uns nicht länger!
Kommandieren Sie Ihre Familie herum! Arschkopf!" rief er
und schaltete ab. Dafür zeigte Penhol den Daumen hoch.
„Die sind doch daheim alle längst in Innovationsstarre
verfallen! Erinnern mich an ein Schwarzes Loch, in dem die
Zeit stillsteht! Lieber wie bisher weitermachen, als Neues zu
probieren, denn da könnte ja ein Fehler passieren. Aber wer
nichts Neues wagt, der nicht gewinnt!"
„Käpt'n!" beschwor ihn Coffi. „Wir sollten-"
„Die Regierung war immer schon der Feind der Bürger!"
ereiferte sich Penhol. „Noch nie hat z.B. die amerikanische
Regierung sich an die Verträge mit den Indianern gehalten.
Die Regierung hat ihnen auch nie lange ein Reservat
überlassen. Sobald dort Bodenschätze gefunden wurden,
haben sie die Indianer enteignet oder begingen Genozid!"
Isak nickte nur. „Man darf keine unbequemen Fragen stellen
oder gar berechtigte Kritik üben, sonst ist man raus aus dem
Programm! Aber nun hat sich die Macht verkehrt! Wir
diktieren denen unsere Bedingungen!"
„Und welche?" wollte Coffi wissen, die ihre Verblüffung
über ihre rebellischen Kollegen kaum verbergen konnte.
„Wir ziehen uns zur Beratung zurück." verkündete Isak und
deutete Penhol an, mitzukommen.

„Halt!" wandte Coffi ein. „Gehöre ich nicht zu euch? Habe ich kein Mitspracherecht?" Es klang wie eine Mischung aus Verwirrung, Trotz und Anklage.

„Ich bin immer noch der Kapitän und spreche zuerst mit meinem Stellvertreter, bevor wir Ihnen dann unser Resümee verraten." Üblicherweise erhöhten Frauen die Kompromissbereitschaft ihrer männlichen Kollegen, doch hier und jetzt schien das nicht zu gelten.

„Mit welchem Recht wollen Sie sich eigentlich von der Basis lossagen?" forschte sie misstrauisch, obwohl es nicht ihre Art war, Vorgesetzte zu hinterfragen.

„Ich bestimme laut § 123!" erklärte er ihr im Brustton der Überzeugung und entfernte sich, gefolgt von Penhol, mit großen Schritten.

Beide zogen sich ins Privatmodul zurück.

Coffi blieb ratlos zurück. Sie wusste ganz genau: es gab gar keinen § 123. Die Paragrafen hörten bei 113 auf. Hatte sich der Käpt'n einfach nur in der Nummer geirrt oder hatte er einen neuen Paragrafen erfunden? Gleich mehrere neue? Insgesamt also zehn? Und was besagten die anderen neun?

Im Hauptmodul überlegte sie also, ob sie ohne Isaks Zustimmung mit der Basis skypen sollte, unterließ es aber. Und im Privatmodul regte Penhol an, sich Verstärkung zu wünschen: „Wir brauchen unsere Leute. Meine Freundin soll kommen und Sie haben doch auch eine! Die da drunten haben uns Sykes und Coffi mitgegeben, weil sie genau wussten, dass die zwei mit uns nie eine Kolonie gründen würden."

„Das Problem ist nur, dass die unsere Freundinnen leicht indoktrinieren können, sodass diese gegen uns arbeiten,

sobald sie hier sind!" kombinierte Isak und ging dabei hin
und her, umkreiste dabei seinen Co, der nun ziemlich dumm
dreinschaute.
„Oh, darauf wäre ich nicht sofort gekommen…"
„Ich darf unsere Kollegin nicht lang allein lassen, sonst
kommt sie eventuell noch in Versuchung, einen Alleingang
zu starten!"

Sykes Auferstehung

Isak trottete vor Coffi unruhig auf und ab. „Wir können
nicht mit einem Trash-Körper weiterhin volle Leistung
erbringen. Wenn wir nicht rausfinden, was mit dem
Implantat nicht stimmt, dann sind wir bald verloren."
„Wissen Sie als Kapitän denn gar keine Details über das
Ding?" ließ sie diesen Satz so wenig vorwurfsvoll wie
möglich klingen, um ihn nicht wieder zu reizen.
„Wer früher einen Herzschrittmacher eingesetzt bekam,
wusste doch auch nicht, wie genau er funktioniert, sondern
freute sich nur, dass er sich darauf verlassen konnte." Als er
stehen blieb, fügte er noch hinzu: „Schade, dass Sykes nicht
mehr lebt, denn sie hat sich für Details immer sehr
interessiert. Daher war ich froh, sie in meinem Team zu
haben."
„Ich weiß, wie wir vielleicht zu Sykes eine Verbindung
bekommen." fiel Coffi ein. „Ja, wir können ihr sicher noch
einige Informationen entlocken."
„Sie wollen mit einer Toten sprechen? Wer einen
Zerebralschock erlitten hat, dessen Gehirn funktioniert nicht
mehr - es ist nicht mehr koordinationsfähig."

„Wir müssen es versuchen! Professor Farkas hat ein
sogenanntes Nekrophon erfunden und mir ein Exemplar
geschenkt. Damit kann man mit kürzlich Verstorbenen, oder
solchen, die nach ihrem Tod sofort gekühlt worden sind,
sprechen. Als Genie erkannte der Professor, dass der Tod
mehrere Etagen hat. Kommen Sie, ich hab es unter meinem
Kryosarg als erlaubtes privates Mitbringsel." Schon lief sie
voraus und entnahm einer Lade unter ihrem Sarg ein Ding,
das L-förmig fast wie ein antiker Haar-Föhn aussah. Nur
hatte es anstatt eines Steckers an einem Kabel einen
Ohrstöpsel, aus welchem eine Nadel ragte. Coffi legte das
L-förmige Gerät auf den Boden. „Aus der Öffnung hier
bekommen wir im günstigen Fall ein zweidimensionales
Abbild einer früheren Erscheinung von ihr."
Isak öffnete Sykes Kryosarg und Coffi steckte ihr den
Ohrstöpsel in ihr rechtes Ohr hinein.
„Das funktioniert wie eine Sonde, die selbsttätig das Gehirn,
das zwar nicht mehr funktionstüchtig ist, aber noch in
unverwestem Zustand, nach Gedächtnisinseln."
„Dafür hätte er den Nobelpreis verdient!" meinte Isak
enthusiastisch. „Wenn es tatsächlich funktioniert."
„Wir müssen warten, bis es eine Gehirnwindung gefunden
hat, wo noch starke Erinnerungsimpulse vorhanden sind.
Wenn es ein emotionaler Moment war, hat er sich
konserviert und kann abgerufen werden. Das ist unsere
Chance, ihr eine Frage zu stellen. Oh!"
Schon erschien Sykes in 2D-Animation vor ihnen. Sie trug
ein azurblaues Ballkleid und tänzelte ein wenig umher.
„Sie sieht viel jünger aus." stelle Isak fest.
„Sykes!" rief Coffi.

„Was ist los?" fragte sie mit technisch verzerrter Stimme etwas verwirrt und hielt inne.

„Das ist ein Traum!" log Coffi.

Suchend schaute Sykes herum, ohne ihre noch lebenden Kollegen anzusehen.

„Was machen Sie gerade?" fragte Isak.

Daraufhin lächelte Sykes und eröffnete ihnen: „Ich bereite mich für den Abschlussball vor. Sehe ich nicht wunderhübsch aus?"

„Ja, sehr!" stimmte ihr Coffi zu und meinte es auch so.

„Was ist Ihre letzte Erinnerung?"

„Hmm, ich denke an Rezzo! Alle Mädchen in meiner Schule sind verrückt nach ihm und ich kann nicht verstehen warum… Nicht, dass er hässlich ist, nur überhaupt nicht mein Typ."

In dem Augenblick steckte Penhol seinen Kopf ins Modul.

„Was macht ihr denn da?"

„Pst! Sykes erinnert sich!" wisperte Isak.

Es war eine fast sakrale Atmosphäre, die Penhol störte.

„Wir versuchen, aus Sykes Informationen rauszuholen." erklärte Coffi leise und deutete ihm mit der Hand an wegzubleiben, während Sykes selbstvergessen weitererzählte.

„Und als ich bei der großen Sportveranstaltung unseres Jahrgangs war, da sah ich ihn beim Staffellauf. Rezzo startete als Letzter seiner Staffel und alle meine Klassenkameradinnen bewunderten ihn."

„Wer ist denn dieser Rezzo?" fragte Penhol und kam neugierig näher.

„Der Mädchenschwarm an ihrer Schule. Scht!" flüsterte
Isak und legte den Zeigefinger auf seinen Mund. „Kann sie
uns nicht sehen?"
„Nein. Nur hören." erklärte Coffi leise. „Sie sieht sich so
wie sie ist vorm Spiegel stehen!"
„Und er konnte den Rückstand seiner Vorläufer aufholen
und gewann! Da hab ich verstanden, warum ihn alle so
anhimmeln. Er ist ein Sieger-Typ! Alle Menschen lieben die
Gewinner."
„Tolle Erkenntnis! Aber ich fürchte, wir gehören nicht
dazu!" meinte Penhol sarkastisch und erntete einen
vernichtenden Blick von Coffi. „Was soll uns das helfen?
Sie ist doch noch in ihrer Pubertät."
„Und heute werde ich mit ihm tanzen!" ließ Sykes stolz
verlauten und wandte sich schon halb ab.
„Halt!" rief Isak. „Wissen Sie etwas über das Implantat?"
„Implantat?" wiederholte sie und griff sich auf ihre Brüste.
„Das Implantat, das uns nicht altern lässt!" raunte Penhol
ungeduldig, er wollte sie am liebsten anfassen.
Seine beiden lebenden Kollegen warteten still gespannt, in
der Hoffnung, gleich die Lösung ihres Problems zu hören.
„Ich brauche doch noch kein Implantat!" sagte sie fröhlich
und drehte sich von dem Spiegel, vor dem sie damals stand
weg, worauf sie verschwand.
„Wir müssen sie in einer späteren Lebensphase erwischen!"
sinnierte Coffi und drehte an dem Ohrstöpsel. „Wo sie es
schon hat, oder zumindest etwas darüber weiß."
Da erschien Sykes in einer blau-gelben Uniform. Jene der
ESA-Novizen. Wieder schien sie ihr Spiegelbild zu
betrachten und zeigte sich sichtlich stolz bei ihrem Anblick.

„Hübsch sieht sie aus!" ließ sich Penhol zu einem Kompliment hinreißen. „Kann sie uns wirklich nicht sehen?" Bei der Frage fuchtelte er ihr vor dem Gesicht herum.
„Lassen Sie das!" zischte ihm Isak zu.
„Sykes! Hörens Sie uns? Das ist ein Traum! Ein Traum!" wiederholte Coffi sanft aber eindringlich.
Sykes Züge verfinsterten sich abrupt. „Nein! Ich bin tot!" erkannte sie.
Alle drei erschraken und Penhol beeilte sich, sie zu beschwichtigen: „Nein-nein, das bilden Sie sich nur ein!"
„Kurios, ich habe gar kein Gefühl. Ich sollte doch stinksauer sein, dass ich tot bin!" waren ihre ersten Worte nach der traurigen Erkenntnis. Wie ein Gemälde stand sie flimmernd da und betrachtete sich selber, indem sie an sich hinuntersah. „Gewichtsprobleme werde ich wohl nie mehr bekommen!"
„Aber Ihren Humor haben Sie beibehalten!" freute sich Penhol, der das diesmal gar nicht sarkastisch meinte.
Isak deutete ihm per Daumenzeig mit einem Schnitt an den Hals an, zu schweigen.
„Ich fühle gar nichts mehr!"
„Klar, ohne Hormone gibt's keine Gefühle!" Er gehörte zu den Leuten, die nicht merken ein Störfaktor zu sein.
„Penhol, halten sie Ihre Speiseöffnung geschlossen!" schimpfte Coffi leise und sagte dann laut: „Natürlich, das Bild konserviert ja Ihre ganze Persönlichkeit. Außer störende Wutgefühle, denn mit der Vergangenheit zu hadern, bringt ohnehin nichts!"

„Was wollt ihr von mir?" fragte sie und starrte dabei ins Leere, möglicherweise in die Unendlichkeit.

„Das Implantat! Was wissen Sie darüber?" forschte Isak.

„Ja, ich habe es in mir! Die nächsten 100 Jahre brauche ich mir übers Alter keine Sorgen zu mach- ach nein, jetzt nützt es mir ja nichts mehr!"

„Wissen Sie, wie es gebaut ist?" Isak hielt die Spannung kaum mehr aus. Von ihrer Antwort hing alles ab.

„Es besteht aus zwei Magneten und einem Thermostat!"

„Ein Thermostat?" wunderte sich Penhol. „Wozu? Sykes, wir müssen wissen, was es genau bewirkt."

Langsam strich sie sich über ihre Uniform, als läge ein unsichtbares Staubkörnchen auf ihren Epauletten.

„Um die Körpertemperatur auf 35 Grad abzusenken, denn das trägt dazu bei, den Alterungsprozess so lang wie möglich aufzuhalten." Es klang gedichtartig aufgesagt.

„Das ist es vielleicht!" jubelte Penhol.

„Habt ihr eure Vitalfunktion schon überprüft?" erkundigte sich Coffi.

Sykes stand teilnahmslos da, strich über ihre Uniform, als wollte sie das imaginäre Staubteilchen davon entfernen.

„Aufs Einfachste kommt man zuletzt!" tönte Penhol und guckte neugierig auf seinen Armreif.

Isak tat es ihm gleich und scrollte zu seinen Vitalfunktionen.

„Temperatur 36,9 Grad!"

„Bei mir sogar 37 Grad!" empörte sich Penhol und sah entsetzt zu Coffi, als könne die ihn retten. „Ich habe Fieber!"

„Nein, das ist die normale Temperatur unserer Ahnen gewesen." beruhigte sie ihn.

„Beim Außeneinsatz haben wir es womöglich durch die tiefen Temperaturen außer Kraft gesetzt!" vermutete Isak.

„Das war's wohl!" sagte Sykes und ließ offen, ob sie damit Isaks Vermutung meinte, oder ob sie ihren Auftritt nun für beendet hielt. Ein paar Sekunden schwankte sie, dann wollte sie sich schon abwenden.

„Halt!" schrie Isak, wobei er die Arme ausstreckte, als könnte er sie damit festhalten.

„Bleiben Sie noch. Gehen Sie nicht weg vom Spiegel. Ja, sehen Sie sich Ihre Uniform an." bat Coffi sie und eine Träne kullerte über eine ihrer Wangen. Sie ahnte, dass das nun wohl das letzte Zusammentreffen mit ihrer Kollegin war. Der Toten, die nun endlich sterben wollte.

„Jaja!" ereiferte sich Penhol. „Bewundern Sie Ihre schöne Uniform weiter!"

„Wir haben noch ein paar Fragen an Sie!" rief Isak.

„Was wollt ihr denn noch wissen? Wie sich der Tod anfühlt?"

„Nein!" meldete sich Penhol wieder zu Wort. „Die Zukunft! Können Sie in die Zukunft sehen?" Hoffnung zeichnete sich auf seinem Gesicht ab, der gerne wissen wollte, ob ihre Mission von Erfolg gekrönt sein wird.

Ihre Züge entspannten sich erst, dann schien sie vor etwas Angst zu haben. „Zerstörung! Ich sehe Zerstörung!" Nach dieser Meldung einer bevorstehenden Katastrophe, drehte sie sich schwungvoll um und die Erscheinung erlosch.

„Nicht gerade das, was wir hören wollten!" gab Isak zu.

„Sie hätte schon mehr verraten können." kritisierte Penhol.

„Sie hat uns immerhin die Augen geöffnet, warum ihr nicht mehr ganz taufrisch seid!" fauchte Coffi.

„Hören wir auf, uns anzufeinden, wir brauchen dringend
eine Lösung unseres Problems!" herrschte Isak beide an.
„Lasst uns einmal überlegen…" begann Coffi. „Das
Implantat verzögert den Stoffwechsel, die Zellteilung und
reduziert die Körpertemperatur auf 35 Grad."
„Yeah!" machte Penhol und schnippte mit den Fingern.
„Wir müssen also unsre Temperatur senken!" erkannte Isak
pragmatisch.
„Ich denke, wir müssen das Implantat dazu bringen, sie zu
senken." meinte Coffi. „Wie wir wissen, bremst Kälte
physikalische und chemische Reaktionen aus…"
„Und verlangsamt den Alterungsprozess!" fiel Penhol ein.
„Darum leben Eishaie 400 Jahre!"
„Am besten, Sie entnehmen Sykes ihr Implantat und
verwenden es, um unsere wieder auf Spur zu bringen!"
schlug Isak vor.
„Hm, …ich könnte so eine Art Kühlhalsreif bauen, der
euren Nacken vereist."
„Eine ausgezeichnete Idee!" lobte er sie und wollte ihr
schon anerkennend auf die Schulter klopfen.
„Aber nicht zu toll!" bemerkte Penhol. „Sonst ergeht es uns
wie Sykes." Dieser Satz brachte ihm einen eisigen Blick
Isaks ein.

Aufruhr im Runden Zimmer

Währenddessen zermarterten sich die drei klügsten Köpfe
der Basis in einem Brainstorming die Gehirne.
„Aufsässiges, unverschämtes Pack!" wetterte Capo los.

Plagast ließ sich von Deklin die Personalakten auf einen der
Flats beamen. „Wir haben eigens Leute ausgewählt, die per
Sie sind und sich noch nicht verbrüdert haben.“
„Sie haben alle Tests bestanden und uns die gewünschten
Antworten geliefert!“ bestätigte Deklin. „Keiner hat einen
schwarzen Fleck auf seinem weißen Raumanzug!“
Die Akten lasen sich tatsächlich wie bei Vorzugsschülern.
„Wie bei allen theoretischen Tests ist es möglich, dass sie
nur opportunes Verhalten gezeigt haben.“ meinte Capo
verächtlich. „Scheinanpassung ist etwas, dass sogar
Teenager perfektionieren können.“
„Sie denken wie Raumfahrer, aber immer noch mit der Erde
im Kopf. Und ich schwöre euch, die kriegen wir klein!“
versprach Plagast und ballte voll Zorn beide Fäuste wie ein
antiker Boxer vor dem Kampf.
„Offenbar haben sie auf der langen Reise Schaden
genommen,“ vermutete Deklin. „oder erst am Ziel eine neue
Art Raumkrankheit erlitten.“
„Die glauben, 1,5 Milliarden km von daheim sind sie nicht
länger auf uns angewiesen!“ erkannte Plagast mit sich
steigernder Wut.
„Dort am Titan sind die Isotopenverhältnisse ganz anders
als bei uns!“
„Wir hätten Affen schicken sollen. Meine mutierten
Schimpansen hätten uns bestimmt keine Probleme bereitet.“
erklärte Capo beleidigt, weil seine erste Wahl abgelehnt
worden war.
Der hat die Weltanschauung einer Ameise, dachte Deklin.
„Nur leider haben Ihre Tierchen nie die Serienreife
erreicht!“ erinnerte ihn Plagast. „Aus gutem Grund!“

„Weil man ihnen einen Einsatz auf Probe verwehrt hat!“
verteidigte er sich. „Nur, weil es einmal einen Mutanten-
Aufstand gab, pah! Ich schwöre, meine Schimpis hätten sich
nie gegen uns erhoben. Aber diesen menschlichen Primaten
auf Titan wird ihre Hybris noch zum Verhängnis werden!“
Vorfreude auf die zu erwartende Genugtuung zeigte sich auf
seinem Antlitz.
„Daher ist es Zeitverschwendung, über Unabänderliches zu
reden! Wir müssen nun einmal mit Menschen auskommen
und denen klarmachen, dass sie immer noch von uns
abhängig sind!“ fuhr Plagast unbeirrt von Capos
Ausführungen fort.
„Unabänderlich? Wir könnten immer noch meine Mutanten
hinaufsenden und den renitenten Astronauten Feuer unterm
Sitzfleisch machen!“
„Das kann ich auch!“ Plagast holte einen Joystick unter
einem der Flats hervor. „Jetzt werden wir sehen, wie wir
Bewegung in unsere Helden dort oben bringen! Wir treten
denen die Tür ein, das wird ihnen nicht gefallen!“
„Langsam,“ mahnte Deklin. „es reicht schon, ein paarmal
kurz bei ihrem Nest anzuklopfen.“
Mit diesen schnoddrigen Worten griff er sich frech die
Fernsteuerung der I-Robots aus Plagasts Hand, deren Arm
bis weit in den Weltraum reichte.
Einer der Industrie-Roboter am Titan begann sofort wie
wild, mit seinem Montier-Arm mit den von der Basis aus
befohlenen, ohrenbetäubenden Morseschlägen gegen das
Wohnmodul: dahdah dit ditdahditit dahditit dit dah dit
ditditdah dahditdahdit ditditditit ditditit dahdahdah
ditditit (MELDET EUCH SOS)

Penhol fuhr entsetzt aus dem Schlaf hoch und schrie: „Sie kommen!" Sofort sprang er, so wie er war, aus der Schlafkoje und rannte nur in seiner selbstreinigenden Lotoseffekt-Unterhose raus in das Verbindungsrohr, wo er auf Isak traf, der ebenfalls ohne Raumanzug leicht verschlafen vor ihm stand. „Sie kommen!"
„Wer?"
„Was weiß ich…die Aliens möglicherweise!!!"
„Oder doch die Amis?"
„Die Amis können nicht mal mehr einen Ballon steigen lassen, so insolvent sind die!"
Sie schrien einander an, um den Höllenlärm zu übertönen, liefen nebeneinander zum Hauptmodul.
„Na immerhin hatten sie eine Mondbasis und einige überlebten unbeschadet den Erdenkrieg dort oben wie die Maden im Speck." erinnerte ihn Isak.
„Was hatten die USA auch für ein Pech. Erst ‚The Big One' - das Erdbeben, dass Kalifornien halbierte, dann die A-Bombe, die Washington ausradiert hat und der Cyberanschlag, der New York lahmlegte!" resümierte Penhol, wobei er die Finger zu Hilfe nahm. Mittlerweile standen sie im gelben Modul.
„Und trotzdem waren die nicht schachmatt zu setzen. Wer weiß, die können durch einen Cyberangriff unsere Geräte beeinflussen." überlegte Isak. „Denn ich glaube nicht, dass sie schon persönlich anwesend sind."
„Egal, ich fühle, dass wir uns in großer Gefahr befinden!"
„Wo Gefahr lauert, kommt auch Rettung!" befand Isak.
„Fragt sich nur wann und woher!" tönte sein Co missmutig.

In dem Moment kam Coffi dazu, sie trug schon ihren
Raumanzug und lauschte angespannt. „Pst! Seid still!“
Das metallische Klopfen fuhr stetig fort und Penhol wurde
panisch: „Wir müssen hier weg!“
Isak blieb cool, was an seiner unterkühlten nordischen Art
lag: „Wir werden hier keine Monster finden, außer die, die
wir mitgebracht haben!“
„Ja, die Welt ist nicht zu erschüttern durch das Fremde,
sondern durch das allzu Bekannte.“ sah er betrübt ein,
obwohl er nicht zu Depressionen neigte. „Die Welt geht
nicht am Fremden zugrunde, eher durch immer dieselbe
Leier.“
„Wie schon Nietzsche anprangerte: die ewige Wiederkehr
des Gleichen!“ zitierte der Käpt'n.
Das Klopfen wurde penetranter, blieb jedoch regelmäßig.
Coffi erkannte den Sinn davon: „Das sind Morsezeichen.
Sie lauten: euch SOS Meldet euch SOS…Es sind immer
dieselben drei Worte!“
„Dann ist mir der Sinn dahinter klar!“ murmelte Isak.
„Die Fachidioten von der Basis wollen uns zeigen, dass sie
immer noch Macht über uns haben!“ folgerte Penhol mit
verkniffenem Gesicht. „Mit einer ziemlich kindischen
Strafaktion!“
„Wir müssen den Teil der I-Robots neutralisieren, der von
der Erde aus steuerbar ist!“ Eilends lief Isak in sein
Schlafmodul zurück, um sich in seinen Raumanzug zu
kleiden.
„Und das mir, wo ich Nachtschichten hasse!“ maulte
Penhol, der ebenfalls loslief.

„Wenigstens herrscht draußen keine Dunkelheit!" rief Coffi, die sich nolens volens ihren männlichen Kollegen anschloss, und wusste: es würde eine kurze Nachtruhe werden…
„Wenn man schon eine ganze Weile auf dieser Welt ist, so wie ich, dann kommen einem Neuigkeiten bekannt vor, aber nicht alle!" sprach Capo versonnen zu seinem jungen Kollegen, der geschickt die Fernbedienung handhabte.
„Ich verstehe, was Sie meinen!"
„Das erstaunt mich, bei Ihrer im Vergleich zu mir kurzen Lebensspanne."
Der sonst so vernünftige Deklin geriet langsam in Rage.
„Bitte! Ich kann nichts für meine Jugend. Aber die wird von Tag zu Tag geringer, wenn auch sehr, sehr viel langsamer als früher einmal! Ich sehe das Alter als immerwährenden Reifungsprozess, nicht als narzisstische Kränkung wie die Philosophen oder als blanken Zellverfall wie die Mediziner oder als Schönheitsverlust wie-"
„Das Härteste am Altern ist nicht etwa der körperliche Verfall, sondern der Nervenabrieb. Mit den Jahren - und Sie haben noch mindestens 100 vor sich - werden die Nervenstränge immer dünner und die Geduld Mangelware." erklärte Capo mit leichter Traurigkeit in den sonst eher stechenden Augen.
„Und wann fängt das an?" fragte Deklin mit einem Anflug von Sorge in der Stimme.
„So ab 110 war das bei mir!" bekannte Capo.
„Oh, da habe ich ja noch Zeit!"
„Aber bei vielen beginnt es früher!" gewährte ihm Capo trübe Aussichten bezügliche seiner Zukunft.

Invasion aus dem All?

Coffi fand aufgrund ihrer Aufgaben noch nicht die Zeit, die kühlenden Halsreifen für ihre Kollegen zu bauen. Laut Dienstplan waren die beiden zu einem erneuten Außeneinsatz aufgebrochen, um das Gelände südlich des Wohnmoduls zu sondieren. Sie selbst suchte im Laderaum des Raumschiffs nach den Tools für eine Grabung. Es sollte nahe dem Wohnmodul eine unterirdische Anlage erstellt werden. Wenn sich die Männer auch von der Basis losgesagt haben, so verfolgten sie immer noch deren Plan für die Grundsteinlegung einer Stadt auf Titan. Coffi hielt sich an Isaks Befehle und fand drei Teile des benötigten Bohrers. Gerade der vierte Teil, die Diamantspitze, fehlte. Jemand vom Bodenpersonal, vielleicht ein Verwandter Penhols, konnte es wohl nicht erwarten, in seine unverdiente Mittagspause zu gehen oder hat sich zwecks Eigennutz zum Verkauf des wertvollen Teils entschlossen, erkannte sie bitter. Damit waren die Bohrpläne obsolet geworden. Verärgert kam sie gerade aus dem Frachtraum der ESA T15, als über ihr etwas einen kurzen Schatten warf. Reflexartig blickte sie nach oben, konnte aber nichts erkennen. Merkwürdig, dachte sie, leide ich an der Raumkrankheit, die mich eine Fata Morgana sehen lässt? Unschlüssig blieb sie stehen und suchte am Horizont nach Beweisen für ihren eben erlebten Eindruck, von etwas überflogen worden zu sein. Da, tatsächlich, oben in einiger Entfernung nahm sie eine fliegende Lichtscheibe wahr, welche Riesen-Ausmaße aufwies, grob geschätzt einen Durchmesser von 150 Metern. Das muss eine Illusion sein, sagte sie sich, so ein Modell gibt es nicht! Obwohl die Amerikaner immer so ein Geheimnis um ihre neuesten Schiffe machten. Das wird doch kein UFO sein, oder?

In Sekundenschnelle verschwand es, um an einer gegenüberliegenden Stelle am Himmel erneut grell aufzuleuchten. Das UFO schien aus gleißendem Licht zu bestehen, es leuchtete wie eine ovale Sonne und ließ Saturn dagegen bloß wie eine schwache Lampe im Hintergrund wirken. Es blendete einen förmlich, sodass man nicht lange hinsehen konnte, was ob des Verschwindens auch nicht möglich war. Wenn man jedoch genauer hinsah, begann die Scheibe zu irisieren. Viermal wiederholte sich das kurze Schauspiel, ehe die fliegende Scheibe nicht mehr zu sehen war. Coffi überlegte, ob sie ihren Kollegen davon Bericht erstatten sollte, gleich via Sprechfunk, doch kam sie sich hysterisch dabei vor, wenn sie verlauten ließ, sie habe ein scheibenförmiges, leuchtendes UFO gesehen. Und im Schock hatte sie auch total vergessen, mit ihrem Armreif davon eine Aufnahme zu machen…

Mittlerweile hatten die Männer zusammen mit Blecher den Abschnitt südlich des Wohnmoduls erreicht und vermessen. Dabei konnten sie keine Abweichungen zu früheren Messungen feststellen, was ihnen wieder ein Gefühl der Sicherheit gab, nach all den wunderlichen bisherigen Funden und Messergebnissen. Sie standen nahe einer kleinen Erhebung circa 20 Meter von dem Flitzer und Blecher entfernt. Da bemerkten sie es auch:

Die fliegende Scheibe näherte sich im Zick-Zack-Kurs, das hieß, sie war einmal rechts von der Mitte, einmal links davon kurz sichtbar und legte so mehrere Kilometer in wenigen Sekunden zurück. Wie auf unhörbaren Befehl aktivierten beide Astronauten den Chamäleon-Modus ihrer Anzüge. So verschmolzen sie von oben unsichtbar mit der sie umgebenden kargen Landschaft. Beide hielten Funkstille. Die Scheibe flog lautlos über sie hinweg und verschwand schließlich total aus ihrem Sichtfeld. Deren Insassen mussten zumindest den Flitzer und den Roboter erspäht haben, welche nicht die Gabe eines Chamäleons hatten und deutlich sichtbar in der Landschaft herumstanden.

Penhol brach als Erster das Schweigen: „Das müssen Aliens sein. Die haben schon den Quantenmotor. Ich habe einmal mit Professor Viktobus gesprochen, der sich mit der Quantensprung-Theorie befasste, um einen neuartigen Antrieb zu konstruieren. Es werde noch mindestens 100 Jahre dauern, bis der Mensch diese Technologie gefahrlos einsetzen kann.“

„Davon hab ich auch gehört. Man bringt Gegenstände dazu, sich von einem quantenmechanischen Zustand in einen anderen zu versetzen.“ Als Kind hatte er sich die Situation einer Begegnung der dritten Art immer wieder gern vorgestellt. Mit wechselnden Abläufen, aber immer blieb er der Sieger in dem ungleichen Duell. Das war diesmal - realistisch betrachtet - nicht zu erwarten…

„Schnell Penhol, zurück zum Flitzer und ab ins Wohnmodul!“ sagte er und hetzte los.

„Die Idioten von der Basis haben uns nicht die Spur von Waffen mitgegeben. Nichtmal eine Steinschleuder!“

„Die würde uns auch kaum nützen!“ stellte Isak fest, als sie den Flitzer erreicht hatten.

Auf einmal erschienen zwei große Gestalten in der Ferne,
die sich mit großen schnellen Schritten näherten. Ihre
Anzüge schillerten in abwechselnden Perlmuttfarben.
Isak sah auf seinen Armreif. „Drei Meter zwanzig hoch!
Entfernung nur mehr 120 Meter!“
„Das wird unangenehm!“ prophezeite Penhol und verkniff
sich die Frage ‚Was sollen wir jetzt ohne Schleuder tun?‘
Isak überlegte krampfhaft, doch konnte er sich beim besten
Willen nicht an irgendeine Direktive von der Basis für so
einen unwahrscheinlichen Fall einer Begegnung mit
artfremden Wesen erinnern. Wie einst die Urzeitmenschen
beim Aufeinandertreffen mit dem Säbelzahntiger mussten
sie sich bald entscheiden: Flucht oder Kampf?
Die beiden fremden Besucher bauten sich, nachdem sie die
Distanz auf schätzungsweise zehnmal ihrer enormen
Körperhöhe verringert hatten, bedrohlich vor den beiden
menschlichen Gegnern auf, die zwischen dem Flitzer und
dem Roboter standen. Enge Anzüge, die das Leuchten der
Scheibe zu imitieren schienen, allerdings weit weniger grell
waren, verhüllten ihre Körper, welche durchaus human
wirkten. Zwei Arme, zwei Beine, verhältnismäßig schlanke
Körper. So standen sie breitbeinig da wie zum Duell. Die
Köpfe steckten in ebenfalls leuchtenden Helmen, die so
groß wie Kugeln von einem Meter Durchmesser waren und
den Blick auf die Gesichter verhinderten. Ziemlich
beeindruckend, sodass Penhol nicht wagte, zu scannen, denn
das Heben seiner Hand hätten sie eventuell als Drohgebärde
missverstehen können oder bei richtiger Interpretation, es
missbilligen können, so einfach abgefilmt zu werden.
Intuitiv entschied sich Isak, den Flitzer zu besteigen und

Penhol tat es ihm gleich. Einer der Fremden trug in seiner rechten Hand einen Stab, der wie eine Taschenlampe wirkte und direkt auf den Flitzer zeigte. Isak wollte wegfahren, aber der Flitzer wurde mit dem Stab außer Gefecht gesetzt, er verweigerte die Weiterfahrt und seine beiden Insassen sprangen von ihren Sitzen, als wären diese heiß geworden. Ein heller Strahl, der wie ein Speer aus dem Stab in Sekundenschnelle herausschoss, traf den Flitzer und ließ ihn mit einem leisen Zischen sofort schmelzen. Es blieb nicht das kleinste Atom von ihm übrig. Isak und Penhol sahen sich erschrocken an. Die zurückgelegten Kilometer mussten sie wohl oder übel per Pedes zurücklegen, wenn sie die Begegnung überhaupt überleben sollten. Blecher wuchs auf sein Höchstmaß von 2Meter50 an. Der Fremde zeigte mit dem Stab auf ihn, worauf er ganz schnell wieder auf Standardgröße von 1Meter80 schrumpfte. Daraufhin machte der andere Fremde eine wegweisende Handbewegung und schon vollführte Blecher eine 180-Grad-Wende und fuhr seine Räder unter den Füßen aus. Mit Höchsttempo gab er Fersengeld, floh, flüchtete, raste davon, bis er alsbald nur mehr als kleiner Punkt am Horizont aufschien, ehe er total verschwand. Mit Entsetzen sahen ihm seine menschlichen Begleiter eine Zeit lang nach. So, als hofften sie auf seine sofortige Wiederkehr. Ungläubig beäugten sie sich gegenseitig, ehe sie sich wieder umdrehten, um sich den Fremden zuzuwenden, doch die waren fort…
Einfach verschwunden, sobald sie von ihrem Gegenüber aus den Augen gelassen worden waren. Beide sahen panisch herum, doch konnten sie weder die Gestalten, noch deren fliegende Scheibe erspähen. Unschlüssig sahen sich die

Männer weiter um, erwarteten einen Überraschungsangriff - aber nichts passierte! Die Aliens ließen sich nicht mehr blicken.

„Wo sind die hin?" fragte Penhol ratlos, ließ nervös und verunsichert seine Blicke weiter umherschweifen.

„Keine Ahnung! Wieder in ihre Scheibe und schon in einem anderen Quantenzustand."

Nach einer Pause des Wartens, ob die Fremden doch noch zurückkehrten, beschlossen sie ohne weitere Worte, den Ort der ungleichen Begegnung zu verlassen und begannen sogleich, sich im Laufschritt davon zu entfernen, hin zu dem Wohnmodul, dass in der Ferne wie ein Spielzeugmodell zu erblicken war.

„Ein Roboter, der Angst hat!" resümierte Penhol. „So ein stählerner Feigling ist mir noch nie untergekommen!"

„Ein Roboter kennt keine Angst!"

„Ach, und warum ist er dann einfach abgehauen? Hat er seinen Auftrag, uns zu helfen, plötzlich vergessen?

„Gegen Menschen darf er nicht kämpfen!" erinnerte ihn Isak an den Kodex der Roboter.

„Das waren keine Menschen!"

„Vielleicht sind diese Wesen mit ihrem Stab, der eine uns fremde Energie aussendet, in seine Steuereinheit eingedrungen oder er hat einfach nur seine Unterlegenheit erkannt!" So ein Roboter hat auch etwas Menschliches, dachte er dabei.

„Und das nennt man volkstümlich Angst!" bestand Penhol auf seiner Meinung.

„Warum soll er sich einfach zerstören lassen? Er hat schließlich keine Märtyrermentalität eingebaut bekommen."

„Und das ist es, was mich tief enttäuscht!“ ärgerte sich
Penhol. „Schließlich können wir nicht so rapide flüchten
oder uns zurückziehen. Wir müssen so schnell wie möglich
zu Coffi und sie warnen!“
Der Gedanke, sie zu verlieren, versetzte Isak einen Stich.
„Wenn die unsere Wettermaschine zerstören, wird es hier
sehr ungemütlich! Besonders für uns zwei, weil wir dann
nicht so schnell zum Modul zurücklaufen können.“ sagte er,
noch ohne außer Atem zu sein. „Dann ist Coffi sehr
einsam!“
„Wie viele von denen passen wohl in so eine
Riesenscheibe?“
„Schon unserer Ahnen wussten: viel Feind - viel Ehr!“
Sie liefen schneller, um in ihren Funkbereich vorzustoßen.
Penhol musste sich natürlich wieder hervortun und
überholte den Käpt'n.
Isak probierte, ob sie schon in Funkweite ihrer Kollegin
waren und rief: „Alarm! Coffi!“ - Doch erhielt keine
Antwort von ihr.
„Die haben womöglich Störfunk! Alarm heißt ursprünglich
‚zu den Waffen‘! Aber wir haben keine! Verdammte
Friedensmission!!!“ fluchte Penhol.
„Wer konnte auch ahnen, dass wir hier unsere Meister
treffen?“
„Ob die Meister aller Klassen sind, wird sich erst noch
herausstellen! Wir haben noch immer etwas in Petto!“
Isak war über die Fremden weit wütender als über Penhols
manchmal unangepasstes Verhalten. Und das hieß schon
etwas…

Machtkampf

Coffi war eigentlich nicht leicht einzuschüchtern, aber diese riesenhaften Wesen, die um das Wohnmodul schlichen, hatten etwas an sich, was dazu geeignet war, sich genauso zu fühlen… als wäre man ihnen weit unterlegen. Angespannt verfolgte sie von einem Bullauge des Moduls ihre Bewegungen, obwohl sie noch ihren Helm aufhatte, wahrte sie Funkstille. Nichtsdestotrotz fühlte sie eine gewisse Unerbittlichkeit gegen sich selbst, die sie daran hinderte, auch nur ans Aufgeben zu denken. Obwohl sie nicht wusste, ob ihre Kameraden noch am Leben waren oder nicht…
Die da draußen schienen jedenfalls nicht so leicht totzukriegen zu sein, ahnte sie und überlegte fieberhaft… Sollten sie sich zum Eindringen ins Wohnmodul entschließen, mussten sie das bei ihrem Riesenwuchs von 3Meter20 in gebückter Haltung tun und das war wohl nicht zu erwarten. Ein Antrittsbesuch von Aliens konnte sicher ausgeschlossen werden, ohne die andere Art zu unterschätzen. Eher schon vorstellbar war eine Belagerung. Nachdem sie die Riesen vom Bullauge aus aus den Augen verloren hatte, trat sie vorsichtig aus dem Eingangstor heraus und guckte erste nach rechts, dann nach links. Einer der näheren Industrieroboter war dem Erdboden gleichgemacht. Keine blinde Zerstörungswut, wusste Coffi in diesem Augenblick, sondern eine klare Machtdemonstration. Nichts war von den hochgewachsenen Gestalten zu sehen, außer… Auf dem Boden fiel ihr eine eingebrannte gerade Linie auf, mindestens 20 Meter lang

mit einem verkehrten V am Ende - ja, es war ein Pfeil. Ein Pfeil, der Richtung WM zeigte. Sie folgte der so gelegten Spur. Die Wettermaschine hatten sie nicht angetastet, scheinbar kannten sie die ungefährliche Technologie. Dahinter zeigte ein weiterer Pfeil Richtung Raumschiff, welches ebenfalls unversehrt zu sein schien. Die ESA T15 war ein friedliches Schiff, also unbewaffnet, wenn man von den notwendigen Antriebsraketen absah. Ihr war klar, was das bedeutete…

In einer Entfernung von 75 Kilometern fragte Penhol: „Was steht in der Dienstvorschrift zu so einer kritischen Lage?"

Mit hochgezogenen Augenbrauen wunderte sich Isak: „Sie sind doch darin Meister! Soweit ich mich entsinne, steht nichts darin zu so unvorhergesehenen Vorkommnissen wie Aliens. Bei einer feindlichen Invasion z.B. durch die USA oder China ist der eroberte Standort in jedem Fall zu halten! Mit allen zur Verfügung stehenden Mitteln!"

„Diese Wesen sind uns technisch weit über 100 Jahre voraus und nicht zum ersten Mal hier, da hinkt ein Vergleich!" schätzte Penhol, wandte sich wieder um und blickte angestrengt in Richtung des unbekannten Feindes, der jederzeit ohne Vorwarnung zuschlagen konnte.

„Ich sage es ungern, aber nachdem wir uns mit der Basis überworfen haben, bleibt uns keine Wahl. Wir müssen uns den Platz hier erkämpfen!"

„Der Mond ist groß genug für uns alle." meinte Penhol und machte dabei sein friedlichstes Gesicht.

„Die sehen das sicher anders! Vor allem bei ihrer offensichtlichen Überlegenheit!"

„Kein Wunder, bei solchen Wasserköpfen muss viel mehr
Hirn als bei uns vorhanden sein!"
In diesem Augenblick meldete sich Coffi über Sprechfunk
zu Wort: „Kein Zweifel, die wollen uns loswerden! Sie
haben zwei große Pfeile in den Boden gebrannt, genau in
Richtung zu unsrem Raumschiff. Eine unmissverständliche
Botschaft!"
„Darum ist Blecher abgehauen!" dämmerte es Isak. „Der
Roboter hat sie durchschaut aufgrund der Handbewegung
oder der Zerstörung des Flitzers und exakt das getan, was
die wollen!" Ob durchschaut oder eher von deren Impuls
aus dem Stab angetrieben, konnte er nicht klar definieren.
„Warum könnten die auf uns so sauer sein?" fragte Penhol
und gab gleich die möglichen Antworten: „Weil wir den
Berg beschädigt haben oder den See verunreinigt oder weil
Sie ihr Depot ruiniert haben??? Wer weiß, das war hier
vielleicht sowas wie ihre Tankstelle! Die sahen zwar aus
wie Titanen, sind hier aber sicher nicht heimisch!"
Die Männer hatten den Lauf auf Schritttempo reduziert.
Coffi war mittlerweile bis knapp vor das Raumschiff
gekommen. Vor dem Cockpit fand sie noch drei Kreise in
den Boden gebrannt. Das mochte eine Zeiteinheit sein,
überlegte sie, bestimmt keine drei Minuten, drei Stunden,
drei Tage, bestimmt auch keine drei Umläufe, denn die
dauerten 15 Tage… „Sie haben auch drei Kreise in den
Boden markiert. Das kann eine Zeitangabe sein, bis wann
wir hier verschwinden müssen."
„Wer sagt, dass die uns so einfach abziehen lassen?"
widersprach Penhol. „Sie können uns beim Abflug

womöglich noch in den Rücken schießen. Besonders wenn
sie uns punkto Heimtücke ebenbürtig sind."
„Das wollen wir nicht hoffen!" entkam es Isak.
„Flucht oder Kampf, Käpt'n?"
„Am liebsten Kooperation!" konterte der schlagfertig.
„Da sehe ich aber schwarz! Und ich bin Optimist!" bestand
Penhol. „Einer, der nicht so einfach aufgibt!"
Von seinem Standpunkt konnte Isak die Kreise nicht sehen,
doch er ahnte etwas. „Drei Kreise könnten uns
symbolisieren. Sie haben wohl erkannt, dass wir nur mehr
zu dritt sind."
„Und alle drei sollen wir uns von hier subtrahieren." führte
Penhol fort. „Gerade, wo ich begonnen habe, mich hier
wohl zu fühlen! Nicht mit uns!" Zornig schwang er beide
Fäuste, bereit, sie auch in aussichtsloser Lage einzusetzen.
Jawohl, bei allen Animositäten hieß es nun zusammenhalten
auf Teufel komm raus! Diese abweisenden Wesen sollten
die dunkle Seite der Menschen kennenlernen, denn es war
IHR Sonnensystem!
Unruhig ging Isak auf das noch ferne Wohnmodul zu.
„Coffi, nehmen Sie eine Nuklid-Batterie und eins der
Kühlaggregate zur Hand! Verstanden?" keuchte er.
Eine Nuklid-Batterie zusammen mit einem Kühlaggregat
bedeutete eine Bombe! Sie wusste das und konnte ahnen,
dass er das Wort auszusprechen scheute, aus Vorsicht, sie
könnten mithören, ihre Sprache verstehen und ihren
Abwehrplan durchschauen. „Verstanden!" sagte sie und
eilte zurück in das Wohnmodul. Improvisation konnte den
Sieg bringen, vor allem wenn der scheinbar übermächtige
Feind nicht damit rechnet. Von wo soll ich die notwenige

Nuklid-Batterie entnehmen, fragte sie sich und entschied sich für das grüne Privatmodul. Mit wenigen Handgriffen hatte sie das 30mal40mal20 cm große Teil ausgebaut und stürmte damit ins mittlere, eisblau gefärbte Wohnmodul zu den Glassärgen. Von Sykes Sarg baute sie schnell eines der insgesamt vier Kühlaggregate aus - es maß mit 20mal35mal15 cm etwa gleich viel und hatte auch ähnliches Gewicht von 2,5 Kilo. Dann holte sie in Windeseile noch eine der im Modul standardmäßig vorhandenen Drohnen hervor. Aus dieser baute sie den kleinen Magneten aus, mit welchem sie Batterie und Aggregat zusammenfügte. Als Zünder baute sie einen Teil eines im Sarg vorhandenen Defibrillators ein - fertig! Nun steckte sie die gefährliche Konstruktion in einen weißen Plastikrucksack, den sie der ebenfalls standardmäßigen Ausrüstung im Modul entnahm. Dieser sollte eigentlich dem Transport von Gesteinsproben dienen. Nun kam der weitaus schwierigere Teil.
Isak und Penhol waren schon fast bei ihr angelangt, als Penhol stolperte und aufgrund seiner Geschwindigkeit einen regelrechten Salto schlug. Als er auf dem Rücken aufschlug, entkam ihm ein kurzes lautes „Au!“
„Alles in Ordnung?“ erkundigte sich Isak besorgt. So sehr er auch eine Antipathie gegen seinen Co entwickelt hatte, so sehr fürchtete er, ihn zu verlieren. Gerade jetzt!
„Scheiße! Nichts ist in Ordnung!“ fluchte dieser los. „Der verdammte Mond hat sich gegen uns verschworen!“ Dabei rappelte er sich wieder auf und ballte eine Faust, die er gegen den Gasriesen am Himmel richtete. „Der Planet scheint was gegen uns zu haben!“

„Reißen Sie sich zusammen! Wir wussten von Anfang an,
dass unser Einsatz hier kein Spaziergang werden wird."
ermahnte ihn Isak, wobei er versuchte nicht zu keuchen.
„Jetzt bräuchte ich auch eine Sitzung beim Aggromulator!"
entgegnete Penhol, rannte wieder los und Isak folgte ihm.
„Und Coffi braucht uns! Und zwar dringend!"
Mit schlotternden Knien holte sie den verhaltensgestörten
Mutanten aus dem Farmmodul, der teilnahmslos nur wieder
ein wenig meckerte, als sie ihn davontrug.
„Du musst dich opfern!" flüsterte sie ihm zu, während sie
zurück zu ihrem Ausgangspunkt eilte.
Dann legte sie ihn auf ihren Platz im Kühlsarg und öffnete
den Deckel zu Sykes Sarg. Der Mut der Verzweiflung
verlieh ihr den Nimbus einer Nemesis. Besonnen instruierte
sie die ausfahrbaren medizinischen Assistenten:
„Herztransplantation!"
Dabei öffnete sie den Reißverschluss an Sykes weißem
Overall vorne und der Assi begann mit der Transplantation.
In diesem Augenblick stürmten ihre männlichen Kollegen
herein. Isak stoppte irritiert und fragte atemlos: „Coffi! Was
tun Sie denn da?"
„Warum operieren Sie eine Hirntote?" fragte auch Penhol.
„Wir brauchen einen Transporteur! Denn, wenn wir den
Fremden mit einer Drohne die Bombe entgegenschicken,
dann-"
„Werden Sie es schon von weitem merken!" führte Isak ihre
Kombination fort. „Sehr schlau!"
„Coffi, Sie machen sich!" bewunderte auch Penhol ihre
Strategie und hustete ein wenig.

In Rekordzeit hatte der Assi mittels Laser und Greifarmen
die Herzen von Mutant und der toten Frau ausgetauscht und
setzte das Mutanten-Herz in Sykes Körper in Bewegung,
wobei er auch ihr Blut auf Betriebstemperatur erwärmte.
Die Atmung funktionierte ebenfalls wieder. Nur ihr Gehirn
würde keine eigenen Entscheidungen mehr treffen können.
„So, nun muss er nur noch ihre Nerven an die Fernsteuerung
koppeln!" kündigte Coffi an. „Ich habe alles dafür Nötige
einer Drohne entnommen!" Die Fernsteuerung mit
Druckknöpfen wie für ein antikes Videospiel hielt sie schon
in der Hand. „Das Bild, das Sykes Augen liefern werden,
sehen wir auf dem Bildschirm der Vitalanzeige über ihrem
Sarg."
Der Assi vollendete seine OP laut ihrer Vorgabe und
verschloss fachgerecht Sykes Brustkorb, zog sich danach
wieder zurück. Würde ihr Plan so einfach klappen, fragte sie
sich und zweifelte schon an ihren technischen Fähigkeiten.
Tatsächlich, als Sykes ihre Augen auf Knopfdruck von
Coffi aufschlug und sich aufrichtete, konnten sie sich selber
alle drei auf der Anzeigetafel bewundern. Es war surreal,
doch für geübte Astronauten nicht absonderlicher als ein
Flug zu weit entfernten Planeten, Monden oder
Raumstationen.
„Nun ziehen wir ihr noch den Rucksack an!" forderte Coffi
ihre männlichen Kameraden auf, während sie selber schon
den Reißverschluss an Sykes Overall zuzog, die von all dem
Trubel um sich herum nichts mehr mitbekam.
Penhol griff sich die Bombe und hängte sie vorsichtig an
seine tote, willenlose Kollegin. „Ich glaube, wir sollten die
Tarnung noch ein wenig perfektionieren."

„Ja, mit diesem Schlauch!" stimmte ihm Isak zu. Rasch hatte er sich aus dem Medizinteil des Sarges einen weißen Schlauch geschnappt, der normalerweise als Ersatzteil beigefügt war, und steckte einen Teil davon in den Rucksack und das andere Ende in Sykes rechtes Nasenloch. „Nun sieht es aus, als wäre es ein Sauerstofftank, mit dem sie einen Ausflug macht!" freute er sich.

„Hoffentlich merken die nichts, ehe sie in deren Reichweite kommt. Die Bombe hat einen Aktionsradius von 100 Metern, das heißt, sie muss mindestens 101 Meter von uns entfernt sein und 99 Meter an die Fremden herankommen, damit die sicher im Zerstörungskreis Ground Zero sind." stellte Penhol fest.

„Los geht's!" kündigte Coffi an und tippte auf die Fernbedienung ein, worauf sich Sykes von ihrem Sarg aufschwang und mit starren Augen im ausdruckslosen Gesicht losmarschierte. Penhol ging neben ihr her, lief ein wenig voraus zur Tür und öffnete sie ihr. „Viel Glück!" Als Sykes hinaustrat, schloss er die Tür wieder und eilte zu den anderen zurück.

Auf der Anzeige war zu sehen, wie sich Sykes von dem Modul in schneller Schrittgeschwindigkeit und leicht wankendem Gang entfernte, wobei auch die Meter der Entfernung aufleuchteten, die sie zurücklegte.

„Sie geht ja ziemlich schnell, hoffentlich fällt sie nicht hin!" befürchtete Penhol und rieb sich die Hände als wäre ihm kalt. Und das obwohl er sich für sehr kaltblütig hielt.

„Hoffentlich sind die beiden Fremden nicht zu nah und durchschauen unsere List!" hoffte Coffi und machte eine Miene, die verriet, dass sie mit ihrer toten Kollegin mitlitt.

Tap-Tap-Tap…Sykes setzte mechanisch einen Fuß vor den anderen, in ihrer Brust schlug das Herz des Mutanten regelmäßig, während sich die Herzen ihrer Kollegen förmlich überschlugen. Im Geiste marschierten sie mit ihrer toten Kameradin mit.

Noch zeigten ihre Augen keinen Sichtkontakt zum Feind.

„Die kennen uns nicht. Wenn sie die menschliche Natur vorher noch nicht ausgiebig studiert haben, wissen die nicht, wozu wir im Notfall fähig sind!" meinte Isak zuversichtlich.

„Nicht nur im Notfall!" erinnerte Penhol lakonisch. „Wir sind schon eine sehr heimtückische Rasse! Unser Einfallsreichtum gipfelt immer in der Zerstörung!"

„Da, ich kann sie in der Ferne schon erkennen." rief Coffi, die sichtlich nervöser wurde. Einen ihrer Finger ließ sie immer wieder auf den roten Knopf für den Auslöser der Bombe gleiten. Auf der Anzeige erschienen nun neben dem von Sykes gelieferten Bild auch die Meter der Entfernung zu den beiden Aliens: 135.

Bedrohlicher als in allen Science-Fiction-Filmen zuvor.

„Sie scheinen sie schon bemerkt zu haben!" glaubte Penhol an deren Körperhaltung zu erkennen.

Die beiden großen Gestalten standen mit ihren leuchtenden Helmen nahe beisammen und drehten sich immer mehr frontal zu der herannahenden wiederbelebten Toten.

Coffi atmete schneller. „Sie werden es merken. Wir haben ganz vergessen, ihr Stiefel anzuziehen. Sie geht barfuß!"

„Und das unermüdlich!" kommentierte Penhol gebannt.

„Das macht sie vielleicht neugierig, sodass sie sie näher an sich rankommen lassen!" sagte Isak und nickte zustimmend.

Penhol ließ die Meteranzeige nicht aus seinen
Augenwinkeln und zählte: „88 Meter von uns entfernt und
noch 119 Meter, bis sie in die nötige Reichweite zu denen
kommt!" Dabei betonte er das DENEN fast ehrfürchtig.
„Da, jetzt haben sie sich angesehen, als wollten sie sich
fragen, was das soll!" bemerkte Isak. „Komm schon, geh
schneller, Sykes!"
„Nein!" warnte Penhol. „Sie darf nicht stürzen!" Dabei
hustete er asthmatisch vor lauter Nervosität. „Wenn sie auf
den Rücken fällt, kann das eine ungewollte Detonation
auslösen!"
„Hoffentlich sind unsre Feinde nicht bombenfest!" hoffte
Isak inständig. „Sonst Gnade uns Gott!"
Coffi drückte wie wild auf die Fernbedienung. „Ich lasse sie
die Arme heben, als wolle sie sich ihnen ergeben! Das
stabilisiert sie gleichzeitig!"
Sykes kam den Riesen-Aliens immer näher und hob linkisch
die Arme hoch, wobei sie die Finger abspreizte. Ein kleines
Rinnsal Blut floss aus ihrem linken, freien Nasenloch
heraus. Unter der herrschenden Atmosphäre setzten trotz
Kälte die üblichen toxischen Reaktionen bei einer Leiche
ein. Auch wenn sich diese Leiche dank moderner Technik
und Medizin wie eine Lebende zu bewegen vermochte.
„Vorsicht, der eine hält seinen Stab so verdächtig! Wenn er
ihn benutzt, bevor sie in seine Reichweite kommt-" warnte
Penhol. „Verdammt, sie merken was…"
Isak zählte laut mit: „102 Meter entfernt, 101-"
Ein Countdown des Schreckens für alle Beteiligten.
„Vorsicht!" schrie Penhol. „Der eine zückt seinen Stab! Er
hat was gemerkt!"

Isak zählte nervös: „100 Meter! 99! Jetzt! Feuer!" Dabei
griff er Coffi auf die Schulter.
Erschrocken zuckte sie zusammen und erwischte den roten
Knopf! - KAWUMM!!!! Ein Geräusch so laut und intensiv,
dass es fast fühlbar ein Zittern verursachte, wie ein leichtes
Erdbeben durchfuhr es sie und verursachte allen dreien eine
Gänsehaut. Gleichzeitig erlosch das Bild auf der Anzeige.
„Das war fast zu einfach!" entkam es Isak misstrauisch.
Bisher hatten sie immer so viele Schwierigkeiten, was den
reibungslosen Ablauf vorhin unwirklich erscheinen ließ.
„Einfach? Ich versteh unter einfach was Anderes!"
bekundete Penhol und fühlte Angstschweiß auf der Stirn.
Coffi lief eine Träne der Trauer um ihre Kollegin über die
Wange. „Sogar im Tod war sie uns noch nützlich!"
„Genau, manche sind nicht einmal lebendig nützlich!"
Isak gab Penhol einen Stoß in die Seite. „Schnell schicken
sie eine Drohne los, wir müssen wissen, ob wir Erfolg
hatten!"
„Yeah Käpt'n!" Sofort griff er sich eine der Drohnen aus
der im Modul befindlichen Drohnen-Garage - sie hatte die
Form einer Libelle von 1Meter30 Größe - und rannte mit ihr
zum Eingangstor, öffnete es und ließ sie los. „Flieg, mein
Super-Insekt!"

Verwüstung

Kaum war die Drohne draußen aufgestiegen, erfasste sie
über dem Zielgebiet einen weißen Atompilz von 200 Metern
Höhe, der sich aber bereits in Auflösung befand.

„Die haben wir ganz schön atomisiert!" jubelte Penhol ekstatisch, als er wieder zu den andern stieß.

„Freuen Sie sich nicht zu früh!" warnte Coffi. „Die Drohne ist noch nicht am Ground Zero!"

Auf der Anzeige erschien nun das von ihr gelieferte Bild ihres Fluges zu dem Explosionsort. Penhol war derweil wieder konzentriert und alle drei beobachteten gespannt, was sich in der Nähe ihres Wohnmoduls abspielte. Von den bedrohlichen Gestalten und natürlich von Sykes fand sich erwartungsgemäß keine Spur mehr. Doch bald tauchte der zerstörerische Stab des einen Außerirdischen auf: er steckte im Boden fest, schien tiefe Risse um sich herum gebildet zu haben.

„Da, das ist ihr Energiestab!" stellte Isak erfreut fest.

„Pah, Energiestab - wer weiß, das ist vielleicht nur ein Zäpfchen, das sich Ihr Gott vergessen hat, in den Arsch zu schieben!" höhnte Penhol frech.

„Ihre Ausdrucksweise ist wenig hilfreich!" kritisierte Coffi.

„Sie erinnern mich an die drei Despoten von der Basis! Hocken in Sicherheit und verlangen uns Wunder ab! Aber die Zeit der bestellten Wunder ist vorbei!" giftete Penhol weiter, der die größte Gefahr überwunden glaubte.

„Still jetzt!" befahl Isak und machte eine Nahaufnahme des ominösen Stabes.

Unmöglich festzustellen, ob der gefährliche Stab defekt oder noch intakt seine Energie in den Boden ableitete, oder ihn etwa gar aufzusprengen drohte.

„Sie waren nur zu zweit." beschwor Penhol seine Kollegen und vor allem sich selber. „Sonst wäre sicher schon einer herausgekommen und hätte sich des gewaltigen Stabes bemächtigt."

„Oder hätte uns mit einem Strahlenangriff vernichtet!" vermutete Isak.

Die Drohne lieferte weiter Bilder der Zerstörung. Die Gesteinsschicht des Bodens erschien wie durchgeackert und zeigte spitze kleine Erhebungen und-

„Da einer ihrer Helme!" freute sich Penhol. „Wir haben Sie todsicher erwischt. Da fließt so etwas wie Blut heraus!" Tatsächlich zeigte die Drohne bei einer weiteren Nahaufnahme das Bild eines nicht mehr glänzenden Metallhelms, aus welchem am unteren Rand eine dunkelbräunliche Flüssigkeit floss.

„Wir sind zu weit gegangen!" bedauerte Coffi den offensichtlichen Tod eines der Fremden.

Mit einem vernichtenden Blick strafte sie Penhol. „In der Physik gilt das dritte Newton'sche Axiom: actio = reactio! Jede Kraft erzeugt eine Gegenkraft. Und DIE haben mit der Feindseligkeit angefangen! Wir haben Weltraumvandalen eliminiert! Sozial-Phobiker! Riesen-Misanthropen! Asoziale Elemente!" redete er sich in Rage und hustete wieder.

Hilfesuchend sah sie zu Isak, doch der verdrehte nur die Augen, ehe er gepresst verlauten ließ: „Jetzt aktivieren Sie mal Ihren Parasympathikus-Nerv und kommen zur Ruhe!"

„Ist doch wahr!" beharrte er stur wie immer.

„Schicken wir die Drohne zu ihrem Raumschiff!" schlug Coffi enerviert vor, bevor Penhol noch einen Orden dafür reklamierte.

Isak dirigierte die Drohne per Fernsteuerung zu dem leuchtenden Schiff. Dessen Zugangstor stand hoch offen.

Der Eingang maß 3Meter40 in der Höhe und zwei Meter in der Breite. Als die Drohne ihn durchfliegen wollte, stürzte sie ab und das von ihr gelieferte Bild verschwand augenblicklich.

Einige Minuten starrten sie auf die rauschende Anzeige, wobei sie doch keine Hoffnung hatten, wieder ein Bild geliefert zu bekommen. Alle drei schienen in eine Art Schockstarre verfallen zu sein. Sykes endgültiger Tod schien den Kampfgeist aus den verbliebenen Pionieren gesaugt zu haben.

„Es hilft alles nichts! Wir müssen uns persönlich dorthin bemühen!" erkannte Isak und ging schon voraus...

Deklin geriet in helle Aufregung, als er vom Super-Fernrohr in den größten Saal der Basis stürmte, wo Plagast gerade mit Capo und Mumtaz über die weiteren Maßnahmen referierte, mit denen die abspenstig gewordenen Pioniere wieder zur Räson gebracht werden können.

„Frau Plagast! Ich habe etwas Unglaubliches per Teleskop mitbekommen. Ein fremdes Raumschiff, weit größer als die ESA T15, kurvt dort herum, das heißt, es taucht phasenweise auf und wieder ab. So, als wäre es einen Teil der Strecke unsichtbar."

„Ist es von der Form her eine Scheibe?" forschte Capo.

„Äh-ja!" Schon ahnte Deklin, dass Capo darüber Bescheid zu wissen schien.

Allerdings lebte dieser auch schon wesentlich länger.

„UFO-Sichtungen gab es schon vor Jahrhunderten auf der Erde." erklärte er etwas abfällig. „Zu hieb- und stichfesten Beweisen darüber kam es allerdings nie. Nur zu Fotos und Filmaufnahmen, die leicht manipulierbar sind."

Der uniformierte Mumtaz stieß ins selbe Horn: „Viele hat
die Regierung damals gefakt, um Spionage zu vernebeln!"
„Haben Sie ein Beweisbild?" fragte Plagast, die natürlich
nichts auf Hörensagen gab. was auch der Situation
geschuldet war.

„Selbstverständlich!" freute sich Deklin. „Ich habe sofort
reagiert." Schon ließ er über einen der schwebenden Flats
das kurze aber effektvolle Spektakel flimmern.

„Haha!" lachte Capo auf. „Das wär zu schön, wenn es
tatsächlich Aliens gäbe, die bisher ihre Anwesenheit in
unserem Sonnensystem verheimlichen konnten und nun
unsere Rebellen wieder zur Vernunft bringen!"

„Freuen Sie sich nicht zu früh!" warnte Plagast. „Das
könnte für uns alle ins Auge gehen!"

Deklin fühlte sich bemüßigt, etwas von gewisser Tragweite
loszulassen: „Das kann für uns hier nur von Vorteil sein. Ich
habe eine Idee, wie wir unsre Pioniere wieder in den Griff
kriegen!"

Plagast entgegnete ihm kühl: „Die werden alsbald im Griff
einer fremden Macht stehen, wie es aussieht!"

Mumtaz konnte sich einer Frage nicht erwehren: „Was die
da oben wohl jetzt gerade machen?"

„Einen jämmerlichen Eindruck!" spottete Capo,
verschränkte seine Finger hinter dem Rücken und wippte
amüsiert auf den Zehen auf und ab.

So entschlossen sie sich am Titan also zu einem Ausgang zu
dritt. Die Strahlung nach der Explosion war gering und
stellte keine gesundheitliche Bedrohung dar. Die selbst
gebaute Bombe hatte weniger Zerstörungskraft als eine
herkömmliche A-Bombe und auch viel weniger schädliche

Nachwirkungen. Der aufgerissene Boden bildete ebenfalls kein Hindernis.

Sobald sie die durch die Drohne ausgekundschaftete Stelle endlich erreicht hatten, strebte Penhol wie von einem Magneten angezogen zu dem mysteriösen Stab und schien seine rechte Hand schon danach auszustrecken.

Isak erkannte die gefährliche Absicht und rief: „Halt! Penhol! Lassen Sie das!"

„Finger weg!" rief gleichzeitig auch Coffi.

Doch wie zum Trotz grapschte Penhol nach dem mysteriösen Stab und umfasste ihn. Kaum dass er seine Hand um ihn geschlossen hatte, beförderte ihn eine unsichtbare Macht mit aller Wucht flugs 25 Meter weit fort. In hohem Bogen flog er durch die Luft und landete unsanft auf dem harten Boden, was ein platschendes Geräusch verursachte und eine kurze Wehklage von ihm.

„So ein widerborstiger Wicht!" schimpfte Isak, während er schon zu Hilfe eilte. Dicht gefolgt von Coffi, erreichte er seinen widerspenstigen Kameraden und sie erkannten, dass er bewusstlos darniederlag. Seine Hand geöffnet und am ganzen Körper zitternd, wie nach einem elektrischen Schlag, blinzelte er unaufhörlich und klapperte mit den Zähnen. Einerseits ein abschreckender, aber auch lustiger Anblick.

„Wir müssen ihn stabilisieren!" mahnte Coffi, beugte sich zu ihm und drückte auf einen Knopf unterhalb seines Visiers, welches eine Dosis Smag freigab - ein Mittel zur Entspannung bei hohem Stresslevel. Sofort ließ das Zittern nach und hörte schließlich ganz auf. Der flackernde Blick kam ebenso zu einem Ende und das Gebiss blieb geschlossen. Wenigstens für einen kurzen Augenblick.

„Uuuuhh!" machte er und versuchte wackelig wieder aufzustehen. Coffi stützte ihn und als er stand, sagte er weise: „Das Leben besteht aus Stürzen und sich Wiederaufrichten. Man muss nur einmal mehr aufstehen, als man hingefallen ist."

„Na bravo!" lobte Isak freudig. „Ihr Humor ist auch wieder aktiv. Reißen Sie sich zusammen, wir können uns nicht noch einen Ausfall menschlicher Mitarbeiter leisten!"

„Befolgen Sie einfach die Befehle des Käpt'n!" schlug Coffi vor, welche die Profilneurosen ihrer männlichen Kollegen noch nie nachvollziehen konnte.

„Sie als Frau haben leicht reden! Uns Männern liegt ein gewisser Eroberungsdrang im Blut, auch wenn wir uns damit immer wieder in Gefahr begeben! Und auf neue Welten!" erklärte er und entzog sich energisch Coffis stützendem Griff, fast als hätte sie ihn dadurch geschmäht. „Es geht mir wieder gut!"

„Seien Sie doch nicht gleich so rüde!" monierte sie und bereute sogleich, sich Sorgen um ihn gemacht zu haben. Aber so waren Männer eben, kaum genesen, wieder frech und fidel, als wäre nie etwas gewesen!

„Wir müssen den Stab herausziehen, sonst zerstört er möglicherweise unsere neue Heimat!" verteidigte er seinen Alleingang.

Sie schüttelte enerviert den Kopf. „Der Mond ist fast so groß wie der Planet Merkur. Der wird doch nicht durch den kleinen Energiestab auseinanderbrechen!"

„Unterschätzen Sie niemals etwas oder jemand aufgrund seiner Größe beziehungsweise Kleinheit!" drohte er, der beinahe ein lebendes Beispiel dafür bot. „Außerdem besteht

die Möglichkeit, dass unsere Bombenexplosion ihn noch
aufgeladen hat!"

„Vergessen wir den Stab fürs Erste und gehen wir weiter zu
dem UFO!" befahl Isak und ging entschlossenen Schrittes
voran in die Richtung des grell leuchtenden Raumschiffes,
das außerhalb des Zerstörungskreises ihrer Bombe stand.
Schon von weitem sahen sie die abgestürzte Drohne an der
Schwelle des Eingangstores liegen wie einen altertümlichen
Fremdkörper. Als sie näherkamen schien sich die
Beleuchtung etwas zu reduzieren, so als wenn jemand das
Licht gedimmt hätte.

„Es sieht so aus, als spürt das Ding unsere Anwesenheit."
sagte Coffi. „Gespenstisch!"

„Oder einer sitzt noch drin und will uns anlocken." schätzte
Penhol, der doch etwas vorsichtiger geworden zu sein
schien. „Mag sein, dass man uns drinnen leichter erledigen
kann als heraußen."

Isak schüttelte kurz den Kopf. „Bei deren technischer
Überlegenheit spielt unser Standort sicher keine Rolle! Wir
sind nur zu dritt und können uns keine Verluste mehr
leisten. Wir müssen uns unsere Handlungen gut überlegen."
Wie zu einer Gedenkminute für Sykes verstummten sie und
hätten alles dafür gegeben, sie wieder bei sich zu haben.
Die Technik des Menschen versagte also in dem UFO, was
eigentlich zu erwarten war. Sie hatten sich auch nicht
vorgestellt, dass sie nach dem gelungenen Beseitigen der
Fremden, so einfach deren Plätze einnehmen konnten. Vor
allem nicht, nachdem Titan ihnen schon so viele
Schwierigkeiten bereitet hatte. Der Zustand der unaufhörlich
auftretenden Probleme würde wohl nonstop weitergehen.

„Jetzt könnten wir Blecher brauchen!" meinte Coffi traurig und dachte an den angeblich unzerstörbaren Roboter, der einfach verschwand.

„Der blecherne Feigling ist sowieso keine Hilfe gewesen! Ist nur für eine schnelle Abfahrt tauglich, dieser befehlsverweigernde Schrotthaufen. Es hilft alles nichts!"

„Also beruhigen Sie sich wieder!"

„Einer von uns muss es riskieren!" erkannte Penhol, der sichtlich mit seinem Testosteronspiegel kämpfte. „Ich hab ja schon einen Anschlag überlebt, ich wäre bereit, mich zur Verfügung zu stellen."

„Sollten wir nicht zuvor den Helm bergen und seinen Inhalt untersuchen?" erlaubte sich Coffi, zu fragen. „Vielleicht liefert uns die DNA der Fremden auch Aufschluss über ihre Technik!"

„Ich bin dafür, uns unverzüglich in das Ding hinein zu wagen und Sicherheit zu erlangen, ob doch noch jemand oder etwas darin lauert!" gab Penhol seiner Meinung Ausdruck. Er schien sich bereits von dem erlittenen Schlag erholt zu haben und sprühte wieder vor Tatendrang. „Sogar, wenn das verdammte Ding den gleichen gemeinen Selbstzerstörungsmechanismus hat, wie das Depot, das Sie entdeckt haben." Seine Kamikaze-Mentalität kam durch. Isak überprüfte mit seinem Armreif, ob von dem UFO radioaktive Strahlung ausging. „Strahlung null!" Vorsichtig machte er einige Schritte auf die Schwelle des Eingangstores zu, bückte sich und hob die Drohne auf. Nichts passierte, aber die Drohne schien einen Totalschaden erlitten zu haben. An den Flügeln leicht geschmolzen sah sie aus wie eine antike Kunstskulptur aus Bronze.

„Sie könnte von dem Ding als fliegender Feind identifiziert
worden sein und wurde darum ausgeschaltet,
möglicherweise wegen der hohen Geschwindigkeit."
mutmaßte Penhol. „Ich könnte es ganz langsam angehen!"
„Einverstanden!" gab Isak sein Okay. „Scannen Sie, wenn
es möglich ist, damit wir sehen, was da drinnen vorgeht."
So lenkte Penhol also mit seinem zum Scannen erhobenen
Arm seine Schritte langsam in das fremde Raumschiff,
damit die Kollegen auf ihren Armreifen alles mitverfolgen
konnten. Als er das Tor hinter sich gebracht hatte, riss
erwartungsgemäß die Übertragung ab. Penhol ließ den Arm
sinken und staunte, obwohl drinnen nicht viel zu erblicken
war, außer psychodelischen Lichtspielen. Das Licht änderte
sich von einer Sekunde zur anderen und spiegelte alle
Spektralfarben in ihrer ganzen Intensität wieder. Längeres
Verweilen könnte zu Epilepsie führen, dachte er, sah
allerdings festen Blickes genauer hin und konnte zwei
sitzartige Apparaturen erkennen, die sich Rückenlehne an
Rückenlehne für eine 360-Grad-Rundschau eigneten, falls
die Wände durchsichtig sein sollten. Der Boden des UFOs
schien leicht zu vibrieren, als er einen Schritt vorsichtig auf
die Sitzgelegenheiten zumachte, also entfernte er sich
wieder davon und die Vibration setzte aus.
Draußen wurden Isak und Coffi unruhig. Als Isak Penhols
Namen rief, um ihn über Sprechfunk zu erreichen, hörte der
ihn nicht.
„Unser Sprechfunk endet an der Außenseite des UFOs!"
erkannte er und machte einen Schritt hinein. „Penhol?
Kommen Sie wieder raus, wir brauchen Sie! Soll ich Sie
rausholen?"

„Isak! Nicht!“ warnte Coffi, welcher der Gedanke hier allein zu sein, wie blanker Horror vorkam. Instinktiv schritt sie einige Meter rückwärts von dem fremden Ding fort.

In diesem Moment tauchte Penhol wieder auf und ging mit Isak gemeinsam aus dem Schiff. „Da drinnen kriegt man Augenweh! Jedenfalls habe ich nur zwei Sitze gesehen, was heißt, dass wir fürs Erste sicher sind!“

„Außer sie haben auch eine schlafende Notfallcrew.“ erinnerte Isak. „Und die käme dann nach einiger Zeit aus ihrem Versteck, um Nachforschungen zu betreiben. Das wäre fatal für uns.“

„Es wäre auch schlimm genug, wenn ein Suchtrupp hier landet!“ gab Coffi zu bedenken.

Blinzelnd sagte Penhol: „Sie sind anders als wir, haben eine andere Technik, eine andere Vorgehensweise und eventuell eine andere Zeitrechnung. Was, wenn erst nach Millionen von Jahren ein Suchtrupp hier landet?“

„Ich fürchte, darauf können wir uns nicht verlassen!“ meinte der Käpt’n, der insgeheim mit Vergeltung rechnete.

„Ich würde auch nicht darauf bauen!“ pflichtete ihm Coffi bei. „Stellen Sie sich eine Flotte dieser Scheiben vor! Deshalb schlage ich vor, sofort den fremden Helm zu bergen und ihn genau zu untersuchen. Vielleicht finden wir so ihre Schwachstelle!“

„Stimmt! Los Penhol, wir schnappen uns den Helm und finden heraus, wie er funktioniert oder ob einer von uns ihn tragen kann und damit das Schiff gefahrlos näher inspizieren kann!“

„Das ist mal ein einleuchtender Befehl, Käpt’n!“ Penhol rannte in die Richtung voran, in welcher er den Helm vermutete. Bald erreichte er die Zone, in welcher die Bombe große Zerstörung angerichtet hatte, doch die patente Sohle seiner Stiefel erleichterte ihm den Weg über das dunkle aufgerissene, spitze Gestein. Das Adrenalin trieb ihn praktisch nur so vor sich her, als wäre er auf der Jagd nach einem neuen Sprintrekord.

Da tauchte am Horizont eine Gestalt auf, was ihn sofort an die Wiederkehr eines der Fremden denken ließ: der kann das doch nicht überlebt haben, verdammt… Mit einem Ruck, der ihn fast aus den Stiefeln warf, stoppte er abrupt.

Die große Gestalt kam schnell näher, entpuppte sich als allzu vertraut und sorgte für eine unerwartete positive Überraschung bei ihm.

„Ich werd verrückt! Das ist Blecher! Aus der Versenkung aufgetaucht!" rief Penhol freudig aus. „Wo warst du stählerner Versager so lange?" Natürlich erwartete er sich darauf keine Antwort! „Komm her und nimm gleich einen Befehl von mir entgegen!"

Erwartungsgemäß blieb Blecher vor ihm stehen und wartete auf den Befehl, wie es ihm einprogrammiert worden war.

„Such mir den Helm der Außerirdischen!" forderte er ihn auf und zeigte auf seinen eigenen Helm.

Die andern hatten via Sprechfunk alles mitbekommen.

„Der hat auch immer Glück!" stellte Coffi beinah verärgert fest. „Sobald der einen Auftrag bekommt, findet sich schon einer, dem er ihn aufhalsen kann!"

In der Wartezeit rekapitulierte sie nochmals die gewonnene Schlacht gegen die Fremden. Bis zu 60.000 Gedanken gehen einem Menschen täglich durch den Kopf und ihre lauteten nun: Wie sie wohl hießen - egal Namen sind Schall

und Rauch. Welchem Geschlecht gehörten sie an? Ob wer um sie trauert, oder kamen sie aus einem Genlabor eines Wissenschaftlers, der die Welt erobern und unterwerfen will? Wo liegt ihre Heimat? Wie sieht es dort aus? Was wollten sie hier? Tausend Gedanken funkten zwischen Sorge, Angst und Wut um eine ungewisse Zukunft auf einem im All kreisenden Felsbrocken.
„Kommen Sie, Coffi! Wir machen uns auf den Weg zurück ins Wohnmodul! Wir müssen den toten Mutanten und Sykes Herz bestatten!" riss sie Isak aus ihren Überlegungen.

Alien-Biopsie

Die Untersuchung des Helms nahm jede Menge Zeit in Anspruch. Alle drei Helden kümmerten sich im eisblauen Modul, wo sie um das ausgefahrene Medizinlabor der Kühlsärge herumstanden, um die genaue Bestimmung seiner Bestandteile. Dabei nutzten sie die handliche Weiterentwicklung eines Massenspektrometers.
„Ich verstehe das nicht!" haderte Coffi mit ihren Ergebnissen. „Die Metalllegierung lässt sich nicht in ihre einzelnen Bestandteile zerlegen."
„Das ist noch gar nichts!" meldete sich Penhol zu Wort. „Die Metallanalyse zeigt, dass es sich um eine Legierung völlig unbekannter Metallbestandteile handelt. Weder Spuren von Wolfram, noch Eisen, noch Kupfer, noch Zink, noch Aluminium, noch Edelmetallen sind feststellbar."
Im Eifer des Gefechtes hatten sie noch gar nicht bemerkt, dass eigentlich die Zeit der Nachtruhe gekommen war. Auch Müdigkeit konnten sie nicht fühlen, so sehr nahm sie

ihre Tätigkeit in Anspruch. Sie befanden sich im Zustand der Selbstvergessenheit und grenzenloser Neugier.

„Lassen wir die Analyse des Helms erst einmal beiseite!" befahl Isak und holte einen Zellspatel sowie eine Petrischale hervor. „Lasst uns die Zusammensetzung der bräunlichen Flüssigkeit im Helm herausfinden." Schon kratzte er etwas davon mit dem Zellspatel in die Petrischale.

„Wie ich die einschätze, ist das bestimmt kein Blut!" ließ Penhol eine Ahnung verlauten. „Sondern Säure!"

„Ich glaube, unsere Konzentration lässt nach!" fürchtete Coffi, die sich einige Schweißperlen von der Stirn strich. Ohne darauf zu hören, holte der Käpt'n den medizinischen Assistenten heraus, welcher aus einem seiner vielen Arme einen Sensor in die Petrischale steckte. Das ersparte für gewöhnlich das langwierige Anlegen einer Zellkultur und diente der sofortigen Bestimmung einer Flüssigkeit, eines Gewebes und den dazugehörigen Eigenschaften. Auf der Anzeige erschien nur ein Wort: ERROR

„Verdammt!" fluchte Penhol los. „Wir müssen wissen, mit wem oder was wir es zu tun haben!"

„Hach!" Coffi atmete tief durch. „Versuchen wir es mit mehr davon!" Trotz beginnender Müdigkeit tat sie mit einem Finger ihrer bionischen Hand, welche keine DNA von ihr enthielt und daher das fremde Blut nicht verunreinigen konnte, die gesamte ominöse Flüssigkeit – 7,5 ml - aus dem Helm in die Petrischale.

Daraufhin wiederholte der Assi den Messvorgang und tatsächlich erschien auf der Anzeige nun eine Art von DNA-Strang mit erklärenden Zahlen.

„Unglaublich!" wunderte sich Isak. „Die DNA der Fremden
ist unserer ähnlich, allerdings besitzt sie ein
Chromosomenpaar mehr!"
„Naja, die sind auch viel größer als wir gewesen!" trug
Penhol wieder zur Unterhaltung bei.
„Und der Strang ihrer Erbinformation ist mehr in sich
verschlungen." fiel Coffi auf. „Das könnte auf größere
Komplexität schließen lassen."
„Allerdings ergeben die Zahlen keinen Sinn!" schüttelte
Isak den Kopf. „Im Grunde sind wir so schlau wie zuvor,
bis auf ein paar Kleinigkeiten, die uns nicht weiterhelfen."
Die Resultate blieben nebulös. Zudem erschütterte auf
einmal ein Erdbeben das Wohnmodul.
Der auf der Anzeige eingebaute Seismograph zeigte Stärke
5,6 nach der Richterskala an. Auf der Erde ereignete sich so
ein Beben circa 800mal pro Jahr. Im Gegensatz zur
Plattentektonik auf der Erde entstanden die Gebirge Titans,
dessen Kern nie sehr heiß war, durch Schrumpfung des
Mondes bei seiner langsamen Abkühlung.
„Der Mond scheint einen neuen Vulkan zu gebären."
schätzte Isak. „Oder…"
„Oder die Scheibe hat das bewirkt." vervollständigte Coffi.
„Oder der Energiestab, der noch immer in der Erde steckt!"
„Mir ist aufgefallen, dass die Ausmaße der Scheibe genau
zu den schienenartigen Vertiefungen des Berges passen." tat
Penhol seinen Eindruck kund. „Aber der Käpt'n meint, die
Schienen hätten nichts mit Außerirdischen zu tun. Und die
drei Sechser stünden auch nicht mit dem Berg in
Verbindung. Das hieße zwar, dass die Aliens nicht schon
seit 65 Millionen Jahren hierherkommen, aber-"

„Das kann durchaus stimmen!“ unterbrach ihn Coffi. „In dieser immens langen Zeit hätten Aliens doch viel mehr hinterlassen. Nehmen wir unsere Spezies zum Vergleich, wir hätten doch schon Städte und eine Infrastruktur errichtet.“

„Und wieder zerstört!“ ergänzte Penhol hämisch.

„Von Zerstörung haben wir keine Spuren gefunden.“ stellte Isak fest, der auch schon einen Leistungsabfall spürte. „Die Sonde X1 hätte sicher irgendwelche Anomalien festgestellt, die wir einer früheren Zivilisation zuordnen können.“

„Man tut gut daran, immer alle Eventualitäten in Betracht zu ziehen.“ versuchte Coffi, die sich aufbauende Spannung zwischen den Männern zu entschärfen. „Aber wir zerreden hier eine akute Gefahrensituation. Wir müssen handeln, und zwar schnell und mit der Basis zusammen!“

„Zuerst versuchen wir es allein!“ forderte Isak energisch.

„Ja, wir können nicht bei beginnender Gefahr gleich an die Basis ein Hilfsgesuch stellen und außerdem können die uns auch gar nicht helfen.“

Eigentlich wollte Coffi Penhol widersprechen, denn die Basis verfügte sehr wohl über einige Möglichkeiten der Hilfestellung, doch wo Isak den klaren Befehl eines Alleinganges gegeben hatte, fügte sie sich. Dabei fühlte sie sich wie ein alleingelassenes Kind, das zwischen seinen Eltern steht und nicht weiß, wem es mehr vertrauen soll.

„Wir sollten jetzt schlafen gehen, um wieder Kraft zu tanken!“ schlug der Käpt'n vor.

„Soll nicht einer von uns Wache halten?“ fragte sie.

„Wozu? Wir können sowieso keine Feinde abschießen oder deren Landung verhindern.“

„Aber wir könnten zeitgerecht flüchten!"
„Coffi!" schrie sie Penhol rüde an. „Wir flüchten sicher
nicht von hier!"
„Nur die Ruhe!" mahnte Isak. „Die kommen sicher nicht so
schnell hierher. Wer solche Technik beherrscht, ist auf einen
so kleinen Mond nicht angewiesen und konzentriert sich auf
größere Planeten. Penhol, schicken Sie Blecher nochmals
los auf die Suche nach dem zweiten Helm!"
„Was ist mit dem Stab? Der wäre wichtiger!"
„Um den kümmere ich mich!" versprach er und eilte davon.

Flugversuche

Nach einer kurzen Nachtruhe trafen sich Coffi und Penhol
im nun - nach der entnommenen Nuklid-Batterie - düsteren
Privatmodul. Bei Notlicht - gespeist vom Aggromulator,
welches das Grün welk wirken ließ, aßen sie schweigend die
vom Service-Roboter kredenzten Hühnerschwein-Eier. Der
gestrige Disput schien vergessen und als sie ins mittlere
Modul kamen, stand der Käpt'n schon mit dem zweiten
Helm bereit, den er sehr konzentriert mit dem ersten
verglich.
„Haben Sie gar nicht geschlafen?" fragte Coffi perplex.
„Zwei Stunden! Im zweiten Helm fand ich keine DNA-
Spuren mehr. Den Stab, der sich traute unseren Penhol von
sich zu schleudern, konnte ich mit einer Hand aus dem
Erdboden ziehen."
„Das kann nur bedeuten, dass er seine Energie verloren hat."
„Stimmt, Kollege! Die scheint er in die Erde abgeleitet zu
haben." Dabei hielt er den mysteriösen Stab kurz hoch, legte

ihn dann wieder beiseite, auf einen Ehrenplatz im Modul, wie eine erbeutete Trophäe. Schlussendlich gab er jedem einen der Alien-Helme. „Wir begeben uns jetzt mit Blecher zu der Scheibe und testen, was die Helme für einen Einfluss auf sie haben."

„Das wird entweder eine Erleuchtung oder ein Horrortrip!" Der Weg dorthin ohne Flitzer war zwar lang, aber die Vorfreude verkürzte ihn deutlich. Die Helme, ehemals leuchtend an ihren früheren Trägern, schienen nun blind, als wären sie schlecht geputzt worden.

Vor der nach wie vor gleißenden Scheibe standen sie zu dritt ehrfürchtig, mit dem gefühllosen Roboter an ihrer Seite, und überlegten, was sie mit den Helmen tun sollten. Diese waren groß genug, um sie über die eigenen Helme drüberzuziehen. Also taten es Coffi und Isak und konnten durchschauen, obwohl beide Helme von außen blind schienen. Sie bestiegen todesmutig damit die Scheibe und konnten sich via Helmfunk immer noch gut verständigen. Die Lichtverhältnisse änderten sich leicht, eine Nuance dunkler, als sie das geöffnete Zugangstor passiert hatten.

„Keine Armaturen, keine Hebel, kein Hologramm!" stellte Coffi enttäuscht fest. „Nur zwei Sitze im Zentrum!"

„Wir setzten uns einfach auf ihre Sitze!" schlug Isak vor.

„Ja, aber da sie viel größer als wir sind, müssen wir uns auf die Sitze stellen, damit wir mit ihren Helmen die obere Kante der Sitze erreichen. Am besten gleichzeitig!"

„Das scheint mir vernünftig durchdacht, Coffi! Auf drei! Eins, zwei, drei!"

Bei drei hatten sie sich auf die Sitze gestellt und sich mit den Riesen-Helmen an den Sitzen angelehnt. Sogleich wurde die Scheibe scheinbar durchsichtig. Sie konnten draußen die Landschaft erkennen, sowie Penhol und Blecher, die sich sicherheitshalber von der Scheibe zurückzogen.

„Nicht runtersteigen! Bleiben Sie genauso!" warnte Isak.

„Wir müssen versuchen, mit unserer Willenskraft der Scheibe zu zeigen, was wir wollen!"

„Und was wollen wir?" fragte sie unschlüssig.

„Fliegen!"

Kaum hatte er das Wort ausgesprochen, erhob sich die Scheibe wie ein Lift hoch über ihren Standpunkt, weit in die Atmosphäre bis an den Rand davon.

„Isak! Die Tür ist noch offen!" warnte sie und befürchtete daher technische Konflikte.

Die Scheibe erhob sich weit über den Titan hinaus, sodass sie unter sich den Mond verhüllt von der Atmosphäre sehen konnten, bis auf das Wetterloch darin, dass die WM verursachte. Von ihrem nunmehrigen Standort konnten sie weder Penhol noch Blecher ausmachen. Nur den Saturn mit seinen Ringen und kleineren Monden.

„Isak! Wir müssen runter, ehe uns die Technik außer Kontrolle gerät!" Ihr Pulsschlag stieg.

„Landen!" sagte er ruhig und konzentrierte sich auf die Stelle, von wo die Scheibe eben abgehoben war. Als die Scheibe nicht reagierte, mahnte er seine Kollegin: „Coffi!"

„Vorsicht, wir könnten Penhol erschlagen!"

„Bleiben Sie ruhig! Konzentrieren Sie sich! Denken Sie an die Landestelle!" ordnete er besonnen an.

Sssst! Es ging rasant wieder runter! Stetig senkte sich die Scheibe wieder durch die Atmosphäre hindurch und landete

sanft dort, wo sie vorher stand. Mit einem Sprung verließ
Coffi den Sitz und lief durch die offene Tür hinaus.
„Sagenhaft!" lobte Penhol und kam mit Blecher wieder
näher. „Sie scheinen die gleichen Hirnströme wie die
Fremden zu haben. Wahrscheinlich haben wir gemeinsame
Vorfahren!"
Nun verließ auch Isak die Scheibe und stieß zu ihnen, in
einer nie gekannten euphorischen Stimmung.
„Wir sind ihnen ebenbürtig!" stellte er verzückt fest.
Wenig geschmeichelt riss sie sich den fremden Helm
herunter und atmete tief durch. „Das würde bedeuten, dass
die Fremden so wie wir auch mit den Affen verwandt sind."
„Möglich!" stimmte Penhol zu. „Scheinbar haben die sich
nur weiter von denen entfernt."
„Wir wissen nun, dass die Helme eine direkte Wirkung auf
die Scheibe haben. Sobald zwei Menschen mit den Helmen
aufgesetzt in den Sitzen sind, wirkt es so, als würde sich die
Scheibe dematerialisieren und man kann die Umgebung
sehen! Mit Mentalkraft fliegt man." fasste Isak zusammen.
„Und wie! Es sah aus, als würdet ihr nach dem Abheben
nicht mehr wiederkommen!"
„Das habe ich auch befürchtet!" gab Coffi zu. „Wir dürfen
uns nichts vormachen. Ohne genaue Kenntnisse ihrer
Technologie können wir das Ding nicht gut kontrollieren.
Es könnte im andern Quantenzustand verbleiben und wir
wären dann aufgeschmissen!"
„Learning by doing! Lassen Sie es uns beide versuchen,
Käpt'n!" schlug Penhol vor, dem Wagemut mehr zu eigen
war als seiner Kollegin. Schon schnappte er sich den Helm
von ihr, zog ihn sich über und bestieg beherzt die Scheibe.

„Aber übertreiben Sie es nicht!" warnte sie noch mit dem üblen Gefühl, sie würde ihn und den Käpt'n, der ihm folgte, so schnell nicht wiedersehen. Als beide in der Scheibe verschwunden waren, hob sie sich erneut empor, in einem rapiden Tempo, dass sie blitzartig verschwand.
In einer Zehntelsekunde erreichten die Insassen des fremden Gefährts einen intergalaktischen Punkt außerhalb des Sonnensystems, von dem sie den Kosmos unter ihnen überblicken konnten. Vor ihren staunenden Augen zogen zahllose schwach leuchtende Lichtbänder gleich Schaumkronen auf den Wellen des Kosmos dahin. Galaxien, die teils einsam meist jedoch zu scheinbar ungeordneten Haufen zusammengedrängt, endlos im kosmischen Dunkel dahindrifteten. Offenbar Milliarden Lichtjahre von der Erde entfernt, auf halbem Weg zu den äußersten Zonen des bekannten Universums. Oder war das alles nur eine Simulation des Möglichen dieser wundersamen Scheibe?
„Sind wir außerhalb der Milchstraße?" fragte Penhol ungläubig und von dem Schauspiel hingerissen.
„Ja! Dort, wo noch nie ein Mensch zuvor gewesen ist!" bestätigte ihm Isak, der ebenfalls überwältigt war. „Als wären wir im Gewebe der Dunklen Materie in einer Laufmasche nach oben geschnellt. Ich fühle mich so, als hätte ich unerlaubterweise einen Blick hinter einen Vorhang getan, der erst nach unserem Tod gelüftet werden wollte. Die Enthüllung des großen Ganzen. Eine Galaxie mit der andern verbunden wie an einer Perlenkette. Dazwischen die Dunkelheit wie schwarzer Samt!"

Bei diesem herrlichen Anblick verstummte Penhol, sprachlos vom Ausmaß der Sicht auf die wunderbare Schöpfung. Dann fand er seine Worte wieder: „Wir müssen zurück, sonst vergeht womöglich zu viel Zeit, in der sich Titan fortbewegt und wir versinken beim Rückflug ins Nichts oder landen auf dem Neptun."

„Oder in einem Schwarzen Loch, was der Scheibe sicher schadet!" befürchtete Isak. „Denken wir an die Landung auf Titan. Jetzt!"

In ebensolch rasantem Tempo wie vorhin ging es wieder hinab, wie im Schnelldurchlauf eines Filmes, den noch kein Regisseur drehen konnte.

Als sie ausstiegen, fanden sie sich auf Titan wieder, von Coffi und Blecher fand sich allerdings keine Spur…

Zur gleichen Zeit auf der Erde besuchte Frau Plagast ihren alten Schulfreund Zirrus Khan in Taschkent. Zu diesem Zweck hatte sie sich ein fliegendes Dienstgefährt des Typus Ju-520 geliehen, welches sie in nur elf Minuten nach Taschkent brachte. Dort logierte Zirrus Khan, einer der wenigen Oligarchen, die sich ein privates Raumschiff leisten konnten. Da sie sich via Funk angemeldet hatte, empfing er sie an seinem Anlegesteg mit ausgebreiteten Armen. In seinem gold-brokaten Kaftan sah er ziemlich königlich aus. Doch auch Frau Plagast hatte zu dem intimen Klassentreffen ihre feuerrote Festrobe angelegt und fiel ihm erfreut um den Hals. Auf Außenstehende musste es so wirken, als träfe sich hier ein ehemaliges Liebespaar.

„Welche Freude, Dich wiederzusehen!" empfing er sie mit viel Herzenswärme und besah sie sich genau, denn immerhin hatte er sie seit mindestens 40 Jahren nicht mehr gesehen. „Und noch immer so schön wie früher!"

„Dank der Technik!" entgegnete sie lächelnd. „Du hast dich auch kein bisschen verändert!"

Bei diesem Satz vermeinte sie ein Aufleuchten in seinen Augen zu bemerken. Verlegen strich er sich durch sein pechschwarzes Haar, hakte sich bei ihr ein und geleitete sie zum Eingang seines Schlosses, das wie eine Kopie des Taj Mahals aussah. „Was führt dich zu mir?"

Seine direkte Art hatte ihr schon immer gefallen, andererseits wollte sie auch nicht mit der Tür ins Haus fallen, also entschied sie sich für den goldenen Mittelweg.

„Ich wollte das Nützliche mit dem Angenehmen verbinden, mein Lieber!" Ihr entwaffnendes Lächeln zerstreute seine Skepsis nur wenig.

„Verstehe! Du brauchst Hilfe und da hast du dich für mich entschieden!" sagte er freundlich und ließ sie als Erste in sein hochherrschaftliches Heim eintreten.

„Du hast es dir wohnsitzmäßig verbessert, wie ich sehe!"

„Hier ist die Strahlenbelastung am geringsten!" erwiderte er trocken. „Wie du weißt, bin ich ein sehr nutzorientierter Mensch!"

Im großen Festsaal angekommen, nahmen beide in einer komfortablen Sitzgruppe aus weichem cognacfarbigen Leder Platz. Ein Dienstroboter in Form einer antiken Tanksäule mit zwei Armen kam angefahren und brachte ein Tablett mit zwei Gläsern und einer antiken Weinflasche.

„Jahrgang 2199!" verriet Khan stolz und schenkte ihr ein. Das Gluckern verriet die Super-Qualität des Getränkes und seine Augen verrieten eine Art von Begehren für sie.

„Auf dein Wohl!“ prostete sie ihm zu und leerte das Glas
bis zur Neige. „Hmmm, ich muss sagen, mein Flug hierher
hat sich bereits gelohnt!“
Huldvoll lächelte er und erfragte: „Wie kann ich dir
helfen?“
„Wie weit kann dein Raumschiff ins Sonnensystem
vorstoßen?“
Nachdem er sein Glas abgesetzt hatte, lächelte er nicht
mehr. „Leider nur bis zum Mars!“
„Oh, du ahnst also schon, dass ich bis zum Titan wollte?“
erkundigte sie sich und fragte sich insgeheim, ob er ihre
Mission in den Medien immer genau verfolgt hatte.
„Das war nicht schwer. Es gibt Gerüchte, dass sich die
Pioniere dort selbständig machen wollen!“ offenbarte er ihr
und zeigte ihr erneut mit einem Lächeln seine perlenweißen
Zähne.
„Wie schnell sich schlechte Nachrichten verbreiten.“
erkannte sie missmutig, versuchte aber, sich nichts
anmerken zu lassen. „Würdest du mir trotzdem den Gefallen
tun, mit mir eine kleine Tour zu unternehmen?“ Dabei setzte
sie ihren verführerischsten Blick auf. Dem konnte schon
früher kaum jemand widerstehen.
„Es gibt kaum etwas, das ich lieber täte! Komm mit!“
forderte er sie auf und ging voran in Richtung der
Rolltreppe zu seinem Hangar.
Auf dem Titan beeilten sich Isak und Penhol, zurück zum
Wohnmodul zu kommen. Schon von weitem erkannten sie,
dass sich augenscheinlich nichts verändert hatte.
„Wieviel Zeit mag vergangen sein?“ fragte Isak und stellte
sich vor seinem inneren Auge schon vor, im Modul eine alte

Dame vorzufinden. Ein gar grausiger Gedanke und dem alten Beispiel von den Zwillingsbrüdern nachempfunden.
„Wir waren nicht mal zwei-drei Minuten weg." meinte Penhol, der in dem Augenblick den gleichen Gedanken teilte. „Meinen Sie, dass es uns so geht, wie in dem Beispiel vom Zwillingsparadoxon?"
„Die Folgen einer Zeitdilatation sind zwar bisher nur ein Gedankenexperiment, aber ich will es nicht erleben!"
Beide betraten das Wohnmodul und begaben sich zum Hauptmodul.
Derweil hatten Khan und Plagast das Privat-Raumschiff bestiegen, welches wie eine sehr flache Version eines US-Space-Shuttles aussah. Irgendwie wirkten sie total deplatziert in ihren prächtigen Gewändern, doch das Schiff machte einen Raumanzug unnötig, da es eine vollständig abgeschlossene Passagierkabine bot. Durch eine Glasscheibe getrennt, saß vorne der Pilot in Anzug und Helm, damit er notfalls aussteigen und eine Reparatur vornehmen konnte. Es hatte etwas von einer Luxuslimousine, mit der man mal eben eine Runde um die Erde drehen konnte, um seinen Schwarm zu beeindrucken.
Der Pilot gab Schub und der Raumgleiter Khan1 erhob sich donnernd durch die Atmosphäre in den Orbit.
„Ich will meinen abtrünnigen Schützlingen von hier oben eine Warnung zukommen lassen!" eröffnete Plagast ihrem alten Schulfreund ihre Absicht.
„Sowas Ähnliches habe ich mir schon gedacht!" grinste er.
Mit gemischten Gefühlen betraten Isak und sein Co das Hauptmodul, wo sie Blecher vorfanden.

„Der Blechgefährte sieht noch genauso aus wie wir ihn in Erinnerung hatten." scherzte Penhol. „Kein bisschen eingerostet!"
Blecher machte eine ruckartige Bewegung wie zum Gruß.
„Oh Gott!" entkam es Isak. „Coffi wird doch nicht zwischenzeitlich verstorben sein."
„Finden wir es raus und gehen zu ihrem Schlafmodul!"
Mit Leichenbittermienen schritten sie zum rosa Schlafmodul, gefolgt von Blecher.
„Sollen wir vorher noch ins Farmmodul sehen?" schlug Penhol vor und eine andere Richtung ein.
„Gute Idee! Die Mutis haben sich vielleicht schon zu einer Riesenherde vermehrt!"
In dem Augenblick, als sie die Tür zum Farmmodul öffneten, hörten sie auch schon lautes Gequieke. Die Mutanten schienen sich zu freuen, dass sie Besuch bekamen. Ein kurzes Abzählen ergab, dass ihre Anzahl gleichgeblieben war.
Unterdessen war Blecher schon vor dem Schlafmodul und pochte an die Tür. Als Penhol und Isak dazu stießen, öffnete eine erstaunte, aber immerhin unverändert aussehende Coffi die Tür. In ihrem weißen Overall, den sie als Pyjama nutzte, sah sie aus, als wäre sie eben dem Kryosarg entstiegen.
„Aha! Wieder im Lande?" begrüßte sie ihre Kameraden.
„Wieviel Zeit ist vergangen?" fragte Isak besorgt.
„Ich habe mit Blecher eine halbe Stunde gewartet und mich dann schlafen gelegt. Fragen wir den Computer!"
Auf ihren Druck am Display neben ihrer Tür ertönte eine sonore Stimme: „Sie haben 4 Stunden und 39 Minuten geruht!"

„Na, dann haben wir ja nicht so eine große Zeitspanne versäumt und können noch 3 Stunden und 21 Minuten schlafen! Gute Nacht allerseits!" verkündete Penhol und trollte sich.

Gerade in diesem Moment krachte es und alle drei liefen ins Hauptmodul, von wo das bedrohliche Geräusch herkam. Erschrocken blieben sie stehen, denn ein Hologramm von Plagast und Khan, plus dem Piloten in seinem Cockpit sitzend, erschien vor ihnen. Es machte den Eindruck, als wären sie mit dem Raumgleiter direkt in das Wohnmodul geplatzt. Plagast grinste sie siegessicher an.

„Das ist nur ein kleiner Vorgeschmack meiner vielen Möglichkeiten, euch wieder zur Vernunft zu bringen!" tönte sie großspurig. „Überlegt euch gut, was ihr als nächsten Schritt tut! Es könnte euer letzter sein!"

Damit erlosch das täuschend echte Holo, wobei die Warnung noch eindringlich nachzuhallen schien…

Verärgerung machte sich bei allen dreien breit.

„Was bildet sich die Alte eigentlich ein?" schimpfte Penhol los. „Mir imponiert die überhaupt nicht!"

„Der Mann in Gold war Zirrus Khan, einer der zehn reichsten Menschen am Erdball!" stellte Coffi fest. „Der hat sein Vermögen mit Waffen gemacht."

Da prustete Penhol los: „Haha, unsre sagen- und zwanghaft eitle Plage passt zu dem Nabob wie ein Hühnerschwein ins Farmmodul!"

Daraufhin schüttelte sie nur entnervt ihr Haupt.

„Was sie damit sagen wollte," klärte ihn Isak auf, „ist, dass er im ärgsten Fall auf ihren Wunsch hin eine Laserkanone gegen uns einsetzen könnte!"

„Pah, soweit reicht selbst sein Arm nicht!“

„Vorsicht! Man darf niemals einen Feind unterschätzen!“

„Jedenfalls sind sie weit genug weg von uns und haben keine Möglichkeit, hier so einzufallen wie-“

„Unsere außerirdischen Feinde!“ setzte Coffi Penhols Satz fort und schauderte kurz.

„Egal wer uns das Leben schwermachen will, es kommt nur darauf an, uns nicht aus der Ruhe bringen zu lassen.“ stellte dieser unerschütterlich fest.

„Begeben wir uns also zur Ruhe und hoffen, dass es nicht die ewige ist!“ schloss Isak die Unterhaltung ab und ging zielsicher zu seinem Schlafmodul.

3-Minuten-Warnung

Aus dem Hauptmodul schrillte ein durchdringender Alarmton. Alle sprangen in Panik nach nur kurzer Ruhe aus ihren Schlafkojen und schlüpften in Windeseile in ihre Raumanzüge. Als Isak aus seinem Schlafmodul heranhetzte, erkannte er Deklins Hologramm, das sonderbar farbverzerrt erschien. Durch die Lautstärke des Alarms konnte er kein Wort von dem verstehen, was seine sich bewegenden Lippen von sich zu geben schienen. Mit einem Knopfdruck schaltete er den Heulton ab.

„Deklin? Was ist denn los?“ Noch verschlafen zog er den rechten Handschuh aus, öffnete kurz sein Visier und biss sich dann in die Hand, um zu testen ob es sich nicht um einen Traum handelte.

„Sie haben nicht viel Zeit! Ich habe eben eine Beobachtung mit dem Super-Fernrohr gemacht! Seltsame Scheiben kommen aus dem Sternbild Alpha Centauri Richtung

Saturn. Sie tauchen auf, sind weg, sind wieder da und nähern sich mit Überlichtgeschwindigkeit."

Hinter dem verdutzten Kapitän, der wieder in seinen Handschuh schlüpfte, standen nun Penhol und Coffi, die bestürzt über derartige Nachricht die Hände vor ihrem Bauch faltete.

„Wie lange werden sie noch brauchen?" fragte Isak.

„Bei gleichbleibender Geschwindigkeit-"

Da plötzlich riss die Verbindung ab.

„Ausgerechnet jetzt, wo wir hier sind, kommen die Bastarde wieder zurück!" entfuhr es Isak.

„Vielleicht mussten sie 65 Millionen Jahre auf die behördliche Genehmigung zur Rückkehr warten." schätzte Penhol, der sich dabei gegen den Helm tippte.

„Die haben unser Kommunikationssystem gekappt!" erkannte Coffi und fühlte ihren Blutdruck steigen.

„Moment mal! Was, wenn das nur ein mieser Trick der Basis ist, um uns heim zu locken?" fragte Penhol.

„Nein, das ist kein Trick!" wusste Coffi instinktiv. „Die kommen und fordern ihr Recht ein!"

„Evakuieren!" befahl Isak und rannte los.

„Wir müssen die Hühnerschweine mitnehmen!" rief Coffi und lief in Richtung des Farmmoduls.

„Und noch die Kryosärge!" erinnerte Penhol. „Und vor allem die Wettermaschine!"

„Die Abschaltung der WM dauert 20 Minuten. Da müssen wir schon fort sein!" schrie Isak, stürmte zur ESA T15.

„Er hat recht, Coffi! Wir können nur unser nacktes Leben retten. Wenn wir Glück haben!" schränkte Penhol ein.

„Nehmen wir wenigstens ein paar von den Mutanten mit!“
rief Coffi, rannte ins Farmmodul hinein und scheuchte die
Hühnerschweine vor sich her. „Kommt mit! Hopp-hopp!“
Die Tiere liefen eilig voraus zum Ausgang, als ihr der
Energiestab einfiel. Schnell holte sie ihn aus dem mittleren
Wohnmodul und verfolgte die Mutanten auf ihrem Weg
zum Schiff. Einige fanden von selbst den Laderaum, einige
liefen in alle Richtungen davon. Sie scheuchte fünf der
quiekenden Tiere in den Laderaum und hörte, dass Isak
wohl schon den Antrieb startete, denn ein lautes Grollen hob
an. Im letzten Augenblick stieg sie ein, schloss die Tür zum
Frachtraumhinter sich und fragte: „Ist Penhol bei Ihnen
vorne, Käpt'n?“
Anstatt einer Antwort, hörte sie das Aufheulen der
Antriebsraketen und spürte den Abflug. So ruhmlos hatte sie
sich die Abreise nicht vorgestellt. Eine kopflose Flucht vor
einem noch unsichtbaren Feind. Wie eine Diebesbande in
der Nacht, die nicht wusste, ob sie von Konkurrenten oder
Gesetzeshütern verfolgt werden würde! Und ihr missfiel die
Vorstellung, die nächsten acht Wochen im Frachtraum
verbringen zu müssen, ohne die Möglichkeit, in den
wohltuenden Schlaf eines Kryosarges zu fliehen.
Im Cockpit saßen die beiden Männer und fieberten dem
Austritt aus der Atmosphäre entgegen. In den oberen
Schichten leuchtete es wie einst beim Eintritt auf.
„Ich hätte nie gedacht, dass ich mich freue, zurück zu
unserem verseuchten Erdball fliegen zu dürfen!“ gestand
Penhol, als das Raumschiff in die schwarze Nacht drang.
„In eine Welt, die sich selbst unheimlich geworden ist.“

„Einen Jubelempfang werden die uns aber nicht bereiten!"
fürchtete Isak. „Keine Konfetti-Parade!"

„Hauptsache, wir leben!"

„Erinnert mich an einen chinesischen Spruch: Das Beste,
was man von einer Reise mitbringen kann, ist die heile
Haut! Der gilt seit Jahrtausenden immer noch."

„Murphys Gesetz gilt auch im All, wie schade!"
Saturn verkleinerte sich und geriet bald völlig aus ihrem
Sichtfeld. Mit zunehmender Entfernung vom Titan hob sich
ihre Stimmung. So, als hätten sie Amphetamine intus, deren
Einnahme natürlich verboten war.

Beim Blick auf das Armaturenbrett sank Isaks Laune
allerdings auf den Nullpunkt. „Schlechte Nachricht!"

„Nicht schon wieder!" seufzte Penhol neben ihm.

„Verminderte Antriebsleistung! Isak an Basis! Hört mich
jemand?"

„Hier Deklin! Sprechen Sie!"

„Wir verlieren an Tempo! Wie weit sind die Scheiben von
unsrem Sonnensystem entfernt?"

„Nur mehr ein halbes Lichtjahr! Nach unserer
Entfernungsrechnung. Aber die scheint für die nicht zu
gelten!"

„Können Sie umrechnen?"

„Ja, nur das Ergebnis wird Ihnen nicht gefallen!"
Plötzlich schien der Motor zu stottern, das Schiff machte
noch eine letzte ruckartige Bewegung.

„Totalausfall!"

„Versuchen Sie eine erneute Zündung!" riet Deklin hastig.

„Fehlgeschlagen!"

„Sie befinden sich leider in der Nähe des Jupiters!"

„Was bedeutet das?" fragte Penhol, schon ahnend, dass es wohl unangenehm werden würde.

„Da wir manövrierunfähig sind, geraten wir in die Anziehungskraft des Jupiters! Und überschreiten demnächst die Roche-Grenze!" - Das ist die Entfernung eines Satelliten zu seinem Zentralgestirn, unterhalb der die von diesem induzierten Gezeitenkräfte so stark werden, dass es ihn zerreißt.

„Scheiße!" entkam ein vulgäres Schimpfwort Penhols Mund, welches er schon lange nicht mehr benutzt hatte. Als er nach links aus dem Fenster blickte, erspähte er schon den größten Planeten des Sonnensystems mit seinen 67 Monden - ein überwältigender Anblick.

„Es gibt eine Lösung!" verkündete Deklin. „Sie müssen-" Ein Rauschen machte die Verständigung unmöglich.

„Was? Deklin?" Isak erkannte, dass die Verbindung wohl wieder gekappt worden war. Über eine ungeheure Distanz konnten diese wildgewordenen Aliens den Funk stören.

„Ich versuche etwas!" kündigte Coffi an, die alles via Helmfunk mitangehört hatte.

„Keine Alleingänge! Warten Sie, ich komme zu Ihnen in den Laderaum!" versprach Penhol und zwängte sich durch den engen Verbindungsgang, der vom Cockpit direkt in den Frachtraum führte. „Bin ich dicker geworden? Oder ist der Anzug gewachsen?"

Als er dort ankam, hatte sie bereits die Tür zum Maschinenraum geöffnet und den Heizstab aus der Vorrichtung im Nuklid-Antriebsmotor ausgebaut und begutachtete ihn.

„Ausgebrannt! Aber der Energiestab passt genau in die Vorrichtung." Dabei verglich sie den Heizstab mit dem Energiestab, der exakt die gleiche Größe aufwies.

„Aber er ist doch leer!"

„Nicht ganz! Eine gewisse Restenergie ist noch vorhanden. Das spüre ich!"

„Das kann schlimm für uns ausgehen!" warnte er. „Deren Technik ist sicher nicht mit unserer kompatibel."

„Welche andere Wahl haben wir?" Ohne auf eine Antwort zu warten, legte sie den Energiestab der Fremden in die Vorrichtung des Heizstabes ein und baute sie mit geschicktem Griff wieder in den Nuklid-Antrieb ein.

„Käpt'n, hören Sie mich? Wenn ja, zünden Sie!"

„Verstanden. Zündung!"

Mit einem lauten Knall schien das Raumschiff einen Schub zu bekommen und nahm zunehmend Fahrt auf.

„Ich weiß nicht, was ihr gemacht habt!" jubelte Isak. „Aber es funktioniert! Wir haben wieder Speed! Wow! Sogar mehr als zuvor!"

Von Coffi und Penhol fiel eine Riesenanspannung ab.

„Wahnsinn! Unsere Geschwindigkeit hat sich verzehn-nein-verzwanzigfacht!"

Auch im Frachtraum sowie im angrenzenden Maschinenraum machte sich die rasende Fahrt bemerkbar. Eine Art von Vibration ergriff sie und machte auch die Mutanten wuschig. Aufgeregt liefen sie hin und her, so als suchten sie nach einem Ausweg.

„Wenn alles klappt, dann sollten wir in vier Tagen daheim sein, anstatt in acht Wochen!" freute sich Isak.

Im Maschinenraum sahen sich Coffi und Penhol an, als
stünde ein Abschied bevor.

„Verdammt! Das Schiff wird von dem hohen Tempo zu sehr
in Schwingung versetzt. Wenn das so weitergeht, fliegt uns
die Kiste um die Ohren!“ vermutete Isak. „Macht alles
wieder rückgängig, wir haben den Jupiter bereits hinter
uns.“

Sofort begann Coffi, an der Vorrichtung mit dem darin
befindlichen Heizstab zu rütteln, doch scheinbar war die
total verklemmt, bewegte sich keinen Millimeter, so heftig
sie auch daran zog und rüttelte. Vor lauter Wut rannen ihr
Tränen über die Wangen und sie wünschte sich
übermenschliche Körperkräfte. Immer hatte sie damit
gehadert, zum schwachen Geschlecht zu gehören.

„Lassen Sie mich ran!“ sagte Penhol und schob sie unsanft
zur Seite, um selber an der Vorrichtung zu zerren, was
allerdings ebenso wenig den erwünschten Erfolg brachte.
Bei ihr machte sich eine Art von Schicksalsergebenheit
breit, wobei sie versuchte, diese zu verbergen.

„Verdammt, das Ding ist brandheiß!“ ärgerte er sich und
zog seine Hände zurück, als hätte er sie sich durch die
Handschuhe hindurch verbrannt. „Das glüht schon!“
Tatsächlich zeigte sich hitzebedingte Farbveränderung.

„Tut etwas, ich verliere die Kontrolle! Alle Warnanzeigen
leuchten auf!“ Isaks Stimme klang verzweifelt, was sich auf
seine kleine Mannschaft ziemlich deprimierend auswirkte.

„Penhol, ich brauch Sie hier vorne! Bewegen Sie Ihr müdes
Skelett wieder her zu mir!!!“

„Los! Gehen Sie!“ wies ihn Coffi an und zeigte auf Blecher,
welcher an der Tür zum Maschinenraum stand und sie

anklagend anzusehen schien. „Der Stahlmann wird mir helfen!“

„Wir sehen uns daheim wieder!“ sagte er noch und hätte sie am liebsten umarmt, zögerte ein-zwei Sekunden.

„Sicher!“ sagte sie und klang erstaunlich optimistisch.
Ungern trennte er sich von ihr und zwängte sich durch den Notgang wieder zum Cockpit vor, während sie Blecher die rettende Anweisung gab.

„Bau das fremde Ding wieder aus, schnell!“
Der Roboter selbst passte nicht durch die schmale Tür, doch konnte er die Arme weit genug ausfahren, gehorchte ihrer Anweisung und umklammerte die sperrige, bereits total glutrote Vorrichtung mit einer Hand.

„Rasch! Wende deine ganze Energie auf!“ trieb sie ihn an.
Das Glühen ging zu ihrem großen Strecken auf ihn über, erfasste seine Hand, kroch den Arm hinauf bis zum Kopf - es sah aus, als stünde er knapp vor dem Siedepunkt. Rasend schnell wanderte es über seinen Körper abwärts - erreichte es seine Füße, dauerte es nicht mehr lange...

„Lass los!“ schrie sie, denn sie wusste, dass bald seine Nuklid-Batterie explodieren würde, wenn die Temperatur seines Materials weiter anstieg.

Sofort ließ er los, fuhr seinen Arm auf Normalgröße zurück, glühte aber weiter. Von Kopf bis fast zu den Füßen.

„Käpt'n! Blecher glüht! Wie kann ich ihn abkühlen?“

„Gar nicht! Versuchen Sie ihn loszuwerden! Öffnen Sie die Tür zum Laderaum, damit er im All explodiert, sonst sind wir alle bald im Jenseits.“

Kaum hatte er ausgesprochen, zwängte sie sich vorsichtig durch die enge Tür vom Maschinenraum zurück an Blecher

vorbei in den Laderaum hinein und schlang sich den Gürtel
einer der dort verankerten Sicherheitsleinen um die Taille
und öffnete die Tür nach außen. Laut quiekend wurden die
Hühnerschweine herausgerissen. Voll Mitleid sah sie ihnen
kurz nach, dann wieder zu Blecher, der immer noch glühend
dastand, als wäre er angeschweißt worden. Mit einem Tritt
gelang es ihr, ihn in Bewegung zu versetzen. Langsam glitt
er zur offenen Tür dahin, wie in Zeitlupe. Bereits gefährlich
weißglühend erreichte er endlich den Punkt, wo er
schließlich herausgezogen wurde und knapp danach lautlos
explodierte. Puh, machte sie erleichtert und meldete:
„Geschafft!"
Beim Versuch die Tür wieder zu schließen, scheiterte sie
kläglich. Zornentbrannt sammelte sie all ihre Kräfte.
„Verdammt! Geh zu! AAAHHH!" Mit einem lauten
Klageschrei wurde sie selbst aus dem Schiff gezogen und
hing einige Sekunden an der Sicherheitsleine, welche die
enorme Belastung durch die Geschwindigkeit, die ihr
Gewicht in immense Höhe schraubte, wohl nicht lange
aushalten würde. Ihr Anzug blähte sich auf und drohte zu
platzen, da er für All-Aufenthalte nicht gedacht war.
Während sie vehement versuchte, sich an der Leine wieder
ins Schiff zu ziehen, dehnte diese sich gefährlich, wurde
immer dünner und riss letztlich - sie trieb mutterseelenallein
im Weltall. „HALT! Ich bin weggeschleudert worden,
kommt zurück und helft miiir!"
Doch die ESA T15 entfernte sich mit ungeheurem Tempo
und war bald nur mehr so groß wie eine Miniaturausgabe
ihrer selbst und Coffi, mit ihrer abgerissenen Leine, wirkte
wie ein Baby an der Nabelschnur im Geburtentank oder eine

Kaulquappe im Ozean bei Nacht. Ein Staubpartikel in einem
von unzähligen Paralleluniversen…
Allein im All - der ultimative Begriff von Freiheit, die
keiner will. Und die Frage quälte sie: sind die froh, mich los
zu sein? „Kommt zurück, ihr Kameraden-Schweine!!!"
Keine Antwort, kein Sichtkontakt mehr, kein gar nichts…
Umgeben von Stille und Schwärze gelang es ihr mit einiger
Anstrengung, sich umzuwenden. Wehmütig blickte sie in
Richtung des Saturns, der nicht mehr zu sehen war, nur der
Jupiter - so groß wie eine Orange und - ihr stockte der Atem
- ein grelles Aufblitzen, mal links mal rechts, schneller als
ein Augenzwinkern. Das konnte nur eines bedeuten!
„Kommt nicht zurück! Bleibt weg! Sie kommen!" schrie sie
ihre Warnung an die sich entfernenden Kollegen ins Nichts.
Für eine Zehntelsekunde konnte sie eine der Scheiben vor
sich sehen und einen von ihr ausgesandten weißen Strahl,
welcher direkt auf sie zuraste.
„Schade!" war Coffis letztes Wort.

Böses Erwachen

Grabesstille im Wohnmodul, nur unterbrochen vom leisen
Surren des Service-Roboters, der die Eier der Mutanten
eingesammelt hatte, um sie im grün-düsteren Wohnmodul
zum Frühstück zu servieren.
„Ich hatte wieder einen Alptraum!" gestand Isak und sah
kurz auf seine rechte Hand, ehe er sich den Handschuh
überstreifte. Jene, in die er sich im Traum gebissen hatte.
„Und der war erschreckend real!"

„Wem sagen Sie das. Titan tut uns nicht gut!“ erkannte
Penhol und schob sich eins der Eier in den Mund. Lustlos
kaute er darauf herum.
Beide schienen sich noch an Einzelheiten zu erinnern, denn
sie standen sich wortlos gegenüber und starrten ins Leere.
Kurz darauf kam Coffi dazu und sah aus, als hätte sie im
Traum einen kräfteraubenden Kampf ausgefochten. „Wenn
es die Möglichkeit einer Krankmeldung gäbe, geriete ich in
Versuchung sie zu beanspruchen!“
Doch so etwas beinhaltete die Dienstvorschrift leider nicht.
Keine Gewerkschaft mischte sich in Raumangelegenheiten,
kranke Raumfahrer durfte es nicht geben. Darauf wurde
schon beim harten Auswahlverfahren und bei den Übungen
geachtet.
„Frau Kollegin! Sie sehen aus wie das blühende Leben!“
lobte Penhol noch mit halbvollem Mund, schluckte runter
und wandte sich an Isak: „Was steht heute an?“
„Wir müssen mehr über die Scheibe herauskriegen!“
Gesagt, getan. Nach einer neuerlichen Wanderung, auf
welcher sie sich von Blecher begleiten ließen, standen sie
vor ihr. Die Scheibe schien erloschen. Als hätte jemand das
Licht abgeschaltet. So blind wie die Helme. Ein nicht mehr
so faszinierender Anblick, aber immer noch ziemlich
furchteinflößend.
„Was ist nur aus der Herrlichkeit geworden?“ fragte Coffi
und legte ihren Kopf schief, damit sie eventuell doch noch
einige Nuancen des Lichteinfalls erhaschen konnte.
„Ausgepowert! Möglicherweise haben wir sie überfordert
mit unserer galaktischen Reise. Oder der Tank ist leer, was
auch immer vorher drinnen war. Oder hat die Zentrale

gemerkt, dass wir nicht dafür autorisiert sind sie zu
fliegen?" zählte Penhol alle Möglichkeiten auf, die ihm ad
hoc einfielen.
„Wo wart ihr denn? Im Andromeda-Nebel?" fragte sie
erstaunt.
„Am Rande der Unendlichkeit!" sagte Isak leise, der an das
nie gekannte aufregende Reisegefühl dachte und diesem
nachtrauerte.
„Im Elysium! Oder im Nirwana!" vermeldete Penhol. „Oder
an einem Ort, von dem aus man überall hinkommen kann!"
„Irgendwie fühle ich, dass uns die Zeit davonläuft!" äußerte
Coffi einen unbestimmten Verdacht auf nahendes Unheil.

Späte Reue

Alle drei überlegten im Hauptmodul fieberhaft, wie sie mit
der Basis in Verbindung treten sollten, ohne als komplette
Verlierer dazustehen. Isak widerstrebte es, sich nach dem
Bruch bei seiner Chefin mit einem Hilfsersuchen zu melden.
Wie ein devoter Bittsteller vor der Herrin zu knien - nein!
Penhol schien der Gedanke auch ein Gräuel zu sein.
„Vielleicht stehen unsere Leute unter deren Einfluss und
haben sich freiwillig mit denen verbündet."
„Dann stünden wir drei gegen den Rest der Welt inclusive
Außerirdische!" erkannte Isak ziemlich bedrückt.
„Das können wir ausschließen!" sagte Coffi zuversichtlich.
„Denn wenn ich mir ihre Technik so ansehe, brauchen die
uns Menschen nicht!"

Isak begann die Verbindung per Skype herzustellen. „Ich komme mir vor wie ein renitenter Teenager, der zum Rektor kriechen muss!"
„Wir hätten uns sofort beim Abbruch unserer Beziehung zur Basis eine Rechtfertigungsstrategie einfallen lassen müssen, warum wir diese falsche Entscheidung getroffen haben." erklärte Penhol, der manchmal politisches Talent zeigte.
„Leider zu spät! Versuchen wir es mit der Wahrheit!"
„Wenn die Basis erst hört, was wir hier geleistet haben, verzeihen sie uns sicher!" meldete sich Coffi zu Wort.
Bald stand die Skype-Verbindung und das Triumvirat bestehend aus Plagast, Capo und Deklin stand wie immer bereit, so als hätten sie dank sechstem Sinn schon erwartet, von ihren abtrünnigen Leuten zu hören. Aufmerksam ließen sie den Kapitän seinen Text vortragen, wie einen Schüler sein Referat.
„Es sind außer…gewöhnliche Umstände eingetreten!" verkündete Isak ernst. Dabei wirkte er, als stünde der Weltuntergang knapp bevor.
„Wenn Sie auf das fremde Raumschiff anspielen, das haben wir bereits gesehen." sprach Plagast mit Genugtuung in der Stimme.
„Ach? Schon bevor wir hier gelandet sind?"
„Unerheblich!"
„Aber es sind keine Freunde von uns?"
„Ihre Freunde jedenfalls sicher nicht! Sie haben keine! Schon vergessen? Sie sind fern der Heimat total auf sich allein gestellt!" erklärte sie voll Befriedigung, so als wolle sie eigentlich ausdrücken: geschieht euch recht!
Es klang bitter, aber Plagast hatte auch vollkommen recht.

„Es tut mir leid, was zwischen uns vorgefallen ist! Ich als
Kapitän hätte es nicht so weit kommen lassen dürfen!
Nehmen Sie meine Entschuldigung an?" fragte Isak
zerknirscht, denn hätte er gewusst, was auf ihn zukommt,
hätte er natürlich anders reagiert.
„Wir melden uns wieder!" erklärte Plagast unerbittlich und
kappte die Verbindung zu ihnen.
Wie drei arme Sünder standen sie nun da und schwiegen.
Kurze Denkpause in der Basis.
Capo ergriff als erster das Wort: „Die nächste Mission sollte
mit Astronauten erfolgen, die via Chip ausgeknipst werden
können, wenn sie nicht spuren. Oder wir sollten sie mit
einem Gehorsams-Chip bestücken, damit sie alle Befehle
ohne Nachdenken ausführen!"
„Haben Sie den erfunden?" erkundigte sich Plagast
beiläufig, erwartete aber keine Antwort.
„Die sahen ziemlich erschöpft aus. Wir sollten ihnen
jedenfalls eine zweite Chance geben!" plädierte Deklin.
„Vor allem, weil wir ohnehin nicht so schnell eine neue
Mission starten können."
Plagast schüttelte den Kopf: „Das dürfen die nicht erfahren,
die müssen glauben, dass wir bereits am Bauen eines neuen
Raumschiffes sind!" Ohne weiter zu diskutieren, stellte sie
die Verbindung wieder her. Mit ihren stechenden dunklen
Augen warf sie Isak einen Blick zu, der ihm wohl eine
Gänsehaut verursachen sollte, dann kam ein verhaltenes
schnelles „Ja!"
Alle drei Pioniere atmeten sichtlich auf, besonders Isak.
„Sind diese Außerirdischen Ihre Freunde?" wiederholte er
seine Frage, von der alles Weitere abhing.

„Nein!“

„Gut, denn die gibt es nur mehr in schlechter Erinnerung!“ platzte es aus Penhol mit stolzgeschwellter Brust heraus.

„Sie haben die Scheibe abgeschossen?“ entfuhr es Deklin, der in dem Moment fast so etwas wie Bedauern empfand.

„Nein, nur die Besatzung!“ präzisierte Isak.

„In ihrem Schiff?“

„Nein, die sind ausgestiegen und haben uns zum Glück unterschätzt!“ Isak fühlte sich in dem Moment wie ein Mörder, schuldig zwei Leben ausgelöscht zu haben. Und das, obwohl doch kein Mensch von den beiden verletzt worden war. Vorauseilende Notwehr, sozusagen.

„Sie sind nicht unsterblich, Gott sei Dank!“ entkam es Penhol sichtlich erleichtert, der sich diesbezüglich keine Gedanken machte.

„Na, auch wieder am Gottes-Trip?“ höhnte Isak.

„Ich halte mich an Darwin: survival of the fittest! Und die Großschädeln sind beim sozial-darwinistischen Test durchgefallen!“

„Warum ließen Sie es überhaupt auf einen Kampf ankommen?“ wollte Capo wissen. Wahrlich ein Spezialist, um unangenehme, im Dunkel liegende Details zu erhellen.

„Weil die uns von hier vertreiben wollten! Zur Warnung haben die einige unserer Geräte zerstört. Mit einer eindrucksvollen Waffe. Es wäre nur eine Frage der Zeit gewesen, bis sie auch uns zerstört hätten!“ verteidigte sich der Kapitän selbstbewusst und unterdrückte jedwedes weitere Schuldgefühl. „Sie haben jetzt einen guten Grund, die Leute aus ihrer Trägheit zu reißen und alle Reserven zu mobilisieren!“

„Wir bräuchten Professor Viktobus!" mischte sich Penhol wieder ein.

„Professor Viktobus ist tot!" bekannte Plagast.

„Verdammt!" entfuhr es Penhol, der so viel von ihm hielt.

„Beherrschen Sie sich!" mahnte Plagast. „Was wollten Sie denn von ihm?"

„Er hätte sich mit dem Antriebssystem des UFOs ausgekannt! Mit seinem Wissen hätte er uns instruieren können, es sicher zur Erde zu fliegen."

„Soweit mir bekannt ist, starb er just bei einem Versuch, ein neues Antriebssystem zu testen!"

„Das nenne ich Pech!" ließ er traurig verlauten.

„Und soweit ich weiß, hat er eine Tochter in meinem Alter, der er alle seine Testergebnisse mitgeteilt hat." meldete sich Deklin zu Wort.

Capo winkte ab: „Wenn sie so jung ist wie sie, dann scheidet sie automatisch für die Mission aus."

„Aber ich bitte Sie, Capo, Jugend ist doch kein Hindernis, sobald man ein spezielles Wissen angesammelt hat, das mit dem der älteren Generation konkurrieren kann." widersprach Deklin keck.

„Kein junger Mensch kann mit meinem Wissen mithalten! Merken Sie sich das endlich!" Es klang sehr aggressiv, als wäre Capo im Grunde ein ewig zorniger junger Mann, der eben schon sehr, sehr lange auf dieser Welt war.

„Wir sollten mit der USA zusammenarbeiten!" lenkte Deklin ab, der genau wusste, dass es nichts brachte, sich mit Capo anzulegen, der grauen Eminenz der ESA, der ziemlich unangenehm werden konnte.

„Das ist nicht unsere Sache! Ob wir mit den USA zusammenarbeiten ist nicht unsere Entscheidung, sondern jene der Politik!" entgegnete dieser.

„Leider richtig!" gab die Missionsleiterin zu.

„Aber wir können wenigstens eine Empfehlung abgeben. Und bei Ansicht der bedrohlichen Entwicklung…" Hilfesuchend sah er zu Plagast, die seltsam untätig blieb.

„Ich will Sie ja nicht zur Eile antreiben, aber je eher wir hier Unterstützung bekommen, desto besser!" störte Penhol den aufkeimenden Zwist der drei Hauptbeteiligten in der Basis.

Plagast warf ihm einen Blick zu wie dereinst die Medusa, welche mit ihrem Anblick ihre Feinde versteinern konnte.

„Was erlauben Sie sich? Ich beende Ihr Bittgesuch!" Wieder kappte sie die Verbindung.

„So eine alte Furie!" entkam es Penhol, der vollkommen vergessen hatte, dass er noch auf Sendung war, denn Plagast hatte nur die Übertragung vonseiten der Erde abgeschaltet, während die Übertragung vom Titan noch lief.

Blitzschnell erkannte das Isak und schaltete ebenfalls ab, wobei er seinem renitenten Kollegen einen ebenfalls überkritischen Blick zukommen ließ. „Das hat sie noch mitbekommen!"

„Na wenn schon! Die weiß sicher, was wir von ihr halten! Diese Unperson! Aus der Ferne ist die Plage nur so klein!" Bei den letzten Worten zeigte er mit Zeigefinger und Daumen zehn Zentimeter an.

„Genug!" mahnte Isak. „Das ist der denkbar schlechteste Zeitpunkt, sich Feinde zu machen oder alte Feindschaften zu intensivieren!"

„Sie haben überhaupt ein schlechtes Timing!" beteiligte sich auch Coffi an der Kritik ihres Kameraden. „Aber vielleicht liegt das daran, dass das Implantat seine Wirkung verloren oder zumindest eingeschränkt hat."
Isak warf ihr einen wissenden Blick zu.
„Was soll das nun wieder heißen? Sind Sie unsere Psychiaterin?" konterte Penhol mit vernichtendem Unterton.
„Ich brauche keine Vergleichsstudie, um zu bemerken, dass Sie sich sehr pubertär verhalten!"
„Ach, wissen Sie, Coffi…" meldete sich der Käpt'n neuerlich zu Wort. „Das ist eine Charakterschwäche von ihm. Es begann bereits am ersten Tag unserer Landung!"
„Eben! Während unseres Übungseinsatzes hat er sich, soweit ich mich erinnern kann, immer zu 100 % korrekt verhalten!"
„Das ist ja komisch!" grinste Penhol unverschämt. „Jetzt ist also die hiesige Flora dran schuld, dass ich mich nicht so verhalte, wie ihr beiden Übermenschen es euch vorstellt!"
„Es geht nicht um unsere Vorstellungen, sondern um vorgeschriebene Verhaltensweisen!" präzisierte Isak streng. „Sie haben schon kurz, nachdem wir nicht mehr im Kontrollbereich der Basis agierten, ein fragwürdiges Verhalten gezeigt, welches auf ein Nachlassen der Konditionierung schließen lässt." explizierte der Käpt'n, der spontan den strikten Ton von Plagast angenommen hatte.
„Und es müsste Ihnen langsam selber auffallen." ergänzte Coffi pikiert.
Kurze Pause, um das Gesagte sacken zu lassen…
Daraufhin verschränkte Penhol trotzig die Arme und schmollte.

In Baikonur hatte man Penhols Entgleisung ebenfalls mit
großem Missfallen vernommen und Capo schlussfolgerte
verbittert: „Das haben wir davon, dass wir so unreife
Menschen ausgesandt haben! Die haben ja noch nicht
einmal ihre Pubertät abgeschlossen."
„Ach was!" ergriff Deklin Partei für die Pioniere. „Die
ärgern sich nur über uns und vor allem über sich selbst!"
Heimlich wusste er: letzteres war ihm ebenso passiert.
„Von wegen!" Aufgebracht schritt er vor Deklin und Plagast
herum und zählte auf, wobei er ausholende Gesten
vollführte. „Die Männer zeigten klares Aufbegehren gegen
Autoritäten - das sind wir - benutzten Vulgärsprache - ich
möchte sie nicht wiederholen - und jetzt, wo sie nicht mehr
weiterwissen, kriechen sie kleinlaut vor uns. Sobald sie sich
unbeobachtet glauben, motzen sie allerdings wieder
großspurig herum. Wie nennt man das gemeinhin???"
„Sie haben ja vollkommen recht!" sprach Plagast ein
Machtwort. „Das sind Zeichen von unreifen Menschen,
allerdings haben sie einen sehr weiten Weg zurückgelegt,
gewaltige Gefahren gemeistert und befinden sich weit
außerhalb unseres Einflusses. Außerdem müssen wir die
erschwerten Umweltbedingungen des Mondes in Betracht
ziehen und das offensichtliche Nachlassen der Wirkung des
Implantates. Isak sah ziemlich alt aus!"
„Ja, das fand ich auch!" stimmte ihr Deklin zu.
„Papperlapapp, das sind nur Ausreden! Sie wurden harten
Tests unterzogen und haben sich in der Realität als unserer
nicht würdig erwiesen!" Er war der Älteste und
Unerbittlichste der drei.

„Ob es uns gefällt oder nicht!" meldete sich Deklin, der versuchte, dabei altklug zu klingen. „Sie haben unsere Hilfe erbeten und wir müssen hinter ihnen stehen. Sonst verlieren wir sie. Unser Ziel ist auch wichtiger als die Kosten!"
Bisher fielen schon viele Sicherheitsmaßnahmen dem Sparstift zum Opfer- oder auch der Schlamperei.
„So ist es! Der härteste Kampf für sie ist wohl der gegen sich selber. Und dabei werden wir sie jedenfalls unterstützen!" versprach Plagast.
Ein Gefühl des Triumpfes durchströmte Deklin.
„Da wünsche ich Ihnen viel Glück!" verabschiedete sich Capo, der wie immer viel Wert auf einen dramatischen Abgang legte.
„Was werden die jetzt ausbaldowern?" fragte Penhol, der sich aus dem Trotzwinkel zurückmeldete.
„Wir dürfen keine allzu großen Hoffnungen in sie setzen!" äußerte Isak seine Befürchtung. „Letzten Endes müssen wir die nächste Zeit hier mit allen möglichen Konsequenzen unserer bisherigen Handlungen rechnen."
„Wie sollen wir uns gegen einen möglichen Angriff der Fremden wehren?" fragte Coffi und blickte von einem zum andern. „Selbst, wenn wir eine weitere Bombe bauen, glaube ich nicht, dass diese Wesen uns ein zweites Mal unterschätzen!"
„Wieso?!" rief Penhol energisch aus. „Das sind doch dann andere Personen. Oder glauben Sie an Telepathie?"
„Genau das wissen wir nicht!" konterte Isak. „Ob es Individuen sind. Es besteht doch die Möglichkeit, dass sie ein kollektives Denkvermögen besitzen und auch über weite Distanzen miteinander verbunden sind."

„Oder ob ihre Helme den ganzen Vorfall live übertragen
haben! Bei ihrer technischen Überlegenheit ist das ziemlich
wahrscheinlich!" mischte sich Coffi ein, die aufgewühlt hin
und her eilte.
„Ach sooo!" schien Penhol die Tragweite nun klar.
Der Kapitän malte sich gedanklich eine Katastrophe aus.
Nun wurde Penhol still, kratzte sich das Hinterteil und
meinte dann: „Najaaa… selbst wenn, es können Jahre
vergehen, bis sie hier sind und… Ja, wer sagt uns, dass die
das Wort Rache überhaupt in ihrem Sprachschatz haben?"
Seine Augen zogen sich zu verschlagenen Schlitzen
zusammen und er grinste wie üblich, wenn er mit seiner
Selbstüberschätzung Kompetenz vortäuschen wollte…
In der Basis diskutierten Plagast und Deklin über mögliche
Rettungsszenarien der ganzen, in so unvorhergesehene
Gefahr geratene Mission. Deklin regte eine interessante
Möglichkeit an, die Plagast hellhörig werden ließ.
„Capo sagte einmal, dass es nicht unsere Sache wäre, ob wir
mit den USA zusammenarbeiten, sondern jene der Politik.
Nun denke ich aber, dass Sie mit der NASA sehr wohl
Kontakt zum … sagen wir Gedankenaustausch aufnehmen
können!"
„Ja… das ist völlig richtig! Und das nehme ich sofort in
Angriff!" entschied sie wie immer resolut und stellte eine
Skype-Verbindung zur NASA her. „Plagast von der ESA an
Headly in Cape Canaveral!"
Nach wenigen Minuten erschien das Hologramm eines in
eine olivgrüne Uniform gekleideten Afroamerikaners,
dessen kurze Dreadlocks im Irokesenstyle fassoniert waren.
Erfreut meldete er sich: „Frau Plagast, wie schön nach so

vielen Jahren wieder von Ihnen zu hören. Ich denke, es waren an die 45!"

„Exakt! Auf Ihr Zahlengedächtnis ist Verlass!" tauschte sie zuerst einmal Höflichkeiten mit ihm aus. „Darf ich gleich zum Kernpunkt kommen: unsere Pioniere am Titan sind laut deren Angaben mit Außerirdischen in Berührung gekommen."

„Was meinen Sie mit Berührung? Sind die friedlich? Oder war der Berührungspunkt eher eine harte Konfrontation?" forschte er mit ernster amtlicher Miene.

„Letzteres!" gab sie nolens volens zu, denn sie bezweifelte, dass es Sinn gehabt hätte, ihm irgendeine Story aufs Auge zu drücken.

„Und jetzt wollen Sie meinen Rat oder unsere Hilfe?"

„Wenn nötig, beides!"

Deklin stand schweigend daneben und dachte: der fackelt nicht lange rum und redet Klartext. Das ist kein Politiker!

„Frau Plagast, zuerst eine Frage, die ich Ihnen schon lange stellen wollte: warum haben Sie, die selber afroamerikanische Wurzeln hat, keinen solchen Astronauten ins Team aufgenommen?" Gespannt lauschte er ihrer Antwort.

Damit hatte sie nun gar nicht gerechnet, antwortete rasch: „Weil wir uns für die Vorgehensweise der Natur entschieden haben und die besagte, es wäre vorteilhafter in ein Gebiet mit derart tiefen Temperaturen hellhäutige Menschen zu schicken, welche besser damit umgehen können."

„Das sind nur Ausreden!" ereiferte sich Headly und schien sie regelrecht anspringen zu wollen.

„Nein! Schließlich gibt es auch bei Ihnen in Alaska, oder
vielmehr dem, was davon noch bewohnbar ist, keine
dunkelhäutigen Bewohner." versuchte sie, Sieger in dem
Wortgefecht zu bleiben. Das hatte sie übrigens immer meist
sehr erfolgreich versucht: zu den Siegern zu gehören! Nun
schien sich das Erfolgsblatt für sie leider zu wenden.
Bevor von ihrem Widerpart die Karte des Rassismus
gezogen werden konnte, schaltete sich Deklin ein: „Darf ich
kurz etwas einwerfen?"
Ohne auf die Erlaubnis Headlys zu warten, der nur
überrascht aus seiner Uniform guckte, fuhr er fort: „Wir
haben bereits erkannt, dass unsere Auswahl ein Fehler
gewesen ist, allerdings haben unsere vier Kandidaten am
besten von allen abgeschnitten. Darunter waren auch genau
37 dunkelhäutige Astronauten respektive Astronautinnen."
„Sehr interessant!" freute sich Headly zu hören und ließ ein
kurzes Lächeln über seine Lippen huschen. „Von 144
insgesamt 37 und keiner sowie keine hat es in die engere
Auswahl geschafft?" Sein Deutsch war akzentfrei und mit
leichtem Unterton gewürzt.
„Wenn Sie es genau wissen wollen: 12 davon haben
freiwillig abgebrochen. Davon sieben aus rein privaten
Gründen, sprich, sie wollten ihre Familien nicht 15 Jahre
alleine lassen." explizierte Deklin und Plagast, die neben
ihm stand, nickte zustimmend. Trotz seiner Jugend hatte er
ein umfangreiches Wissen und alle Fakten genau im Kopf.
„Soso!" ließ Headly verlauten. „Ich will Ihnen nicht
unterstellen, dass Sie trotzdem die Weißen bevorzugt hätten,
ob der Natur folgend oder nur Ihrer Willkür, aber wenn Sie
jetzt denken, dass wir für Sie den Weltpolizisten spielen und

Ihre Astronauten im Kampf gegen Aliens unterstützen, dann muss ich Sie enttäuschen. Für den Kampfeinsatz wären Ihnen unsere Afroamerikaner wohl sehr willkommen. Aber da können Sie lange warten! Bis Sie selber schwarz sind! Die Kavallerie wird nicht für Sie anreiten!" Nun erweckte er einen fast schadenfrohen Eindruck.

Daher ergriff Plagast wieder das Wort und sagte ganz ruhig: „Dann verzeihen Sie die Störung! Sie haben auch genug Probleme auf dem Mars." Mit dieser spitzen Bemerkung kappte sie die Verbindung und wandte sich an Deklin, welcher ziemlich desillusioniert in seine ESA-Uniform zusammengesunken wirkte: „Einen Versuch war es wert, jedoch-"

In dem Augenblick erschien Capo und stand wie ein fleischgewordenes Fragezeichen vor ihnen. „Habe ich etwas versäumt?"

„Vorhin richteten wir eine Anfrage an Headly." erklärte Plagast und warf ihm einen kurzen Seitenblick zu.

„Ach, Ihren alten Freund!" erinnerte er sich. „Und? Der hat sicher abgesagt!" Ob er es von weitem gehört hatte oder in seiner unendlichen Weisheit geahnt, ließ er dabei offen.

„So ist es! Wir müssen jedenfalls allein mit unserem Dilemma fertig werden und ein Kampfschiff produzieren auf Teufel komm raus!" entschied sie.

„Unser junger Deklin kennt den Teufel nicht mehr!" feixte Capo, der das JUNGER so betonte, als wäre Jugend ein Verbrechen.

Doch, dachte Deklin zeitgleich, den Teufel kenne ich schon, er steht in deiner Person vor mir! Allerdings hätte er das niemals auszusprechen gewagt, kündigte stattdessen im

Abgang an: „Ich werde einen Blick durchs Teleskop werfen!“

„Und wir beide könnten uns der Nahrungsaufnahme widmen!“ schlug Capo seiner Chefin vor.

„Ja!“ stimmte sie zu. „Auf so banale Tätigkeiten vergesse ich gern!“

Titan zeigte deutliche seismische Aktivität. Mit einem speziellen Filter konnte Deklin erkennen, dass er sich von innen heraus plötzlich erwärmt, um nicht zu sagen aufheizt, und seine Bahn um zwei Grad verlassen hat, Tendenz steigend. Das stellte gar kein gutes Zeichen dar. Geriet ein Mond aus der Bahn, bedeutete das immer die Möglichkeit, dass ihn sein Planet anzog und in Stücke riss…

Via Skype meldete sich Deklin im Hauptmodul und konnte seine Aufregung nicht verbergen. Ohne lange Vorreden kam er gleich zur Sache: „Zu 98,3 % wird Titan explodieren!“

„Wann?“ fragten Isak und Penhol wie aus einem Mund.

„Schwer einzuschätzen. Heute oder spätestens übermorgen! Verschwinden Sie so schnell wie möglich und retten Sie, was zu retten ist!“

Während Penhol sich schon anschickte, dem wohlgemeinten Rat zu folgen, wartete Isak noch und erkundigte sich: „Hat Ihnen Plagast diese Warnung aufgetragen?“

„Nein, ihr habe ich noch nicht berichtet. Sie können mir schon glauben, ich verstehe was davon. Aus der Entfernung sieht es wirklich sehr übel aus. Der Kern hat sich derart stark aufgeheizt und der kalte Außenmantel ist so mürbe, dass er nicht mehr lange zusammenhält und bald auseinanderbricht!“

Penhol schien wie auf glühender Lava zu stehen und trippelte einige Schritte hin und her. „Kommen Sie, Käpt'n! Der macht bestimmt keine Witze mit uns! Dazu ist der einfach nicht der Typ! So staubtrocken wie der ist."

„Ich fühle eine Déjà-vu! Evakuieren!" rang sich Isak schweren Herzens den Befehl ab und rannte mit ihm los, um die wichtigste Nutzlast zuerst ins Raumschiff zu befördern: die Hühnerschweine! Dabei konnte ihnen nur mehr der Service-Roboter erforderliche Dienste leisten. Blecher, der mit Coffi unterwegs war, wäre allerdings der effizientere Helfer gewesen. Zur Not konnte er sie auch tragen und rapide zurückbringen.

Kaum hatte Isak seinen Helm aufgesetzt, rief er mit gefasster Stimme: „Coffi! Hören Sie mich? Kommen Sie sofort zurück, wir sind in Gefahr und müssen unverzüglich starten!"

„Verstanden!" meldete sie sich und gab Blecher den Befehl, noch rasch eine Probe der Ursuppe zu entnehmen, während sie schon in Richtung des Wohnmoduls lief, um dort die wichtigsten Sachen einzupacken.

Abschied tut weh!

„Sie haben es gewagt, einen Abbruch zu befehlen?" fragte Capo entgeistert über so viel Frechheit und Eigenmächtigkeit, was er allerdings für dasselbe hielt.

„Vorzuschlagen!" entschuldigte sich Deklin und schwächte seine Entscheidung damit etwas ab. „Dringend! Es wird knapp! Ein Chaos steht am Titan bevor!"

„Übertreiben Sie nicht so schamlos!"

„Bitte glauben Sie mir doch, oder überzeugen sich persönlich vermittels eines Blickes durch-“

„Ich mache Sie für alle möglichen finanziellen Einbußen und Schäden allein verantwortlich! Dann können Sie zahlen bis an Ihr Lebensende von vermutlich 150 Jahren!“ wetterte Capo in einem nicht enden wollenden Wortschwall, wobei einige Tröpfchen seines Speichels auf Deklins junges Gesicht trafen…

Nachdem die Männer den ersten Kühlsarg mitsamt dem ausfahrbaren Labor inclusive der Alien-Helme und der gesicherten außerirdischen DNA im Laderaum verstaut hatten, war Coffi noch immer nicht zurück.

„Die Wettermaschine müssen wir auch mitnehmen! Sie hat von allen Maschinen hier am meisten gekostet. Circa zwei Milliarden Ecu.“ erinnerte Isak, rannte los und schaltete sie ab, was einen unverzüglichen Wetterumschwung auslöste. Die Wolken, die bisher an den Rand des Einflussbereiches der WM gedrängt worden waren, kamen nun vehement zurück und verdunkelten den Himmel wie vor einem Gewitter. Blitze zuckten nach unten und Donnergrollen ertönte, überdies begann ein starker Wind zu pfeifen.

„Die Rückwandlung des Wetters sollte nicht so schnell geschehen.“ sagte Isak mit besorgtem Blick nach oben.

„Es sollte noch vieles andere nicht geschehen, was uns hier passiert ist!“ warf Penhol ein, der ungeduldig darauf wartete, bis die Kugel im Käfig der WM zur Ruhe kam, damit man sie endlich transportieren konnte. „Komm schon! Sonst tret ich dir ins Gebläse!“

Die Maschine ließ sich leider nicht zur Eile antreiben.

Es hatte auch Vorteile, kein Mensch zu sein.

„Der Verlust der Maschine wäre schwer verdaulich!"
mahnte Isak, der genau merkte, dass sein Kollege am
liebsten sofort in das Raumschiff gestiegen wäre.
„Kein Vergleich mit dem Verlust unserer Leben!"
„Los! Wir müssen den zweiten Kühlsarg bergen!"
Trotz der Gewichtsreduzierung durch die AS-Griffe
gestaltete sich der Weg zum Schiff als sehr beschwerlich.
Ohne den Einfluss der Wettermaschine begannen immer
mehr an den Rand gedrängte dunkle Wolkenmassen mit der
unerbittlichen Rückeroberung ihres ursprünglichen Gebietes
im Rekordtempo. Endlich hatten sie auch den zweiten Sarg
im Frachtraum und konnten die zur Ruhe gekommene WM
transportieren - ohne AS-Griffe. Der Sturm tobte und ließ
ihre diffizile Umsiedlungsaktion zu einer schier unmöglich
scheinenden Aufgabe wachsen.
„Wir hätten die verdammte Maschine hier zurücklassen
sollen!" motzte Penhol, als er sich mit Isak und dem
Service-Roboter gemeinsam abmühte.
„Das wäre unser sicherer Eintritt ins Gefängnis wegen
Zurücklassens existenzieller Ausrüstungsgegenstände!"
prustete der sturmgebeutelte Käpt'n unter seiner teuren Last.
Inzwischen hatte Blecher Coffi mit der Probe der Ursuppe
in einer Phiole eingeholt. Sogleich stieg sie auf seine Füße
und ließ sich von ihm direkt zum Raumschiff fahren. Denn
der Weg zum Wohnmodul schien ihr aufgrund der
Wetterbedingungen und der durch die Männer bereits
erfolgten Übersiedlung nicht mehr nötig. Dort, bei der ESA
T15 - präzise gesagt vor dem Frachtraum, trafen sie
aufeinander. Coffi blickte zufrieden drein, als sie bei
Blechers Einstig alles kurz überprüfte.

Mit ungeheurer Anstrengung hatten die Männer letztendlich alles Wichtige im Laderaum des Raumschiffs verstaut und atmeten erleichtert auf, als sie die Tür schlossen, wie ein schweres Kapitel in ihrer nun so tragisch beendeten Pioniergeschichte.

„Geschafft!" jubelte Penhol erleichtert. „Und, wenn ihr mich fragt, keine Sekunde zu früh!" Schon rannte er Richtung Cockpit.

„Dem Start steht nichts mehr im Wege!" freute sich Isak und folgte ihm.

„Habt ihr den Energiestab nicht vergessen?" fiel Coffi ein und sie erhielt als Antwort nur den bestürzten Blick Isaks, also änderte sie ihre Laufrichtung und kämpfte sich tapfer durch den immer stärker werdenden Sturm zurück zum Wohnmodul.

„Sind Sie wahnsinnig? Wir müssen abhauen!" schrie ihr Penhol nach und zu Isak: „Das schafft sie nicht mehr!" Sofort lief ihr der Käpt'n nach, so gut er es eben vermochte, denn der Sturm schwoll zu einem ausgewachsenen Orkan an, und ließ seinen Copiloten vorm Cockpit stehen.

Da stand der nun allein vor dem abflugbereiten Raumschiff und sah sich schwer versucht, ohne seine verbliebenen Kameraden abzureisen. Doch was würde passieren, wenn er ohne die beiden zurückkam? Bekäme er eine Auszeichnung für Tapferkeit oder einen Verweis für Versagen im Notfall? Nach allen Kämpfen auf diesem verdammten Stück Gestein im All, stellte sich dieser Kampf mit sich selbst als der schwierigste heraus. Wenn er noch lange zuwartete, gäbe es ihn mit an Sicherheit grenzender Wahrscheinlichkeit auch nicht mehr lange und es wäre egal, ob er posthum

ausgezeichnet werden würde. Mit einem Satz sprang er ins
Cockpit, ließ aber noch die Tür zur Außenluke offen. Der
Orkan heulte wie ein weidwundes Tier, Methanregen setzte
ein und er überlegte, wieviel Vorsprung er bräuchte, um den
bald auseinanderbrechenden Mond sicher hinter sich zu
lassen. Denn die Zerstörungskraft eines derartigen
Vorganges im Vakuum konnte ein Raumschiff in der Nähe
mit ins Verderben ziehen. Schon traf er mit einigen
Eingaben auf dem Armaturenbrett die nötigen technischen
Befehle, die Startsequenz einzuleiten, er brauchte nur mehr
die Tür zu schließen und es ginge los. Der kürzeste Kurs
Richtung Heimat war bereits einprogrammiert. Die rote
Schrift am Display des Armaturenbrettes leuchtete
verlockend auf: STARTBEREIT
Noch zögerte er, dachte an all die Abenteuer, die sie
gemeinsam überstanden hatten, an die Streitgespräche, die
typischen zwischenmenschlichen Komplikationen, welche
immer in einem Team ablaufen, egal ob es aus sozial
miteinander kompatiblen Personen bestand oder aus
diametral gegensätzlichen…
Ein Erdbeben erschütterte den Boden und die ESA T15
wackelte, konnte allerdings nicht umfallen. Stabil trotzte sie
allen sich aufbäumenden Gewalten. Es sei denn, es tat sich
plötzlich eine Erdspalte auf…
„Hört ihr mich? Gebt Antwort! Wir haben nicht mehr viel
Zeit!" rief Penhol aus und rechnete aufgrund der
Wetterturbulenzen mit schlechtem Empfang. Den Finger
schon am Startknopf, kämpfte er mit seinem Gewissen. Der
alleinige Rückkehrer zu sein, würde ihn wohl doch in arge

Erklärungsnot bringen. Wen würde er auf der Rückreise mehr vermissen, Isak oder Coffi?

Leise hörte er sie über Funk jammern: „Ich kann nichts mehr sehen!"

Unsre Coffi, wusste er, die greint wie ein kleines Mädchen! Der Käpt'n wies sie barsch an: „Augen nach unten! Da finden Sie einen Pfeil, den unsere Lieblingsfeinde freundlicherweise in den Boden eingebrannt haben!"

Ha, natürlich, fiel Penhol ein, die grafische Aufforderung von hier zu verschwinden, hilft ihnen jetzt im Sturmwetter zum Schiff zu finden! Macht schon, macht schon!

Da, in kurzer Entfernung erkannte er zwei Gestalten, die sich aneinanderklammerten und gegen die rohen Kräfte der herrschenden Naturgewalten kämpften. Kommt schon, dachte er, ihr schafft das. Ich will nicht ohne euch starten. Auch, wenn ihr mich manchmal zur Verzweiflung treibt.

Isak erreichte als erster die offene Cockpit-Tür und zog mit all seiner Muskelkraft Coffi hinter sich her, die in der anderen Hand den Energiestab umklammerte, als wäre der ein kostbarer Schatz. Dieses seltsame Ding, das all ihre Unannehmlichkeiten hier noch verstärkt hatte.

Wenn der jetzt nur nicht nach hinten losgeht, hoffte Penhol, kurz vor unsrem Abflug noch durch die Hinterlassenschaft der Feinde vernichtet, das wäre eine Ironie des Schicksals.

„Los, helfen Sie mir rein, Mann!" herrschte ihn Isak an. Sogleich packte Penhol seine Hand und hievte ihn herein, der hinter sich wiederum Coffi mit dem letzten Rest seiner Energie ins Cockpit zerrte. Es war ausgesprochen eng zu dritt aber immer noch gemütlicher als draußen. Besonders, da ein erneutes Erdbeben ausbrach. Kurz aber heftig!

„Wir haben's geschafft!" freute sie sich und schloss die Tür
hinter sich.

„Noch nicht ganz! Beinahe wäre ich ohne euch
abgeflogen!"

Unbeeindruckt von seinem Geständnis zischte Isak: „Wir
haben nichts Anderes von Ihnen erwartet!"

„Der Gewöhnungseffekt hätte mich euch vermissen lassen."

„So? Ich fühle keine Sehnsucht nach Ihnen!"

Mit einem Druck auf den Startknopf vollzog der Kapitän
das Abhebe-Manöver. Die Antriebsraketen heulten auf, als
wollten sie das Heulen des Orkans übertönen und die ESA
T15 hob in die sich immer mehr zusammenziehende
Wolkenschicht, die sich grau wie Beton präsentierte, ab.
Sicht gleich Null. Anspannung pur! Der Entfernungsmesser
zeigte in sich steigernder Geschwindigkeit die Kilometer an,
die sie vom Boden zurücklegten. Das Leuchten in den
unterschiedlichen Atmosphärenschichten schien immer
stärker zu werden, fast wie Flammen. Begleitet von einem
Gewitterdonnern näherten sie sich unaufhaltsam der
ersehnten Stille des dunklen Weltalls. Gespannt schwiegen
alle. Nur noch 13 Kilometer. Kurze Distanz, doch trotzdem
wie eine Ewigkeit…

Da, endlich die Schwärze des Alls umfing sie wie ein
schützender Mantel. Saturn seitlich zurücklassend, schwang
das Raumschiff auf die vorausberechnete Bahn zur Erde.
Die Spannung fiel von ihnen ab wie ein tonnenschweres
Gewicht, welches sie an Titan ketten wollte. Sie fühlten sich
so frei und glücklich wie nach dem Auswahlverfahren für
diese Mission, das sie einst mit Vorzug bestanden hatten.

Als endgültig feststand, wer die ersten Menschen auf einem
fremden Mond sein dürfen, den sie nun hinter sich ließen…
Alle redeten wild durcheinander:
„Jammerschade, dass wir so übereilt abreisen müssen!“
„Seien wir froh, dass wir rechtzeitig entkommen sind!“
„Der Apokalypse light sozusagen!“
„Schade um unsere Mühe und die enormen Kosten!“
„Schade um die Scheibe!“
„Schade ist um uns!!!“
„Die werden uns vor Gericht stellen!“
„Wir schieben einfach alles auf die bösen Aliens!“
„Die Befehlsverweigerung und unser eigenmächtiges
Handeln können wir denen leider nicht aufbürden!“
„Sollen wir am Mars bei den Amis um Asyl ansuchen?“
„Das wäre Hochverrat und keiner liebt Verräter!“
„Besser, ihr mimt die Reumütigen!“
„Gerade jetzt, wo es fast funktioniert hätte! Es ist zum
Verzweifeln!“
„Verflucht, das muss alles nur ein Traum sein!“
„Nein, das ist die Realität!“
„Immerhin hatten wir einen 75prozentigen Missionserfolg!“
„Wie kommen Sie denn darauf?“
„Es leben noch drei von uns!“
„Fliegen wir doch zum Ganymed!“
„Bei unserm Pech kommen wir nicht einmal halb so weit!“
Hinter ihnen ereignete sich eine gigantische lautlose
Explosion und versetzte ihrem Raumschiff zusätzlichen
Schub…

In der Basis unterbrach der herbeieilende Mumtaz Capos feuchten Sermon an Deklin über seine Ablehnung dessen eigenmächtiger Handlungsweise.

„Verzeihung, Capo! Ich komme vom Fernrohr zu Ihnen! Das müssen Sie sehen!"

„Erstatten Sie einfach Bericht, Mumtaz!" herrschte ihn dieser unwirsch an.

„Der Saturn erhält soeben einen weiteren Ring!"

„Das muss ich sehen!" rief er begeistert aus und rannte los, als wäre er 100 Jahre jünger.

Epilog

Aufgrund des weltverändernden Ereignisses sahen sich die USA gezwungen, die VSE vor dem Internationalen Gerichtshof auf 300 Billionen Dollar zu verklagen! Der unerlaubte Eingriff in das von der Natur gegebene Gefüge des Sonnensystems, bringe das darin herrschende Gleichgewicht in gefährlichem Ausmaße durcheinander, begründeten sie diesen Schritt. Aus der mutwillig gesetzten Zerstörung eines wichtigen Himmelskörpers erfolge weiterhin eine verhinderte Landnahme jedes einzelnen US-Bürgers, lautete einer der Hauptvorwürfe der eingebrachten Sammelklage. Des Weiteren ergibt sich daraus eine verhinderte Bodenschatz-Gewinnung sowie ein Totalverlust unwiederbringlicher Naturschätze, verbunden mit einer verhinderten Bergung möglicher archäologischer Funde. Überdies wird als teilweise Schadensabgeltung die unverzügliche Herausgabe aller außerirdischer Artefakte beantragt!

Die gesamte Anklageschrift umfasst 1.598 Seiten.
Es versteht sich von selbst, dass alle Mitglieder der ESA - vor allem ihre Astronauten - vom Besuch des Erdtrabanten sowie des Mars ausgeschlossen sind und auf der Watchlist stehen!
Die USA behalten sich weitere Schritte vor, sollten sich die VSE in Zukunft nicht aus der Kolonisierung des Weltraumes heraushalten, bis der Internationale Gerichtshof ein Urteil gefällt hat.
Der Gerichtsprozess dauert noch immer an…

© 2016
Herstellung und Verlag: BoD – Books on Demand, Norderstedt.
ISBN: 978-3-7412-8512-7